古典詩歌研究彙刊

第十四輯

龔鵬程 主編

第10冊

張翥研究（下）

韓 璐 著

國家圖書館出版品預行編目資料

張翥研究（下）／韓璐 著 —— 初版 —— 新北市：花木蘭文化出
版社，2013〔民102〕
目 2+190 面；17×24 公分
（古典詩歌研究彙刊 第十四輯；第 10 冊）
ISBN 978-986-322-453-2（精裝）
1.（元）張翥 2. 詩詞 3. 詩評 4. 詞論
820.91   102014986

ISBN-978-986-322-453-2

9 789863 224532

古典詩歌研究彙刊
第十四輯 第十冊   ISBN：978-986-322-453-2

張翥研究（下）

作 者 韓璐
主 編 龔鵬程
總 編 輯 杜潔祥
出 版 花木蘭文化出版社
發 行 所 花木蘭文化出版社
發 行 人 高小娟
聯 絡 地 址 235 新北市中和區中安街七二號十三樓
        電話：02-2923-1455／傳眞：02-2923-1452
網 址 http://www.huamulan.tw 信箱 sut81518@gmail.com
印 刷 普羅文化出版廣告事業
初 版 2013 年 9 月
定 價 第十四輯 17 冊（精裝）新台幣 24,000 元

張翥研究(下)

韓　璐　著

目

次

下編　張翥年譜

凡　例

一、本譜梳理元代著名詩人、詞人張翥行年軌跡、交遊、唱和，對其作品繫年。力圖展現元朝社會從較為安定轉向大動盪的背景下，張翥其人其作所受到之影響，考察其在元朝，特別是元後期朝政、文學等領域之影響。

一、梳理其生平軌跡，以各家元史為藍本，以張翥作品及其同時代人之記述為綱，參照相關筆記、小傳、序跋之記載。所據文獻之來源附在條目之下，考證之理由，以案語出之。

一、其交遊唱和者之生平，一般在首次交往之事後以小傳敘之。唱和之作品，繫年於相應時間、相應事件之下。

一、每年以譜主之事、作品為首，無準確月日可考者，列於譜主諸事之末。次則交遊者事蹟，最後為本年時事。時事參考《元史》本紀及楊鐮先生《元代文學編年史》。

一、由於張翥別集暫無整理本，故將張翥相關繫年詩、詞、文作品納入年譜之中，並對各本較大異文作校勘，附於詩詞之後。

一、本譜所據詩、詞，以中國國家圖書館藏清康熙金侃鈔《蛻菴詩五卷蛻巖詞二卷附錄一卷》（膠片，金本）為底本，以《四部叢刊》

影印明初刻《張蛻庵詩集》四卷（四部叢刊本）、中國國家圖書館藏清初鈔本《蛻菴詩四卷蛻巖詞二卷》（膠片，曹溶看本）、清康熙陸溳家鈔《蛻菴詩四卷》（膠片，陸本）、清汪氏擷藻堂鈔《蛻菴詩四卷蛻巖詞二卷集外詩一卷附錄一卷》（膠片，汪本）、上海圖書館藏清鮑廷博知不足齋鈔《蛻菴詩五卷補遺一卷附錄一卷》（光盤，補遺本）及北京大學圖書館藏《蛻巖詞二卷》（北大藏本）爲校本。並參校以南京圖書館藏清嘉慶八年鮑正言鈔《蛻菴詩四卷》（膠片，鮑正言鈔本）、鮑氏知不足齋鈔配《蛻菴詩五卷蛻巖詞二卷》（膠片，鈔配本）、上海圖書館藏鮑廷博校《蛻菴詩五卷》（光盤，實四卷，鮑校本）、中華書局影印鮑氏知不足齋《蛻巖詞二卷》（鮑刻本）以及中華書局整理本《草堂雅集》、《玉山名勝集》，續修四庫全書本《澹游集》，書目文獻出版社影印本《詩淵》，中華書局影印本《永樂大典》殘卷，四庫全書本《元音》、《乾坤清氣集》、《元詩體要》。集外詩注明出處。

一、本譜所錄張養文章，據《全元文》，重新核對原出處。並有所輯佚。文章均注明出處。

張翥年譜

（公元 1287～1368）

一、浪子易業，教授杭州（元世祖忽必烈至元二十四年丁亥～元仁宗愛育黎拔力八達皇慶元年壬子，1287～1312，一歲～二十六歲）

公元 1287 年（元世祖忽必烈至元二十四年 丁亥） 一歲

正月二十七（戊子，公元 2 月 10 日），翥生於饒州安仁縣（今屬江西鄱陽）。

　　《（同治）安仁縣志》卷二十六：「張翥……其父……任安仁典史，留寓於此，生仲舉。」

　案：翥詞《水調歌頭》（三十九年我）詞題序：「己丑初度，是歲閏正月，戲以自壽。」可知，正月爲其生之月。又據其《鵲橋仙》（生朝戊子）詞題序「予生丁亥歲戊子日」，可知其生日爲丁亥歲正月戊子日，據陳垣《二十史朔閏表》爲此。又，翥生年，據《元史》本傳「（至正）二十八年卒，年八十二」推之，亦合。

世系不詳。

其父為江南吏。

《元史》本傳：「其父為吏，從征江南，調饒州安仁縣典史，又為杭州鈔庫副使。」

　案：典史，據《元史‧百官志》：「諸縣，至元三年合併江北諸縣六千戶之上者為上縣，二千戶之上者為中縣，不及二千戶者為下縣。二十年又定江淮以南三萬戶之上者為上縣，一萬戶之上者為中縣，一萬戶之下者為下縣。上縣秩從六品，達魯花赤一員，尹一員，丞一員，簿一員，尉一員，典史二員；中縣秩正七品，不置丞，餘悉如上縣之制。」又據《元史‧地理志》，安仁縣屬中縣。又，杭州元時為路，元時寶鈔總庫、印造寶鈔庫、燒鈔東西二庫均有副使一職，陶然《「元代詞宗」張翥生平著述考》認為張父任職當為燒鈔庫，可參。

祖籍晉寧路襄陵縣故關鎮（今山西臨汾市襄汾縣京安鎮）。

《新元史》卷二一一：「張翥字仲舉，晉寧襄陵人。」又，翥有《拜襄陵祖塋》詩。

　案：《元史》本傳僅言「晉寧」人。元代晉寧有二，一為晉寧路（《元史》卷五八），一為中慶路晉寧州（《元史》卷六一），晉寧路為今山西，晉寧州為今雲南，故翥祖籍有異說，前人已辨之。

　　又，《（光緒）襄陵縣志》卷十六「仕籍」「張翥」條：「京安人，歷官河南行省平章政事，封潞國公。」

祖塋在在襄陵縣西南二十五里。

《明一統志》卷二十：「在襄陵縣西南二十五里，元翰林學士承旨張翥祖塋也。舊有大柏四十株。」又，翥《拜襄陵祖塋》詩題下注「有古柏四十株」。

字仲舉。

《元史》本傳：「張翥，字仲舉。」

自號「蛻菴」。

　　《滄游集》卷上：「張仲舉，號蛻菴。」又，陶宗儀《書史會要》卷七：「張翥，字仲舉，號蛻菴」。

　　案：明劉績《霏雪錄》：「張潞公翥一日至武夷，凡所歷悉如舊遊，心竊怪之。繼至石室，見道人坐化其中，形體如生，因窹其為前身，慟哭而返，故自號為『蛻菴』云。」　清康熙陸瀁家抄本《蛻菴詩》四卷後許丹臣跋，亦錄此事。

　　又，顧復《平生壯觀》卷四：「張翥，自號老蛻，字（下闕）。」

別號「虛遊子」。其京師寓所名之曰「虛遊軒」。

　　危素《虛遊說》：「襄陵蛻叟，別號虛遊子。」

　　《莊子·列禦寇》：「莫覺莫悟，何相執也。巧者勞而知者憂，無能者無所求。飽食而遨遊，汎若不繫之舟，虛而遨遊者也。」

身體魁梧，行走偏竦一肩。

　　《堯山堂外紀》卷七十五：「仲舉肢體昂藏，行則偏竦一肩，韓介玉為詩嘲之云：『垂柳陰陰翠拂簷，倚闌紅袖玉纖纖。先生掉臂長街上，十里朱樓盡下簾。』坐中皆失笑。時有相士在座。或曰：『仲舉，病鶴形也。』相士曰：『不然。此雨淋鶴形，雨霽則衝霄矣！』後入大都，致仕貴顯，果如其言。」《歸田詩話》之「雨淋鶴」亦有記載。

　　翥《戊子正月連雪苦寒答段助教天祐吉甫二首》詩：「骯髒任長身（自謂）。」

　　又，黃玠《弁山小隱吟錄》卷二《送韓與玉入京求其師張仲舉先生》：「其師為誰子張氏，曲頰美準秀且頎。雞棲昂昂立孤鶴，羽翼已遂衝天飛。」

過目成誦，絕頂聰明，善古詩文。

　　李存《鄱陽仲公李先生文集》卷十九《送子初饒旭序》：「有晉寧張先生仲舉者，絕聰明，經史百家言，過目輒成誦，發為古詩文，一

操觚可數百語不休，其才力過人有如此者。」

明《春秋》之學。

李存《鄱陽仲公李先生文集》卷十六《送張仲舉明春秋經歸試太原序》：「仲舉，明於《春秋》者也。」

正直誠實，善諧謔。

李存《鄱陽仲公李先生文集》卷十六《送張仲舉明春秋經歸試太原序》：「仲舉，諒直君子也，其必審於斯義，而非託諸空言者也。」

《元史》本傳：「着平日善諧謔，出談吐語，輒令人失笑，一座盡傾。入其室，藹然春風中也。」

少有勇力。

《（康熙）平陽府志》卷二十三。

負大節。

《（萬曆）山西通志》卷十九。

有私印「平皋鶴慶叟」，取杭州臨平、皋亭、黃鶴三山名。亦有「晉張着」、「襄陵張氏」、「平陽張着仲舉」〔註1〕、「張仲舉氏」〔註2〕印。

朱珪《名跡錄》卷六雲門山樵張紳書朱伯盛《印譜》後：「余座主張先生仲舉在杭，一印曰『平皋鶴慶叟』，蓋用杭州三山名：臨平、皋亭、黃鶴也。古人亦有如此奇者，如《雲煙過眼錄》載：姜白石印文曰『鷹揚周郊鳳儀虞廷』，蓋以姓氏作隱語。辛稼軒印曰『六

〔註1〕據黃惇主編《元代印風》，重慶出版社，1999年，第92～93頁。《秘殿珠林石渠寶笈合編》第六冊第3164頁《題李郢自書詩草》，張着詩後著錄有「晉張着印」；同書第四冊第990頁，《題歐陽玄春暉堂記》，張着詩後著錄有「平陽張着仲舉」印。

〔註2〕《秘殿珠林石渠寶笈合編》第六冊第2769頁《題黃公望雲松溪屋》詩後著錄有「張仲舉氏」印。又，張珩《木雁齋書畫鑒賞筆記》繪畫四上《題趙孟頫竹石幽蘭圖卷》張着詩後，亦有「張氏仲舉」（順時針），逆時針為「張仲舉氏」印章。

十一上人』，又以破其姓文。米元章《書史》言：劉注印日『劉巨濟符』，符字亦好奇耳。」

厲鶚《樊榭山房集》卷三有《雪後同耕民汎舟北郭遊一僧舍頗盡幽趣》詩云：「平皋鶴叟今何處，吟望寒山空點頭。」

書法學鍾繇。

陶宗儀《書史會要》卷七：「翥年書學鍾元常。」豐坊《書訣》：「張翥……書學鍾繇，而少骨力。小楷。」

妻先卒。

案：《蒲菴記》附記：「區區衰年近八十，去歲山妻去逝。」

無子。一女，先卒。

《元史》本傳：「無丈夫子。」又，蘇伯衡《張潞國詩集序》：「公無子，一女亦先卒。」

有《蛻菴詩》五卷（別本四卷）、《蛻巖詞》二卷傳世。又有《忠義錄》，未見流傳。

《元史》本傳：「翥長於詩，其近體、長短句尤工，文不如詩，而每以文自負，常語人日：『吾於文已化矣，蓋吾未嘗構思，特任意屬筆而已。』它日翰林學士沙剌班示以所爲文，請易置數字。苦思者移時，終不就。沙剌班日：『先生於文，豈猶未化耶？何思之苦耶？』翥因相視大笑。……及死，國遂亡。以故其遺槁不傳，其傳者有律詩、樂府僅三卷。翥嘗集兵興以來死節死事之人爲書，日《忠義錄》，識者韙之。」

是年：仇遠四十一歲；白珽四十歲；劉岳申二十八歲；孫轍二十六歲；成廷珪約十六歲；案：廷圭生年據《梧溪集》卷三《哭成元章》題下注「諱廷珪，與丁仲容先後日生，李坦之、張仲舉咸至交好，有詩倡和」推出，據《中國文學家大辭典·遼金元卷》知丁復（仲容）約生於 1272 年，故廷圭此年約十六歲。曹鑑十七歲；揭傒斯十四歲；薩都剌約十四歲；項炯十歲；王都中十歲；李存

七歲（四月初一）；危素《元故番易李先生墓誌銘》：「先生生至元十八年四月一。」宋本七歲；張雨五歲；吳師道五歲；歐陽玄五歲；釋大訢四歲；李孝光三歲；釋善繼二歲；祝蕃二歲；七月二十二，王冕生（註3）；八月，許有壬生；案：耒《壽許集賢可用》詩注：「予同年，少七月。」陳旅生。

　　是歲，正月，改江浙省爲江淮省。閏二月，設國子監，立國子監官，隸集賢院。改行中書省爲行尚書省。三月，至元寶鈔與中統寶鈔並行。三月，月泉吟社主持的「詠春日田園」徵詩評選揭曉，白珽獲得第十八名。前六十名的 74 首詩編成《月泉吟社》一書。以「雪堂雅集」爲代表的大都文壇十分活躍。

公元 1288 年（元世祖忽必烈至元二十五年 戊子） 二歲

　　孟蕡生。案：耒詩《與渤海孟蕡景章守歲成居竹宅》詩注「予長一歲」。

　　是歲，六月癸酉，詔加封南海明著天妃爲廣祐明著天妃。十一月，爲桑哥立德政碑。羈押在大都的汪元亮特許南歸，南宋大臣、宮人作詩爲其送行。

公元 1290 年（元世祖忽必烈至元二十七年 庚寅） 四歲

　　陳謙生。趙雍生。柯九思生。案：柯九思生卒年有異說，宗典《柯九思史料·年譜》已對其生卒年有考證，然對於《吳中人物志》所載「至正乙巳得暴疾卒，年五十四」之說誤因未作說明。《吳中人物志》所載九思生平事蹟，文字多同於徐顯《稗史集傳》，故其卒年亦應由是致誤。《稗史集傳》云：「至正癸未十月……丁巳卒，年五十四。」丁巳本爲日期，《吳志》蓋以丁巳爲年，然至正無丁巳，遂爲「乙巳」，形近而訛也。

　　是歲，謝翱作《登西臺慟哭記》。九月，張炎北遊大都。

公元 1291 年（元世祖忽必烈至元二十八年 辛卯） 五歲

　　白珽任太平路學正。仇遠任京口學正。《（康熙）江南通志》卷一百十七引《太平府志》：「白珽，字廷玉，錢塘人。至元二十八年授太平路學正。時兵燹後，聖殿、

〔註 3〕此據吳榮光《歷代名人年譜》卷八，北京圖書館出版社，2002 年，第 469 頁。

齋廡、祭器俱廢，珽悉心修葺，建天門、采石二書院。」案：方回《桐江續集》卷十七《寄仇仁近白廷玉張仲實京口當塗江陰三學正兼述新歲陰雨春寒有懷》：「同時糾正諸侯學，鐺腳相鄰總鉅邦。足可養廉三斛米，未妨溫故一燈膛。有人北面求宗旨，無事東流送大江。向道紫陽山色好，何爲不肯泝溪瀧。」可知仇遠於是年任京口學正。又案，太平路屬江浙行省，治當塗（今安徽省當塗縣）。

是歲，正月，桑哥事敗，七月伏誅，清理其黨羽。五月，徵前太子贊善劉因爲集賢學士，不起。癸丑，罷尙書省事入中書省。罷大都燒鈔庫，各路昏鈔令行省官監燒。十二月，立河南江北行中書省，治汴梁。改江淮行省爲江浙等處行中書省，治杭州。二月三日，白樸遊杭州西湖。

公元 1292 年（元世祖忽必烈至元二十九年　壬辰）　六歲

翥少時，以才俊自負，豪放不羈，喜蹴鞠、音樂。

　　《元史》本傳：「翥少時，負其才雋，豪放不羈，好蹴踘，喜音樂，不以家業屑其意，其父以爲憂。一旦翻然改曰：『大人勿憂，今請易業矣。』乃謝客，閉門讀書，晝夜不暫輟。」

　　潘純生。釋悟光生。六月初六，鄭元祐生。案：鄭元祐《僑吳集》卷五有詩題《六月六日初度有感》。又，卷四《寄潘子素文學》：「與子同庚命不同，悠悠江海異窮通。」

　　是歲，五月，馮子振受世祖保護，未因桑哥獲罪。九月，梁曾、陳孚出使安南。

公元 1293 年（元世祖忽必烈至元三十年　癸巳）　七歲

　　呂思誠生。

　　是歲，七月丁巳，敕中書省官一員監修國史。

公元 1295 年（元成宗鐵木耳元貞元年　乙未）　九歲

約在此年前後，折節讀書。受業於張立仁之門。

　　《（同治）安仁縣志》卷二十五：「張立仁，字遠伯，若嶺人。

通經術，工詩，時稱江東詩士。授本縣教諭。從遊者多，張耆、劉振安、黃均瑞皆其門人。」又，卷二十六：「（張耆）一旦翻然易業，受業李仲公、張立仁之門。」又據《江西詩徵》卷二十六：「（張立仁）至元中薦授本邑教諭。」

 案：據李存《鄱陽仲公李先生文集》卷二十《張伯遠詩集序》：「僕
  兒時聞諸父間言伯遠能詩，其後侍叔父貴池，公誦其《古意》
  卒章云『萬里有征人，九泉無戰國』，《錢塘觀潮》詩卒章云
  『死不作子胥，生當隨范蠡』。時雖不深解，心竊以爲好也。
  稍長，頗亦從事乎詩，相過必劇談終日，至夜分不休。或聞
  雞而寢，或東方忽白，竟以不復寢也。……伯遠，姓張氏，
  諱立仁，世爲番易詩書家。」可知《（同治）安仁縣志》作「字
  遠伯」，誤。《鄱陽仲公李先生文集》有 2 詩 2 文與張立仁相
  關。張立仁亦與祝蕃有交往，蔣易《皇元風雅》卷三十有其
  《祝蕃遠舉茂異》詩。

此時，當亦結識李存。此年李存十六歲。

 案：《元史》本傳：「（張耆）受業於李存先生，存家安仁，江東大
  儒也。其學傳於陸九淵氏，耆從之遊，道德性命之說多所研
  究。未幾，留杭。又從仇遠先生學，遠於詩最高，耆學之，
  盡得其音律之奧。」從這段敘述可知，張耆受業李存在師從
  仇遠之前。據張耆《題高彥敬山邨隱居圖》，其從仇遠學詩至
  遲在十一歲（1297），故受業李存至遲當在八、九歲時。據危
  素《元故番易李先生墓誌銘》，李存生於至元十八年（1281），
  長耆六歲，此年前後存不過十五六歲，可見此時隨李存學，
  甚爲不妥；這樣兩個少年對「道德性命之說多所研究」，更不
  可能。又據上引李存《張伯遠詩序》，李存與張立仁有年輩上
  的差異且來往密切，張耆同時與輩份不同的人學習，亦不合
  常理。

　　李存《上陳先生書》云：「存生三十有三年矣，雖於古
經史傳記稍涉獵其間，而未知其所以遺夫人者果何爲哉？
徒竊取糟粕以修飾其淺陋、妄誕之言，而謂之儒。又嘗慕
韓退之謂無所不通乃爲大儒，由是慨然於天文、地理、醫
藥、卜筮、道家、法家、浮屠諸名家之書皆將致心焉。然
後持而耀諸當世，而垂諸無窮，意當世之士如存者，亦豈
多哉？侈然而談，囂然而居，取譏於鄉里，召怒於朋友而
弗之省也。戊申之秋，舒衍謂存曰：『吾疇昔是子之學，近
以祝蕃之言，得從上饒陳先生遊，而後知子之學所事舉末
屑也。子之蔽亦甚矣，徒焦心竭神，何爲哉？若不改圖，
則將誤惑其身，不惟誤惑其身，必將誤惑於天下後世之人。』
存心竊笑之。他日復言如是，復笑之。至於三於四於五，
屢數十不已，雖疑焉，然朝諾而暮忘之也。既而共床宿，
擁寢衣，言曰：『相人者謂子不年，苟無聞焉以死，傷哉！
至道所在，人固未易信也。然辟之涉，吾嘗先之矣。』遂
大疑，早夜以思，至感泣，然終恥下於人，徘徊而躊躇。
壬子之夏，始期衍登先生之門，亟請一言以自後，先生孫
之又孫。明日祝蕃適來，始相識也。蕃與衍反復而丁寧之，
研磨之。其時甚不樂，以爲往古聖賢答問、告教之際，豈
嘗如此哉？徒以欲遂所請，跪起揖拜，慭且忿焉。先生雖
語之，弗領也。秋復來，先生語之加詳焉，始稍知所致力，
而信且喜。明年遂以大喜，以大信。」

　　從李存的這段話可以看出，李存對陳苑之學的接受有一個過程，
戊申爲元武宗至大元年（1308），時李存二十八歲，此前李存對陳苑
之學並不在意。壬子爲元仁宗皇慶元年（1312），時李存三十二歲，
開始接觸陳苑之學，第二年（1313）李存三十三歲時才對陳苑之學「以
大喜，以大信」。故李存完全接受陸學是在三十三歲，那時張耒已經

二十七歲了。因此，此一時期張耆有與李存結識之可能，但受業於李存，則當是二十七歲以後張耆由杭州返回江西的事情。故《元史》本傳的記載有誤。據《(同治)安仁縣志》，此時的張耆應主要受業於安仁縣教諭張立仁之門。

是歲，五、六月間，饒州水災無禾，民乏食。七月壬寅，詔江南諸路天慶觀為玄妙觀，毀所奉宋太祖神主。揭傒斯出遊湘漢間，以文才受知於當時。以大都為中心的北方戲曲家，組成「元貞書會」。

公元 1296 年（元成宗鐵木耳元貞二年 丙申） 十歲

唐棣生。

是歲，四月初八，管道升畫《紫竹庵圖》，陸續有七位女子題詩，是元代文學中唯一的純屬女子的「同題集詠」。方回與仇遠以詩生隙。

公元 1297 年（元成宗鐵木耳大德元年 丁酉） 十一歲

至遲此年，留杭州，從仇遠學詩。與當時眾多名公相識。此年仇遠年五十一。

耆《題高彥敬山邨隱居圖》文：「先生，耆師也。大德初元，年甫十有一，常從先生出入諸公間。」又，《元史》本傳：「未幾，留杭。又從仇遠先生學。遠於詩最高，耆學之，盡得其音律之奧，於是耆遂以詩文知名一時。」

仇遠（1247～1326），字仁近，號近村，又號山村民，錢塘（今屬杭州）人。由宋入元，曾任溧陽州儒學教授。著有《金淵集》、詞集《無弦琴譜》。今所存《金淵集》、《山村遺集》、《無弦琴譜》均為後人編成〔註4〕。生平事蹟見《兩浙名賢錄》卷四十六。

《(乾隆)浙江通志》卷四十「仇遠宅」條引《(嘉靖)仁和縣志》：「仇遠，字仁近，卜居白龜池上。仇遠《卜居詩》：『一琴一鶴小生涯，

〔註4〕仇遠之詩在其亡故不久便有較大的散失，張耆有《輯山村先生詩卷》詩，題注「舊多今不存」。

兩巷深居度歲華。爲愛西湖來卜隱，卻憐東野又移家。春城雨滑難騎
馬，小市天明又賣花。阿母抱孫閒指點，疎林盡處是煙霞。』」案：
仁和縣，元屬杭州路。白龜池，在杭州錢塘門內南沿，爲唐李泌引西
湖水所開相國六井之一。

此年前後，與仇几、舒穆同觀《蘇文忠公書杜工部槐木詩卷》。

　　案：《式古堂書畫彙考》卷十《蘇文忠公書杜工部槐木詩卷》張翥
　　　　跋：「翥童子時，師事南陽先生。時從舒君和父與先師嗣伯壽
　　　　父同觀，今四十餘年矣。至正三年三月至長安鎮，過先師甥舘，
　　　　之孫戀出示斯卷，歎息之餘，不啻辰夕，敬書於後，用以識存
　　　　歿歲月云。河東張翥。」至正三年爲 1343 年，以四十餘年推
　　　　之，當在此年前後。

　　　　又，《式古堂書畫彙考》卷十：「文忠公墨蹟多散落人世，
　　　　然此卷題識觀玩者亦多先輩，皆物故殆盡。今存者特張君
　　　　仲舉，官至侍講。蓋侍講嘗學於仇仁近先生，而此卷則先
　　　　生舊藏也，展卷之際，感念存歿，爲之慨然。至正二十一
　　　　年冬十有一月，遂昌鄭元祐識。行書。」

此年前後，與仇几、舒穆、吳霖同觀《蘭亭墨跡》。

　　《式古堂書畫彙考》卷五「蘭亭墨跡」：「南陽仇几、武林舒穆、
平陽張翥、朱方吳霖同觀。行楷書。」

　　九月十九，高克恭爲仇遠作《山村圖》。仇遠《題高房山寫山村
圖卷》詩序：「大德初元九月十九日，清河張淵甫貳車會高彥敬御史
於泉月精舍，酒半，爲余作《山村圖》，頃刻而成，元氣淋漓，天眞
爛漫，脫去畫工筆墨畦町。余方棲遲塵土，無山可耕，展玩此圖，爲
之悵然而已。」

公元 1299 年（元成宗鐵木耳大德三年　己亥）　**十三歲**

　　林泉生生。

公元 1300 年（元成宗鐵木耳大德四年 庚子） 十四歲

十二月，李衎在嘉禾爲仇遠寫木石細竹。李日華《六研齋筆記》三筆卷三：「李息齋仲賓爲仇仁父寫《木石細竹》，規倣宋徽宗，極有筆趣。題云：『大德庚子冬十二月，息齋居士爲友人仇仁父作於嘉禾寓舍。』題者皆一時名公，悉錄之。」有仇遠、鮮于樞、王逢諸名家題跋。李道坦寓居蘭溪，與吳師道交往密切。

是歲，五月，帝諭集賢大學士阿魯渾撒里等曰：「集賢、翰林乃養老之地，自今諸老滿秩者陞之，勿令輒去。或有去者，罪將及汝，其諭中書知之。」七月，杭州路貧民乏食。八月卯朔，更定蔭敍格。

公元 1302 年（元成宗鐵木耳大德六年 壬寅） 十六歲

六月二十一，莫維賢生。凌雲翰《柘軒集》卷四《莫隱君墓誌銘》：「元大德六年壬寅六月二十一日，生君於積善里。」

莫昌（1302～？），初名維賢，字景行，錢塘（今屬杭州）人。與張耆同學於仇遠，延祐七年，亦與張耆同時參加鄉試，不第，遂隱居不仕。明初爲杭州府學訓導，爲小人所間，以疾辭。生平事蹟見凌雲翰《柘軒集》卷四《莫隱君墓誌銘》。

公元 1303 年（元成宗鐵木耳大德七年 癸卯） 十七歲

傅若金生。

公元 1304 年（元成宗鐵木耳大德八年 甲辰） 十八歲

仇遠年五十八，任溧陽州儒學教授。方回《桐江續集》卷三十四《送仇仁近溧陽州教序》：「吾友山村居士仇君遠仁近，受溧陽州教，年五十八矣。」泰不華生。

是歲，春，西域辛文房《唐才子傳》十卷成書。四月丁未，分教國子生於上都。

公元 1309 年（元武宗海山至大二年 己酉） 二十三歲

任杭州路學官，此年與郭畀往來密切。

郭畀《雲山日記》卷下記載，四月二十六見張仲舉教授不值，晚見張仲舉；八月二十五張仲舉來；二十六早見張仲舉；九月二十到學

中見張仲舉；九月二十五到學中見張仲舉並同訪茂叔不遇；十月十七
到學中教授廳見張仲舉；十月二十一日見張仲舉教授。凡七見。

案：郭畀所記之張仲舉，並未明言張羽仲舉，然張羽有《題郭天錫
　　畫卷》詩（見《趙氏鐵網珊瑚》卷十四）云：「想當雪夕揮寫
　　時，已分留我題其詩。後十六年方見之，滿筆元氣渾淋漓。」
　　可知二人有所交往。又考張羽此時亦有在杭之可能，故《雲山
　　日記》之張仲舉當爲張羽。又，《雲山日記》稱張仲舉爲學中
　　教授，可知張羽此時爲官學之教官。教授，是元代地方最高級
　　別的學官，可達八品至九品，根據以後的行跡，張羽此時未能
　　達到此種地位，因此郭畀所稱之教授當爲對教官的尊稱。

郭畀（1280～1335），字天錫，號雲山，鎮江（今屬江蘇）人。
曾以父蔭任饒州路鄱江書院山長等職，延祐恢復科舉後，屢試不第，
一生沉抑下僚。元武宗至大元年九月到至大二年十一月間，客居杭
州，有《雲山日記》二卷記錄在杭之見聞。楊鐮先生認爲《雲山日記》
爲明代小品文的開端。

又案：元人另有名郭天錫字祐之者，亦善畫，生於 1244 年，至張
　　羽作《題郭天錫畫卷》詩時（1346），再向前推 16 年，也已
　　86 歲，顯然不符合張詩表達的內容，所以這個郭天錫也只能
　　是郭畀字天錫。

迺賢生。

是歲，五月甲辰，從御史臺臣言，北幸上都期間留丞相一員鎮京
師，後爲例。八月癸丑，復立尚書省。九月庚辰朔，改各行中書省爲
行尚書省。頒行至大銀鈔。以太常禮儀院驗事蹟定三品以上死節死事
官之諡。

公元 1310 年（元武宗海山至大三年　庚戌）　二十四歲

顧瑛生。高克恭卒，年六十三。高克恭（1248～1310），字彥敬，
西域人，占籍房山（今屬北京）。至元十六年，作爲攻佔江南後的第

一批色目人，赴南方任職。至大三年，由大名返京，病卒。諡文簡。
是元代著名畫家，又是第一個可以稱爲詩人的用漢語寫作的西域人。
生平事蹟見鄧文原《高克恭行狀》。

　　是歲，七月，增尙書省直省舍人十四員。

公元1311年（元武宗海山至大四年 辛亥） 二十五歲

　　夏，夏永慶救父，溺水而亡。劉仁本《羽庭集》卷六《夏永慶傳》：「東漢
會稽上虞孝女曹娥自沉於江，抱父屍以出，後邑令度尙爲文誄，而廟祠之，照映簡冊，至
今聞者興起。四明去曹江僅五六舍，至大四年夏，夏氏子永慶涉千仞淵，行萬里外，爲國
家轉漕粟。值父溺，能奮身入水載，父以浮得免，而己力不支，遂委死波濤中。賢乎哉！
事頗與曹娥類。前太史危公稱其『一死而忠孝備者得矣』，獨不知能上而著之國典否？當
時有司不能爲度尙者迨今闕然。悲夫！永慶未有子，且無兄弟，父後生弟怡，今爲海道漕
運萬夫長，佩虎符，以子禪嗣永慶，庸非天報之歟？後五十一年，爲至正二十二年冬十月，
天台劉仁本識。」戴良《夏孝子詩序》：「初，孝子之父文德君當大德中轉粟以供京師，亦
既浮海而北，舟至海津鎮，文德君溺焉。時孝子在側，即倉皇號救，躍入洪波，戴其父以
出。文德君得不死，而孝子以力竭沉水。舟人求之，弗獲。人皆啗啗驚歎，稱之曰『夏孝
子』。」

　　是歲，正月庚辰，武宗崩，年三十一。壬午，罷尙書省。乙亥，
改行尙書省爲行中書省。三月庚寅，愛育黎拔力八達即皇帝位。五月
壬午，制定翰林國史院承旨五員，學士、侍讀、侍講、直學士各二員。
甲午，復太常禮儀院爲太常寺。六月丁巳，敕翰林國史院春秋致祭太
祖、太宗、睿宗御容，歲以爲常。諭《貞觀政要》以蒙古語刊行，俾
蒙古、色目人通習。十二月，遣官監視焚至大鈔。

公元1312年（元仁宗愛育黎拔力八達皇慶元年 壬子） 二十六歲

　　陶宗儀約生於此年。

二、**轉任學錄，客居江西**（元仁宗愛育黎拔力八達皇慶二年癸丑～元仁宗愛育黎拔力八達延祐二年乙卯，1313～1315，二十七歲～二十九歲）

公元 1313 年（元仁宗愛育黎拔力八達皇慶二年 癸丑）**二十七歲**

至遲此年，張翥已由杭州來到臨川。約本年三月，由臨川前往平塘。作《謁金門》（寒食，臨川平塘道中）詞。

> 案：平塘在江西撫州樂安縣西三十里，據《瑞龍吟》（鼇溪路）詞本年冬季張翥在樂安，則由臨川前往平塘，應在此年。

> 謁金門　寒食，臨川平塘道中
>
> 溪水漫。岸口小橋沖斷。沽酒人家門巷短。柳陰旗一半。
> 　　細雨鳴鳩相喚。曲港落花流滿。兩兩睡紅鸂鶒煖。惱人春不管。

冬，樂安山訪游弘道。與米仁則唱和，作《瑞龍吟》（鼇溪路）詞。

> 游弘道，據《（萬曆）高州府志》卷六：「元游弘道，江西人，至正間化州通判，廉而不苟，勇而有謀，海賊犯合浦，宣司檄四郡合兵討之。弘道捐己貲以購賞，率義兵七百人，海船數千艘直抵澄邁。時寇食盡且降。弘道請堅壁以俟，而主帥不從，趣令速戰。已而，官兵悉潰，弘道與石龍簿木蘗飛、廉州同知羅武德、先鋒張友明死之。郡人繪其像祀於學宮之側。」虞集《道園遺稿》卷二有《題游弘道所藏劉伯熙畫》。

> 瑞龍吟　癸丑歲冬，訪游弘道樂安山中，席賓米仁則用清真詞韻賦別，和以見情
>
> 鼇溪路。瀟灑翠壁丹崖，古藤高樹。林間猿鳥欣然，故人隱在，溪山勝處。　久延佇。渾似種桃源裏，白雲窗戶。燈前素瑟清尊，開懷正好，連床夜語。　應是山靈留客，

雪飛風起，長松掀舞。誰道倦途相逢，傾蓋如故。《陽春》
一曲，總是關心句。何妨共、磯頭把釣，梅邊徐步。只恐
匆匆去。故園夢裏，長牽別緒。寂寞閒針縷。還念我、飄
零江湖煙雨。斷腸歲晚，客衣誰絮。

「勝處」，原作「深處」，鮑刻本同，據曹溶看本、北大藏本、汪本
改。「連床」，原作「聯床」，據曹溶看本、北大藏本、汪本、鮑刻本
改。

張翥任撫州路學錄當在此前後數年間。與熊本意氣相傾。

李存《孫徵君哀辭》：「河東張翥嘗錄郡文學。」案：撫州路，唐
時爲臨川郡。故李存所言「錄郡文學」，當爲「撫州路學錄」。

又，《元史·選舉志》：「路設教授、學正、學錄各一員。」

宋濂《宋學士文集》卷四《故熊府君墓誌銘》：「府君諱本，字萬
卿，一字萬初，幼穎悟，經史一覽輒成誦。……翰林學士承旨張公翥
方爲郡學錄，尤與府君意氣相傾，會輒流連竟日，唯恐其別去。」

與劉岳申相見，亦在此數年間。

案：劉岳申《張仲舉集序》：「余始相見豫章，愛其踈蕩有奇氣，磊
落多豪舉，急義如飲食男女。聞上有賢者，輒以身下之。常恐
其人不先己而蚤達，未嘗見其有所不臧於人。人或有短之者，
終不以爲惡聲，必終譽之。有不幸厄於時命，必多方拯拔之而
後已，不然，如己負之。餘事爲詩賦之章，極才情所至，無不
輸寫傾竭其意欲者，使人望而知其爲非仲舉不能，而仲舉未嘗
以自多。」

此年李存三十三歲，始信陳苑之學，有《上陳先生書》。

是歲，六月，京師地震。甲申，於國子監建崇文閣。以宋儒周
敦頤、程顥、程頤、張載、邵雍、司馬光、朱熹、張栻、呂祖謙及
許衡從祀孔子廟廷。十月，敕中書省議行科舉。十一月甲辰，詔行

科舉。十二月丙子，定百官致仕資格。

公元 1314 年（元仁宗愛育黎拔力八達延祐元年　甲寅）**二十八歲**
此階段初期，張翥父母依舊居住於饒州路安仁縣。與五十三歲
的孫轍往來密切。稍後，舉家遷往慶元路鄞縣（今浙江省寧波
市），張翥依然留在江西。

　　李存《孫徵君哀辭》：「徵君諱徹〔註5〕，……河東張翥嘗錄郡文
學，與徵君甚相好也。時翥父母僦居安仁，翥歲時來省，因得見。徵
君所與倡和，詩多清練有法，心每慕之。」

　　《（弘治）撫州府志》卷二十三：「孫轍，字履常，臨川人。少孤，
母教之，警策自立，早有譽於鄉里。開門授徒，考德問學，以孝悌忠
信爲主。言溫氣和，聞者油然自得。郡中俊彥有聲者，往往以出其門
爲幸。省憲徵辟皆不就。齊太史履謙以遺逸特舉，亦不就。歲時致廩
餼，復不受。自卿大夫至田野，皆稱爲『淡軒先生』。家雖貧，事視
極孝。寡姐有三甥女，皆養之親側。……有詩文若干篇，草廬序之。
年七十三卒。邵庵祭之以文而銘其墓。」

　　案：翥有《文昌樓望月時家已歸浙上》詩，可知張翥在江西時，其
　　　　家已遷往浙江；作於 1316 年的《還自臨川省親鄞之長山元日
　　　　有作》詩亦可證。

於安仁縣竹莊書院受業於李存，學習道德性命之說，在此數年
間。

　　《元史》本傳：「受業於李存先生，存家安仁，江東大儒也。其
學傳於陸九淵氏，翥從之遊，道德性命之說，多所研究。」〔註6〕

〔註5〕孫轍，李存《孫徵君哀辭》作「孫徹」，虞集《墓誌銘》、《（康熙）
　　　　江寧縣志》卷十均作「孫轍」。危素《危學士全集》卷十三有《臨川
　　　　隱士孫先生行述》、《祭孫先生履常甫文》；卷十四有《奉答孫履常先
　　　　生見寄》、《翫菊華有懷孫履常吳仲谷二先生》詩。
〔註6〕《新元史》卷二一一云「存字安仁」，誤。

　　《(乾隆) 江西通志》卷二十二：「竹莊書院，在安仁縣榮祿鄉。元邑人李存與吳尊光、張仲舉、危太樸輩講學之所。明永樂間，曾孫李復觀重新之。」

　　李存（1281～1354），字明遠，更字仲公，學者稱爲「俟庵先生」，饒州安仁（今江西鄱陽）人。師從陳苑（立大），傳陸九淵之學，與祝蕃、舒衍、吳謙並稱「江東四先生」。《宋元學案》據《元史》將張翥列爲「俟庵門人」。生平事蹟見危素《元故番易李先生墓誌銘》(《鄱陽仲公李先生文集》集前)、《宋元學案》卷九十三。除《元史》、相關方志記載外，李存與張翥的交往，多見於李存《鄱陽仲公李先生文集》，集中有關張翥的詩文共計 9 篇，以贈序與書箚爲主。今存張翥詩、詞、文，均未見有關於李存之作品。

　　案：據《元史》本傳，翥受業李存在師從仇遠之前，從仇遠學詩最
　　　　遲在翥十一歲時，則受業李存在 1295 年前後。此時李存不亦
　　　　過十五、六歲，實無從學之可能。說已詳前。蓋張翥少年在江
　　　　西與李存相識，此番還江西，始隨其學陸學。又考上引李存《孫
　　　　徵君哀辭》，則張翥受學並非一時，中間當有所間斷。從此後
　　　　李存致張翥的書信來看，直至張翥入大都爲翰林國史院編修
　　　　官，李存對其仍有影響。

延祐年間，在饒州，與吳德昭、胡文友、吳存遊。

　　《松巢漫稿》序：「延祐中，余至鄱陽，與吳君德昭、胡君文友、吳君仲退遊，聞徐君山玉詩聲，而不一識。」

　　吳德昭，與吳澄有交往，《松巢漫稿》有與其唱和之詩。胡文友，生平不詳，宋黎廷瑞編《鄱陽五家集・芳洲集》、《柳亭詩話》、《日下舊聞考》均載有其詩。吳存（1255～1339），字仲退，元初不仕進，五十九歲後，數次強起爲學官，尋去。年八十五卒。《松巢漫稿》有與其唱和之詩。生平事蹟見危素《危學士全集》卷十二《吳

仲退先生墓表》。

　案：饒州路，唐時曾爲鄱陽郡。又，《松巢漫稿》爲徐瑞詩集，張
　　　翥後曾爲序，清代史簡編入《鄱陽五家集》。

　《臨川燈夕》詩與《蘭陵王》（臨川寓舍聞箏）、《摸魚兒》（臨川
春遊，連日病久，賦此止之）、《風流子》（臨川歲五月祠神，以中末
二旬之六、七、八日張燈，遊人特盛。回憶武林元夕）、《齊天樂》（臨
川，夜飲滏陽李輔之寓所）、《浪淘沙》（臨川文昌樓望月）詞均當爲
此時期之作。

　　蘭陵王　臨川寓舍聞箏

　　　晚風惡。墻外楊花正落。鞦韆罷、人在瑣窗，猶怯春寒下
　　　簾幕。多情倦繡作。恰了。棠梨半萼。移金雁、應是自調，
　　　盡寄深情與絃索。　數聲《白翎雀》。又歌拍多時，嬌甚彈
　　　錯。新聲舊譜多忘卻。想紅香憔悴，錦書遼邈，匆匆前度
　　　見略略。甚如在天角。　霧閣。閉銀鑰。奈夢斷行雲，青
　　　鳥難託。三生書記情緣薄。記舊家歌舞，那時行樂。桃枝
　　　人面，問酒家，負舊約。

「霧閣」二字前，原未有分片空格，汪本同。考《詞律》，據曹溶看
本、北大藏本、鮑刻本增。

　　文昌樓望月時家已歸浙上

　　　今夜溪樓月，登臨倍惘然。電光何處雨，風色欲秋天。
　　　歷歷燈緣岸，依依笛起船。江湖歸路渺，迴首白鷗前。

　　浪淘沙　臨川文昌樓望月

　　　醉膽望秋寒。星斗闌干。小窗人影月明間。客裏不知歸是
　　　夢，只在吳山。　行路自來難。長鋏休彈。黃塵到底涴儒
　　　冠。一片白鷗湖上水，閒了漁竿。

　　齊天樂　臨川，夜飲滏陽李輔之寓所

　　　紅霜一樹淒涼葉，驚烏夜深啼落。客裏相逢，尊前細數，
　　　幾度雨飄風泊。微吟緩酌。漸月影斜歌，畫闌東角。只怕

梅花，無人看管瘦如削。 江湖容易歲晚，想多情念我，
歸信曾約。塵土狂蹤，山林舊隱，夢寄草堂猿鶴。離懷最
惡。是酒醒香殘，燭寒花薄。一段銷凝，覺來無處著。

摸魚兒 臨川春遊，連日病酒，賦此止之

過花朝、淡煙輕雨，東風還又春社。客懷不斷還家夢，只
泥酒杯陶寫。孤館夜。甚濃醉、無人知道歸來也。蘭燈半
灺。任賦就魚牋，絃拋玉軫，誰念倦司馬。 長安市，幾
度攜尊命駕。空驚遊興衰謝。醉鄉天地無今古，爭得一襟瀟
灑。春縱冶。便不飲、從教團雪揉花打。觥籌已罷。笑蝶
贏蜠蛉，吾今真止，為報獨醒者。

臨川燈夕

高燭明妝各鬬新，月來花過一羣羣。
歌聲緩入東風去，捲盡芙蓉一桁雲。

風流子 臨川歲五月祠神，以中末二旬之六、七、八日張燈，遊人特盛。回憶武林元夕

荷雨送涼飈，炎塵靜、三市影燈宵。看珠珞翠繩，餤搖冰盌，
綵棚花架，光射星橋。洞天好、笑聲遮畫扇，歌韻合鸞簫。
瓊樹影中，月窺端正，雪羅香裏，人鬬嬌嬈。 依稀元夜
影，銅壺短、還又露瀼煙飄。空遺酒懷搖蕩，羈思無聊。
想驄馬鈿車，俊遊何在，雪梅蛾柳，舊夢難招。醉掩重門
半釭，蘭爐紅銷。

「武林」，原作「武陵」，曹溶看本、北大藏本、汪本、鮑刻本同，據
《永樂大典》卷二九五二改。案：武陵，元屬常德路武陵縣，今江蘇
省常德市。張耆在臨川之前並未到過江蘇一帶。而據《題高彥敬山村
圖》，其十一歲已至杭州，杭州舊名武林，故各本皆誤，《永樂大典》
為是。

陳基生。王畛生。案：陳基《飛雲樓詩（並序）》：「予與季野齒同。」

是歲，四月，命集賢學士擇《資治通鑑》切要者以蒙古語譯以進。
八月癸卯，陞太常寺為太常禮儀院，秩正二品。天下州郡舉其賢能者

充任有司。八月，延祐首科鄉試。

公元1315年（元仁宗愛育黎拔力八達延祐二年　乙卯）二十九歲

翥此年離開江西，前往浙江鄞縣。

《臨川留別宜黃樂杞楚材》詩與《解連環》（留別臨川諸友）、《浣溪沙》（臨川別席）詞均應作於此時。

臨川留別宜黃樂杞楚材

當年攜酒杏花春，同是江西榜上人。

歲晚異鄉爲客久，夜來歸夢到家頻。

雁聲孤館迢迢雨，馬影斜陽漠漠塵。

悵望與君江海別，幾時高誼復相親。

解連環　留別臨川諸友

夜來風色。歎青燈素被，早寒欺客。想寂寞、人在簾櫳，望鴻雁欲來，又催刀尺。秋滿關河，更誰倚、夕陽橫笛。記題花賦月，此地與君，幾度遊歷。　江頭楚楓漸赤。對離尊飲淚，難問消息。趁一舸、千里東歸，眇天末亂山，水邊孤驛。晼晚年華，悵回首、雨南雲北。算今古、此情此恨，甚時盡得。

浣溪沙　臨川別席

昨夜花前送玉鍾。綠鬟歌罷《落梅風》。不知離思爲誰濃。

　醉語低回銀燭背，夢雲重疊繡幬中。只愁歸路見芙蓉。

歐陽玄、許有壬賜進士出身。十一月，陳高生。

是歲，二月己卯朔，會試進士。三月乙卯，賜張起巖等五十六人及第，出身有差。四月辛巳，賜進士恩榮宴於翰林院。八月，詔江浙行省印《農桑輯要》萬部，頒降有司遵守勸課。

三、重返江浙，科試鄉邦（元仁宗愛育黎拔力八達延祐三年丙辰～元文宗圖帖睦爾至順三年壬申，1316～1332，三十歲～四十六歲）

公元1316年（元仁宗愛育黎拔力八達延祐三年　丙辰）　**三十歲**

正月初一，作《還自臨川省親鄞之長山元日有作》詩。

> 還自臨川省親鄞之長山元日有作　丙辰
> 茆屋鹿皮几，柴扉烏角巾。杯盤豐海味，禮數略鄉人。
> 樹霽石湫曉，山暄槎浦春。僻居無一事，即是葛天民。

《四明寓居即事》詩作於此年或稍後。

> 四明寓居即事
> 郡城重鎮浙江東，徼道荒蕪雉堞空。
> 於越山川星紀外，故王臺榭水雲中。
> 船來蠻賈衣裳怪，潮上海鮮鱗鬣紅。
> 不向旗亭時一醉，行人愁殺柳花風。

是歲，六月乙亥，制封孟軻爲邾國公。

公元1317年（元仁宗愛育黎拔力八達延祐四年　丁巳）**三十一歲**

清明，登定海縣招寶山望海。作《望海潮》（扶桑何許）詞。

定海縣，元時與鄞縣、象山縣、慈谿縣，同屬慶元路，今浙江省寧波市鎮海區。

> 望海潮　丁巳歲清明日，登定海縣招寶山望海
> 扶桑何許，蓬萊何處，滄海一望漫漫。精衛解填，黿鼉可駕，凌波直渡三韓。雲氣有無間。只是天是水，無地無山。贔屭鼇掀，颶風俄起晝生寒。　從今不數鯨桓。羨秦人採藥，龍伯垂竿。槎信未來，珠光暗徙，羣仙約我驂鸞。長嘯壯懷寬。且振衣絕頂，釃酒長瀾。揮手相招，片帆飛趁暮潮還。

　　此年，祝蕃授紹興路高節書院山長。中貢試，年三十二。然在下一年的京師會試中未中，改任饒州路南溪書院山長。案：危素《上饒祝先生行錄》：「延祐四年，江浙省用岳君言，授紹興路高節書院山長。是年貢於鄉。至京師，遊諸公間，頗論天下事。一名卿曰：『國家故事，非後至者所能知。』先生曰：『國家故事，有非愚陋所能知，然田里之休戚，顧肉食者勿察耳。』下第，還，改授饒州路南溪書院山長。」李存《祝蕃遠墓誌銘》：「郡縣以茂才異等，薦之行省，授某州高節書院山長。歲適大比，以《易經》中鄉舉，會試不利。」

　　是歲，四月，命以蒙古語譯《大學衍義》。

公元 1319 年（元仁宗愛育黎拔力八達延祐六年 己未）三十三歲

八月十五，作《閏中秋是日白露節》詩。

　　案：據陳垣《二十史朔閏表》，元大德四年（1300），延祐六年
　　　　（1319），後至元四年（1338）為閏八月，玩味此詩所表達的
　　　　思致，暫繫於是年。

　　　閏中秋是日白露節
　　　　河漢雲消溢素光，重開樽酒據胡牀。
　　　　嫦娥斟酒猶前夕，老子婆娑且醉鄉。
　　　　風信兩番生綠桂，年華一寸入黃楊。
　　　　怪來詩思清難忍，早雁聲中露欲霜。

至遲此年，作《送述古彭大年真人》詩。此時的張翥當已在杭州。

　　案：張雨《句曲外史集》卷中《題彭大年禱雨詩卷和仲舉韻延祐
　　　　己未開玄道院作》：「羽衣秋薄剪湘荷，茅屋山宮補綠蘿。白
　　　　石資方青飢飯，洪厓借乘雪精騾。松雲暖憶春遊嶽，冰草寒
　　　　憐曉度河。使節南歸如見念，峰頭笙鶴好相過。」

　　　送述古彭大年真人
　　　　袖有神方煉紫荷，幾年璚籙著功多。

仙人海上騎黃鶴，道士山中認白騾。

棗木斗盤藏霹靂，楊枝瓶水灑天河。

只應小閱開皇䢼，一劍秋空處處過。

「幾年璚籙著功多」，《草堂雅集》卷六作「暫封丹檢出煙羅」。案：據張雨和詩，此句以「蘿」韻腳，「羅」、「蘿」亦不同，今特標明。

《滿江紅》（次韻耶律舜中樟亭觀潮）**詞作於此年前後。**

樟亭，在今杭州，為觀潮聖地。

案：楊瑀《山居新語》卷一：「脫脫丞相，即倚納公，康里人氏。延祐間為江浙丞相，有伯顏察兒為左平章，咨保寧國路稅務副使耶律舜中為宣使。」則此詞或作於延祐年間。

滿江紅　次韻耶律舜中樟亭觀潮

望入西泠，乍一線、濤頭湧白。疑海上、鰲翻山動，鵬摶風積。銀漢迢遙槎有信，秋光浩蕩雲無迹。快醉揮、吟筆倒瓊瑰，馮夷宅。　　沙草遠，迷煙磧。雲樹老，欹宮壁。歎潮生潮落，幾時休息。事往空遺亡國恨，鳥飛不盡吳天碧。正銷凝、何處夕陽樓，人橫笛。

是歲，十二月，封宋儒周敦頤為道國公。

公元 1320 年（元仁宗愛育黎拔力八達延祐七年　庚申）三十四歲

春，由杭州至太原，參加秋季舉行的鄉試。

李存《張仲舉明春秋經歸試太原序》：「延祐七年春，張仲舉將由錢塘歸，就試太原。不遠千里，以書來徵余言。」

案：太原，元為太原路，大德九年（1305）以地震改為冀寧路。據《通制條格》卷五，元朝鄉試之地點計行省十一處，宣慰司二處，直隸省部路分試四處。河東冀寧路宣慰司其一也。又，鄉試合格參加會試人數定為三百人，蒙古、色目、漢人、南人各七十五人，河東定額七人。十二年後（1332），張翥四十六歲參加鄉試的江浙行省，參加會試的定額居全國之首，亦僅有二

十八人。

又，陳樵有《送張仲舉歸晉陽舉進士六首》詩，晉陽爲秦代所置的晉陽城，即太原。

陳樵（1278～1365），字居采，號鹿皮子，婺州東陽（今屬浙江）人。一生隱居，專心著述。生平事蹟見宋濂《元隱君子東陽公先生鹿皮子墓誌銘》。詩云：

> 籍甚張公子，詞華眾所推。門閭千里望，天地一編詩。
> 花落山公宅，雲寒杵臼祠。看君歸晉日，翻作別家時。
>
> 世業今誰繼，瑤編自討論。長材歸下吏，吾子好斯文。
> 千里風期合，三才月旦尊。眼中今落落，俗下正紛紛。
>
> 牽牛在南紀，遊子上河梁。殿閣終前席，江湖且下方。
> 州閭無別業，文字有他腸。萬里關西路，秋槐日夜黃。
>
> 長歌望吳越，不道出無車。明節固所尚，清門難可居。
> 春帆移暮雨，晚飯半江蔬。何地非鄉社，終期返故廬。
>
> 掛帆謝公浦，把酒閶闔城。江柳不忍折，春風當別行。
> 關雲連楚暗，隴月向吳生。葉落長安道，思君北問程。
>
> 矯矯凌雲賦，纍纍白雪歌。世人祇漫與，吾子視如何。
> 誰預文章觀，君宜甲乙科。秋闈今獨立，春興未須多。

此年仇遠七十四歲。翥作《最高樓》（方寸地）為其祝壽。

最高樓　為山村仇先生壽

> 方寸地，七十四年春。世事幾浮雲。躬行齋內蒲團穩，耆英社裏酒杯頻。日追遊，時嘯詠，任天眞。　喜女嫁、男婚今已畢。便束帛、安車那肯出。無一事、掛閒身。西湖鷗鷺長爲侶，北山猿鶴莫移文。願年年，湯餅會，樂情親。

本年前後，杜本往福建武夷山居住，在詹天麟的資助下，築思學齋、懷友軒。

翥有詩《寄題杜原父懷友軒》。

虞集《思學齋記》：「予始識臨江杜伯原甫於京師也，見其博識

多聞，心愛重之，間從之，有問焉。……未幾，去，隱於武夷山中，
其友詹景仁氏力資之，蓋得肆志於所願學，而予不及從之矣。延祐
庚申，予居憂在臨川，原甫使人來告曰：『我著書以究皇極經世之旨，
子其來，共講焉。』且曰：『我以思學名齋，居舊矣。子為我記。』」

案：《危太僕文續集》卷二《元故徵君杜公伯原父墓碑》：「詹撫州
天麟故家武夷，延公俱歸，得平川一曲，衍沃深邃，有終焉之
意。手抄六經，刊傳注，作思學齋，雍公之子文靖公為之記。
作懷友軒，而自記之。」由是可知，思學齋與懷友軒當築於同
時。

杜本《懷友軒記》：「余少時，喜遊名山川，聞武夷最勝而最遠，
常按圖指畫，擊几為節，詠九曲櫂歌，想昔人之餘韻，謂不得遂其願
慕之心矣。皇慶初元，以御史大夫朮公薦，在京師獲託姓名於四方之
士，於時張君伯起以童子科校書祕省，詹君景仁亦辟掾三公府，三人
者，暇輒相從以問學切磋為事。廼二君皆粵產，而景仁世家武夷。嘗
極道其谿山高深，環合千態萬狀，有終身不得窮其趣者。……延祐間，
景仁出貳浙東憲幕，伯起亦佐郡三山，余以微言忤執事之臣，書不報
而去，遂得挾冊山中，償夙所願，蓋二君之力也。……余與景仁顧而
樂之，請景仁贖其榛莽之虛，而剗薙蓺植之，擬卜居。未暇，乃即其
東偏構堂室，攜妻子讀書其中。又得茀地而蓄之，植兩楹為軒，以舍
余。其間戶牖簡朴，藏脩遊息在焉。然每一俯仰，輒思平生故交，多
海內名士，或道德之高深，或文章之雄雅，或政事之明達，或翰墨之
神奇，或節操之堅峻，或信義之昭白，或譚論之該綜，或考覈之精審，
或出處之慎重，或神情之間曠，乃皆在神京大府，湖江之外不得相觀，
以成其志，寧不重有所懷邪？因題其軒曰『懷友』，以著余心。……
雖親舊之交遠江海之跡，踈然神會於文字之間，猶能友於千古，況同
一寰宇而並世者哉？因輯其詞翰列氏名而記之，以寓吾懷。然其出處
存歿雖異，而余之所慕，則不在於斯也。」

　　杜本（1276～1350），字伯原，《遂昌雜錄》云字原父，號清碧先生，清江（今屬江西）人。元武宗崩後，受詹天麟之邀，居武夷，至正十年八月丙戌卒於武夷山。生平事蹟見危素《元故徵君杜公伯原父墓碑》、鄭元祐《遂昌雜錄》。《元史》卷199有傳。

　　　寄題杜原父懷友軒

　　　　尺五城南近世紛，移家來並武夷君。

　　　　他年功業誰青史，此日山林自白雲。

　　　　石氣曉侵書幌濕，溪聲時雜棹歌聞。

　　　　故人已有同棲約，杖策行穿虎豹群。

　　十月二十四，李衎卒，年七十七。李衎（1244～1320），字仲賓，號息齋道人，大都（今北京）人。元貞二年（1296），除嘉興路總管府同知。元仁宗即位，除吏部尚書，卒於揚州。追封薊國公，諡文簡。翰墨餘暇，善圖古竹木石，畫竹師法文同。有《竹譜詳錄》七卷。生平事蹟見蘇天爵《故集賢大學士光祿大夫李文簡公神道碑》。

　　是歲，正月辛丑，仁宗崩，壽三十六。三月庚寅，碩德八剌即皇帝位，是為英宗。十一月丁酉，詔各郡建八思巴殿。十二月，定鹵簿大駕為三千二百人，法駕為二千五百人。

公元 1321 年（元英宗碩德八剌至治元年 辛酉）　三十五歲

賈策本年任紹興西興場鹽令。

翥《嘯亭為鹽令賈策治安題》作於是年或稍後。

　　陳旅《賈治安墓誌銘》：「至治元年，為紹興之西興場鹽司令。時兩浙轉運使王公都中，以竈戶有恒賦，而貧富之不恒也久矣，乃俾官屬行諸郡更定之。治安行四明、天台諸場，至，則集其人而告之曰：『竈戶之弊極矣，產與賦久不相侔，民窮且死，富者猶任輕賦，而使窮且死者任其重，忍乎？爾曹相與居鄉里，戶高下所素定者，今與若約，產多者上坐，余以次占席，賦以是為差。』既坐，各著於籍而退，不擾而賦平。人有圖其像而事之，蓋感之至也。」

　　賈策（1282～1339），字治安，錢塘（今浙江杭州）人。至治元

年（1321），累遷紹興西興場鹽司令，至順二年（1331），同知餘姚州事。後任仁和縣尹，卒於官。生平事蹟見陳旅《安雅堂集》卷十二《賈治安墓誌銘》。

嘯亭，即舒嘯亭，在今浙江省杭州市富陽市新登鎮東。陳旅《賈治安墓誌銘》：「居西興時，有賈公墩、舒嘯亭，鶴死而瘞之，則為鶴冢亭。所居以悠然名齋，常慕陶彭澤之為人，年未六十以邑令終，此其徵歟？」

嘯亭為鹽令賈策治安題　亭在西興江上

老子掀髯處，雲間孤草亭。不妨舒逸氣，直恐動精靈。
風水劃秋湧，魚龍悲夜聽。幾番流響歇，江冷越山青。

宋本四十一歲。三月庚辰，宋本廷試第一，賜進士及第，授翰林修撰。《元史・宋本傳》：「宋本，字誠夫，大都人。……嘗從父禎官江陵……年四十始還燕。至治元年，策天下士於廷，本為第一人，賜進士及第，授翰林修撰。」

是歲，正月丁亥，張養浩諫止元夕於宮中張燈。三月丙子，建帝師八思巴寺於京師。庚辰，廷試進士泰普化、宋本等六十四人賜及第、出身有差。十月癸丑，敕翰林、集賢官年七十者毋致仕。

公元 1322 年（元英宗碩德八剌至治二年　壬戌）　三十六歲

曹鑑任江浙行省左右司員外郎。《元史・曹鑑傳》：「至治二年，授江浙行省左右司員外郎。」六月，趙孟頫（1254～1322）卒，年六十九，諡文敏。

是歲，三月，復置市舶提舉司於泉州、慶元、廣州三路。五月丙申，以吳全節為玄教大宗師，特進上卿。

公元 1323 年（元英宗碩德八剌至治三年　癸亥）　三十七歲

八月十五，釋明本化於其山東岡之草庵，年六十一。虞集《智覺禪師塔銘》：「大元至治癸亥八月十五日，化於其山東岡之草庵。」

釋明本（1263～1323），號中峯，俗姓孫，出家吳山聖水寺，後

往天目山，依高峰原妙禪師。元貞、大德年間，遍遊大江南北，在廬州弁山及雁蕩山結菴，均名「幻住」。朝廷進號「佛慈圓照廣慧禪師」，不赴朝。元英宗至治三年（1323）八月卒，年六十一。諡智覺。生平事蹟見虞集《智覺禪師塔銘》、鄭元祐《元普應國師道行碑》。

張翥《懷天目山處士張一無二首》、《送道士張一無還安仁省親》二詩作於是年之前。

據虞集《智覺禪師塔銘》：「天目之山有獅子巖，高峯妙禪師居之，設死關以辨決，參學之士望崖而退者或眾矣。得一人曰本公，是為中峯和尚。」死關原來是對世俗之人皈依佛門的一種考驗。張翥詩中的「未得拋塵網，相從出死關」表明張翥此時雖有依佛之念，但終究不能拋棄世俗之「塵網」，這個塵網應該既包括飲食男女這一人類生存最基本的需要，還包括入仕為官實現讀書人最基本的理想的願望。這點從前此所作的含蓄模糊的懷人之作與參加太原鄉試一事均可得到證明。

張一無，字善式，饒州安仁（今江西鄱陽）人。龍虎山道士，並喜佛，入天台山參禪，從釋明本受戒具，其卒年當與吳全節相距不遠。生平事蹟見鄭元祐《遂昌雜錄》。

> 懷天目山處士張一無二首　仙巖道士，禮中峯，受戒具
> 　一飯了年華，蒲團靜結跏。雪蹊拋即栗，風壁裂袈裟。
> 　寒狖窺燒葉，飢禽聽施茶。清除億刼想，吾欲問僧伽。
> 　僧舍蜂腰綴，君居第幾間。池冰寒掛瀑，雲雪白藏山。
> 　未得拋塵網，相從出死關。東岡幻住塔，禮罷幾時還。

> 送道士張一無還安仁省親　參中峰回
> 　南楚東吳一草亭，道人元不歎飄零。
> 　幻身在世真如露，客鬢經年漸欲星。
> 　招隱山中猨鶴怨，話禪石上鬼神聽。
> 　殷勤此別須回首，不忘君家桂樹青。

「參中峰回」，四字原無，補遺本、曹溶看本、汪本同，據四部叢刊

本、陸本補。

八月十六，作《癸亥歲八月十六夜對月》詩。

「夢斷瑤臺」是用蘇軾之典，蘇軾《賀新郎》（乳燕飛華屋）：「乳燕飛華屋，悄無人、桐陰轉午，晚涼新浴。手弄生綃白團扇，扇手一時似玉。漸困倚、孤眠清熟。簾外誰來推繡戶，枉教人、夢斷瑤臺曲。又卻是，風敲竹。」據蘇軾自序，此詞是為藝妓秀蘭由於「沐浴倦臥」遲到被責所作。「夢斷瑤臺」指的便是倦臥一事。張耒用在這裏，表達了一種十分模糊的感情。或與懷人有關。

> 癸亥歲八月十六夜對月
>
> 蟋蟀梧桐秋滿庭，浮雲散盡見疎星。
> 仙人脩月渾無迹，使客乘槎自有靈。
> 一道銀河通碧海，三更白露下青冥。
> 西風忽起吹黃鵠，夢斷瑤臺醉未醒。

「癸亥歲」，三字原無，據《草堂雅集》卷六補。

是歲，正月，以吳澄為翰林學士。二月辛巳，頒行《大元通制》。四月甲戌，命張珪、右司員外郎王士熙勉勵國子學。六月，從太常請，纂修累朝禮儀。八月癸亥，鐵失等殺丞相拜住，弒帝於南坡行幄，年二十一。九月癸巳，也孫鐵木兒即位。十二月甲戌，命道士吳全節修醮事。

公元 1324 年（元泰定帝也孫鐵木兒泰定元年 甲子）三十八歲

正月，作《甲子元日夜大雪初三日立春始晴》詩。

> 甲子元日夜大雪初三日立春始晴
>
> 幾年無此雪，南國見應稀。平地深三尺，飛花大一圍。
> 銀河乾徹底，白石爛生輝。潤色饒梅柳，新春曉已歸。

作《王貞婦》詩。

錢惟善《江月松風集》卷一《王氏節婦詩序》：「丙子歲，天台王氏妻為兵所掠，至嵊縣青楓嶺，齧指題五十六字石上，投崿江而死，

迄今血書宛然。泰定初，邑徐丞始上其事，請立廟旌之。晉張仲舉首唱作詩一章，邀好事者同賦。」

案：李孝光《王貞婦傳》：「王婦者，夫家臨海人。至元十三年冬，王師南至。王婦夫、舅姑俱被執師中。千夫將見婦色麗，乃盡殺其舅姑與夫，而欲私之。王婦憤痛即自殺，千夫奪挽，不得殺，責俘囚婦人雜守之。婦欲死，不得間，自念當被污，即佯曰：『若殺吾舅姑與夫而求私我所爲妻妾者，欲我終善事主君也。吾舅姑與夫死，我不爲之哀，是不天也。不天，君焉用我爲？願請爲服朞月，苟不聽我，我終死耳，不能爲若妻也。』千夫畏其不難死，許之，然愈堅置守。明年春，師還，挈行至崎嶔。守者信之，滋益懈。過青楓嶺上，婦仰天竊歎曰：『吾得死所矣。』乃齧拇指出血，寫口占詩山石上，已，南向望哭，自投崖下而死。或視血，漬入石間，盡已化爲石。天且陰雨，復見血墳起如始日。……至治間，會稽嵊丞徐瑞爲起石屋，樹碑廟中，以旌其鬼焉。」李孝光《五峰集》卷八有《過王貞婦廟》詩。

又案，錢惟善泰定說與李孝光之至治說稍異，此詩約作於是年。《南村輟耕錄》卷三、葉子奇《草木子》卷四亦有記載，較李孝光之《傳》多王婦之詩。《南村輟耕錄》卷三詩云：「君王無道妾當災，棄女抛男逐馬來。夫面不知何日見，此身料得幾時回。兩行清淚偸頻滴，一片愁眉鎖未開。延首故山看漸遠，存亡兩字實哀哉。」差別最大在末二句，《草木子·談藪篇》詩云：「今夜清風江上月，存亡二字苦哀哉。」

王貞婦

青楓嶺頭石色赤，嶺下嶀江千丈黑。數行血字尚爛斑，雨蕩霜磨消不得。當時一死眞勇烈，身入波濤魂入石。至今苔蘚不敢生，上與日月爭光晶。千秋萬古化爲碧，海風吹斷

山雲腥。可憐薄命良家女，千金之軀棄如土。姦臣誤國合
萬死，天獨胡爲妾遭虜。古來喪亂何代無，誰肯將身事他
主。兵塵澒洞迷天台，骨肉散盡隨飛埃。楓林景黑寒燐墮，
精靈日暮空歸來。堂堂大節有如此，正當廟食依崔嵬。君
看嶧江之畔石上血，當與湘江之竹淚痕俱不滅。

是歲，二月甲申，命吳澄、鄧文原等以《帝範》、《資治通鑑》、
《大學衍義》、《貞觀政要》等書授太子及大臣子弟。三月戊戌，廷
試進士八剌、張益等八十四人及第、出身有差；會試下第者，亦賜
教官有差。八月辛亥，遣翰林學士承旨祀太祖、太宗、睿宗三朝御
容於普慶寺。辛未，繪帝師八思巴像十一頒各行省，俾塑祀之。

公元 1325 年（元泰定帝也孫鐵木兒泰定二年 乙丑）三十九歲

正月，作《水調歌頭》（三十九年我）詞。

> 水調歌頭　乙丑初度，是歲閏正月，戲以自壽
> 三十九年我，老色上吟髭。生辰月宿南斗，政合退之詩。
> 今歲兩逢正月，準算恰成四十，歲暮日斜時。臘瓮削紅玉，
> 湯餅煮銀絲。　炷爐香，飲盃酒，賦篇詞。蕭然世味，前
> 身恐是出家兒。天下誰非健者，我輩終爲奇士，一醉不須
> 辭。莫問黃楊厄，春在老梅枝。

三月，作《上除日南山蓮社期懺偕伯清昆季還飲南園》詩。

> 案：據陳垣《二十史朔閏表》，張養在江南時春季閏月共有六年
> 　　（1287、1306、1314、1317、1325、1333），其中 1306、1325、
> 　　1333 年張養在杭州，此詩當作於此三年間，暫繫於是年。

> 上除日南山蓮社期懺偕伯清昆季還飲南園
> 禊飲湖亭上，臨流自祓衣。閏留春事晚，風打酒船稀。
> 蛙子黑初出，桃花紅欲飛。早霞知有雨，霶霈送人歸。

清明，作《清明遊包家山》詩二首。

> 清明遊包家山　乙丑

遠近紅千樹，繁開奪艷霞。月明寒食雨，春老上陽花。

輦路迷遊躅，宮詞入夢華。東風葵麥浪，回首野人家。

太液曾來鵠，高臺舊影娥。美人黃土盡，故國白雲多。

野草荒神籍，宮蓮怨棹歌。羌兒洗馬處，斜日滿寒波。

四月一日，作《北歸四月一日舟至市涇》詩。

市涇，元屬平江路吳江州，在今江蘇省吳江市一帶。

北歸四月一日舟至市涇　乙丑

綠樹村村合，晴川浦浦通。岸容寬積雨，水色定回風。

戍近時鳴柝，漁歸忽艤篷。船人喜相約，乘早過垂虹。

作《送宋本禮部狀元調選還京》詩。

宋褧《故集賢直學士大中大夫經筵官兼國子祭酒宋公行狀》：「是年（案：泰定元年）冬，進兵部員外郎，奉議大夫。國家幅員視古為廣，要荒州縣赴京師，動涉萬里，因定制四川、雲南、福建、廣南、西五道，三歲一遣官廉慎有干局者，詣所隸行省，偕行臺監察御史，注擬三品以下官。比奏聞，降制勑先遣赴上。是歲適當銓朝堂久才，公俾分典福建銓，福建八路瘴癘少、地富庶，善闕什六七，或可以賄取，公一以公道處之，向任惡闕今優之，善闕今補以中下，稱提銓擇，遏絕姦弊，人法並用，得黜陟宜。二年，還朝，轉中書左司都司，奉政大夫。」

送宋本禮部狀元調選還京

聖主求賢禮數崇，策名高步冠南宮。

乘槎析木天津上，奏賦甘泉鹵薄中。

染翰墨凝仙掌露，護衣香散御爐風。

只今帝業熙千載，正待儒臣黼黻功。

詩題，《草堂雅集》卷六作《送宋員外調閩選畢還京師》。

是歲，九月戊申朔，分天下為十八道，遣使宣撫。募富民入粟拜官，不願仕者旌其門。

公元 1326 年（元泰定帝也孫鐵木兒泰定三年 丙寅） **四十歲**

仇遠卒（1247～1326），年八十。

耆嘗作《清明日遊東山謁棲霞嶺仇先生墓》、《三月六日偕楊元誠張仲川拜掃棲霞仇先生墓題絕句》二詩懷念仇遠。

　案：錢惟善《江月松風集》卷一《山村輓詞》：「詩窮八十年，江海正淒然。玉塵風生頰，青山雪滿顛。門墻張籍俊，墓表孟郊賢。出處人皆識，哀歌徹九泉。」

　又案：《浙江通志》卷二百三十五引《（成化）杭州府志》：「元處士仇遠墓，在棲霞嶺。」又，《西湖遊覽志餘》卷十二：「（仇遠）洪武初祠於杭學鄉賢祠。」

　　清明日遊東山謁棲霞嶺仇先生墓

　　　前輩凋零盡，南陽有古阡。詩應傳四海，酒不到重泉。
　　　槐國真成夢，桃源亦是仙。松根一匊淚，慘淡墮風煙。

　　三月六日偕楊元誠張仲川拜掃棲霞仇先生墓題絕句

　　　淚棲荒苔積草中。更無人跡紙煙空。
　　　墳前惟有山茶樹，開到清明自落紅。

　案：後詩見於淩雲翰《柘軒集》卷一《謁仇山村墓追和張仲舉詩韻並序》：「洪武戊午三月二日清明，偕弟彥翔、外弟陳彥恭謁棲霞先壠，地與南陽仇先生墓相邇，因酹焉。前一日偶閱楊真率所收《張翰林詩集》有曰（詩略）。翰林字仲舉，仲川之兄字伯雨，皆先生高弟。元誠則其故友也。其為詩，所謂長歌之哀過於痛哭者矣。因追和其韻，以寫予懷。景行莫君，亦先生高弟，故書以寄云。」

亦作《題趙文敏公木石有先師題於上》詩。

　　題趙文敏公《木石》有先師題於上
　　　吳興筆法妙天下，人藏片楮無遺者。

南陽詩律動江湖，一篇才出人爭寫。
二老風流傾一時，只今傳畫仍傳詩。
清涵月露秋見影，黑入雷雨寒無姿。
仇山黃鶴去不返，苕溪歐保歲俱晚。
好呼鐵爪夜錚錚，刻向青瑤照人眼。

晚年又嘗輯仇遠之詩，作《輯山村先生詩卷》詩二首。

輯山村先生詩卷　二首，舊多今不存

昔在垂髫日，今嗟薄暮年。牀孤郜氏選，詩得謝公傳。
故國空戎馬，荒山冷墓田。秖令後死者，忍淚讀遺篇。

卷可留天地，詩嘗泣鬼神。鶴仙歸化鶴，批髮下騏驎。
素望高前輩，青衫老此身。棲霞石表在，終古不成塵。

此年，書贈莫維賢詩文卷。

案：據郭味蕖《宋元明清書畫家年表》〔註7〕。

是歲，六月丁酉，遣道士吳全節修醮事於龍虎、三茅、閣皂三山。
七月乙卯，詔翰林侍講學士阿魯威等譯《世祖聖訓》。

公元 1327 年（元泰定帝也孫鐵木兒泰定四年　丁卯）　**四十一歲**
本年，胡一中中進士，授紹興錄事。

翥作《分題若邪溪送胡一中允文錄事之紹興》詩。

案：據《（萬曆）紹興府志》卷四十三：「胡一中……以進士補紹興
路錄事。」胡一中，字允文，諸暨（今屬浙江）人。泰定四年
（1327）進士。與胡助、黃溍、柳貫、盧琦、錢惟善等人有交
往。生平事蹟見《（萬曆）紹興府志》卷三十三、卷四十三。
黃溍、柳貫有同題之作。

分題若邪溪送胡一中允文錄事之紹興

五雲溪水碧瀠灣，純浸蓬萊郡裏山。

〔註7〕郭味蕖《宋元明清書畫家年表》，人民美術出版社，1958 年，第 80
頁。

金躍冶鑪龍巳化，箭空仙的鶴長閒。
棹歌洲渚芙蓉外，人在樓臺卷畫間。
吟賞總輸賢錄事，樵風日莫送舟還。

閏九月，遊錢塘南屏諸山。作《閏九月遊錢塘南屏諸山》詩。

> 案：據《二十史朔閏表》，張耒經歷之閏九月僅兩年，另一年爲元
> 順帝至正十七年（1357），時耒已在大都爲官。又，《閏九月遊
> 錢塘南屏諸山》云「人生難遇兩重陽」，亦表明作於第一次閏
> 九月時。

閏九月遊錢塘南屏諸山

山僧領客興何長，慧日峰前俯大荒。
舊俗尚傳三令節，人生難遇兩重陽。
丹楓換葉隨秋老，黃菊留花過閏香。
更與摩崖訪陳蹟，西風吹冷薜蘿裳。

本年，詩人劉鶚在江西吉安建「浮雲道院」，取《論語・述而》「不義
而富且貴，於我如浮雲」義。

耒有《浮雲道院》詩。

> 劉鶚《惟實集》卷四《浮雲道院詩二十二首》引：「泰定丁卯，
> 予自河南考滿，歸於所居雞山之陽，闢五畝園，植花竹茶橘之屬，築
> 室三楹，置圖書，設枕簟，以爲讀書之所，賓至則相與飲酒、賦詩、
> 投壺、雅歌以終日，或焚香讀書，登山臨水以自樂，翛然物表，直欲
> 輕世而肆志焉。因竊取吾夫子『富貴於我如浮雲』之語，扁之曰『浮
> 雲道院』。」

浮雲道院　在吉安

百年身世與雲俱，日看紛紛變態殊。
江雨欲來龍氣黑，天風忽散崔聲孤。
行藏與道同舒卷，富貴何心較有無。
此意高人還盡解，數椽營在楚山隅。

泰定年間，曹鑑自江浙調往湖廣。

翥作《送曹鑑克明自浙省員外遷湖廣》詩。

案：《元史・曹鑑傳》：「泰定七年，遷湖廣行省左右司員外郎。」
泰定僅有四年，「泰定七年」誤。錢大昕《廿二史考異》亦言
誤〔註8〕。

曹鑑（1271～1335），字克明，宛平（今屬北京）人。至治
二年，授江浙行省左右司員外郎，泰定年間，遷湖廣行省
左右司員外郎，後至元元年陞禮部尚書，俄感疾卒，年六
十五，諡文穆。《元史》卷186有傳。

送曹鑑克明自浙省員外遷湖廣

上流形勢控荊揚，撾鼓飛帆過武昌。
幕府一時登傑俊，朝廷今日際明良。
南樓詞翰題鸚鵡，北斗旌旗下鳳凰。
好折楚芳遙寄與，美人秋水遠相望。

泰定年間，祝蕃任建康路學正。

翥作《懷上饒祝蕃蕃遠時為建康學正》詩。

案：危素《上饒祝先生行錄》：「改授饒州路南溪書院山長……而後
已故翰林待制楊公剛中提舉江浙儒學，言於省府，擇先生為建
寧路儒學正，教養有法。」又據《（雍正）浙江通志》卷一一六，
楊剛中於泰定年間任江浙儒學提舉，故祝蕃為建康路學正亦在
泰定年間。又，危素所言建寧路學正，當為建康路學正之誤。

祝蕃（1286～1347），字蕃遠，貴溪（今屬江西）人。延祐四年
（1317）鄉試以《明堂賦》受考官賞識，然第二年赴大都參加會試，
未被錄取。一生主要任教職。至正初年，任潯州經歷。至正七年，病
故，年六十二。生平事蹟見李存《祝蕃遠墓誌銘》、危素《上饒祝
先生行錄》。

〔註 8〕錢大昕《廿二史考異》元史十四，上海古籍出版社，2004年，第1356
頁。

懷上饒祝薔薔遠時爲建康學正

　　聖王端拱致時平，妙選羣才屬汗青。

　　一代彌文縣日月，萬方同軌走雷霆。

　　敢希太史抽金匱，更待中郎寫石經。

　　出處與君俱有道，不煩猿鶴謝山靈。

　是歲，三月丙午，廷試進士阿察赤、李黼等八十五人，賜進士及第、出身有差。六月辛未，命阿魯威等譯《資治通鑒》以進。十月己酉，以治書侍御史王士熙爲參知政事。丁巳，傅巖起爲吏部尙書。

公元 1328 年（元文宗圖帖睦爾天曆元年　泰定帝也孫鐵木兒致和元年　天順元年 戊辰）　四十二歲

釋大訢住持龍翔寺，年四十五。

耒《寄龍翔訢公長老》詩作於此年以後。

　黃溍《龍翔集慶寺笑隱禪師塔銘》：「天曆元年，有詔以金陵潛邸爲大龍翔集慶寺，妙柬名德，俾之開山，公首膺其選，特界三品文階，以冠法號。」

　釋大訢（1284～1344），字笑隱，俗姓陳。天曆元年（1328），元文宗自金陵入繼大統，選大訢主持集慶寺，授中大夫。亦能詩。生平事蹟見黃溍《龍翔集慶寺笑隱禪師塔銘》。

寄龍翔訢公長老

　　古笪橋邊夾道斜，老禪方丈梵王家。

　　山人宴坐時分芋，天女飛來或散花。

　　護法神龍蟠結構，定巢春燕避袈裟。

　　此生已悟空無住，欲就莎房借鹿車。

阿魯威致仕，居杭州。

耒有《陪東泉學士泛湖》、《偶成二絕句簡魯威學士》二詩。

　阿魯威，字叔重，號東泉，蒙古人。至治間累官泉州路總管，泰定帝召爲翰林侍講學士，遷侍讀學士，文宗立，致仕居杭州。孫楷第

先生《元曲家考略》對其生平有考證。

　　陪東泉學士泛湖

　　　山靄忽空無，春暉正滿湖。船頭載家樂，花裏駐行廚。

　　　樂任喧呼動，歸從酩酊扶。使君留客意，更爲倒金壺。

　　偶成二絕句簡魯威學士

　　　雲物淒涼小雪初，半庭殘菊蝶來蹀。

　　　連朝筆硯多忙事，借得東泉學士書。

　　　病起頭顱不可風，南窗晴日正融融。

　　　天憐老境無差使，乞與詩篇酒醆中。

九月十五，白珽卒，年八十一。十一月二日，葬錢塘縣樓霞山。

珽生前與翥有唱和，翥嘗作《吳下客懷秋答湛囦白先生廷玉》
詩。

張翥與白珽相識當在隨仇遠學習期間。吳下，指今江浙一帶。

　　宋濂《元故湛淵先生白公墓銘》：「天曆元年九月十五日卒，年
八十一。其年十一月二日，葬錢塘縣履泰鄉樓霞山之陽。其子遵治
命，題曰『西湖詩人白君之墓』云。」

　　白珽（1248～1328），字廷玉，號湛淵，錢塘（今浙江杭州）
人。宋咸淳中，詩歌與仇遠齊名。宋亡後，由太平路學正至蘭溪州
判官。晚年歸老樓霞山。天曆元年九月十五卒，年八十一。有《湛
淵集》、《湛淵靜語》。生平事蹟見《湛淵靜語》自序、宋濂《元故
湛淵先生白公墓銘》。其子白賁爲元曲名家。

　　吳下客懷秋答湛囦白先生廷玉

　　　湖海無窮事，風霜薄暮年。客程淹白日，吾道信青天。

　　　影自誚形贈，心寧受目憐。平生五字律，名在萬人前。

此年或下一年，翥到臨川，悼念舅父，與孫轍再見。

　　李存《孫徵君哀辭》：「河東張翥嘗錄郡文學，……天曆間，哭舅
氏，過臨川，始獲一再面焉。」

歐陽玄遷翰林待制，兼國史院編修官。

　是歲，二月庚申，泰定帝改元致和。三月己丑，以阿魯威同知經筵事，虞集、馬祖常等併兼經筵官。四月己亥，塔失帖木兒等請凡蒙古、色目人效漢法丁憂者除名，從之。七月庚午，泰定帝卒，年三十六。八月，燕鐵木兒縛王士熙等下獄，迎元文宗於江陵。九月，倒剌沙在上都立泰定皇帝子為皇帝，改元天順。九月壬申，文宗於京師即位，改元天曆。十月辛丑，倒剌沙奉皇帝寶降。十一月庚辰，元文宗遣使迎和世㻋於北邊。敕趙世延、翰林直學士虞集制御史臺碑文。

公元 1329 年（元文宗圖帖睦爾天曆二年 己巳）　四十三歲

釋善繼年四十四，住持大雄寺。

耆作《送絕宗繼講師住大雄寺》詩。

　宋濂《故文明海慧法師塔銘》：「天曆己巳，法師出世，主良渚大雄教寺。」

　釋善繼（1286～1357），字絕宗，天曆二年住持杭州大雄寺。生平事蹟見宋濂《故文明海慧法師塔銘》。

送絕宗繼講師住大雄寺

　　大展三衣古道場，真人高拱殿中央。
　　曼陀雨散天花落，薰陸煙生石乳香。
　　纏纏風雷飛講舌，耽耽龍象繞禪牀。
　　師行不廢宗雷社，會覓籃輿到上方。

本年，唐棣任江陰州教授〔註9〕。

耆作《送唐子華赴江陰州教授》詩。

　唐棣（1296～1364），字子華，晚號遁齋，湖州歸安（今江蘇吳興）人。天曆二年任江陰州儒學教授，後任嘉興路照磨，至正五年

〔註9〕陳高華《元代畫家史料彙編》，唐棣於元文宗天曆二年（1329）調任江陰州教授。

除休寧縣尹。工書畫，尤長山水，師法高克恭、趙孟頫。生平事蹟
見《圖繪寶鑑》卷五。陳高華先生《元代畫家史料彙編》對其生平
論述頗詳。

送唐子華赴江陰州教授

廣文三絕畫尤工，合置江山勝槩中。

故家尚遺黃歇色，諸生常薦素王宮。

市饒稻蟹秋田熟，潮動帆檣夜閘空。

別後想君書到日，苕花吹過鯉魚風。

《送黃中玉之慶元市舶》詩當作於本年之前。

案：《送黃中玉之慶元市舶》有「昔我遊四明……歸來已十載」語，
據《蛻菴詩》卷二《還自臨江省親之長山元日有作》及《蛻巖
詞》卷上《望海潮·丁巳歲清明日，登定海縣招寶山望海》（扶
桑何許）可知元仁宗延祐三年（1316）、四年（1317）張翥在
四明，時其正逢而立之年。又據李存《張仲舉明春秋經歸試太
原》知，延祐七年（1320），張翥已經由錢塘還太原，則張翥
至遲於延祐六年（1319）離開四明，時三十三歲。故此詩約作
於1329年四十三歲之前。

送黃中玉之慶元市舶

昔我遊四明，壯觀溟海波。褰裳寶山頂，曙色寒嵯峨。

日輪鎔生金，湧出萬丈渦。雲氣忽破碎，朱光相溫摩。

決眥蓬萊宮，攜手扶桑柯。羣仙迎我笑，佩羽紛傞傞。

颶風欻驚潮，騰擲鱷與鼉。浮槎徑可攀，從此超天河。

精神動百靈，上下煩搞訶。歸來已十載，遠夢時一過。

君家賢父兄，儒術傳世科。薄言捧省檄，舶署聊婆娑。

是邦控島夷，走集聚商舸。珠香雜犀象，稅入何其多。

權衡較低昂，心計寧有訛。資閥須歷試，壯圖詎蹉跎。

維君官事隙，爲訪巖之阿。懸應仙者徒，往往笑且歌。

遐征渺不見，空響遙相和。因聲兩黃鵠，持我紫玉珂。

　　　岂無滄洲興，奈此塵覊何。

　　歐陽玄任藝文少監，纂修《經世大典》，陞太監、檢校書籍事。

《元史・歐陽玄傳》：「明年（案：1329）初，置奎章閣學士院，又置藝文監隸焉，皆選清望官居之。文宗親署玄為藝文少監，奉詔纂修《經世大典》，陞太監、檢校書籍事。」

　　是歲，正月丙戌，明宗即位於和寧之北。二月，文宗頒行《農桑輯要》、《栽桑圖》。甲寅，文宗立奎章閣學士院，秩正三品，以翰林學士承旨忽都魯都兒迷失、集賢大學士趙世延並為大學士，侍御史薩迪、翰林直學士虞集並為侍書學士，又置承制、供奉各一員。三月，文宗改潛邸所幸諸路名：建康曰集慶，江陵曰中興，瓊州曰乾寧，潭州曰天臨。己巳，建大龍翔集慶寺，以來歲興工。四月，傅嚴起請討四川。癸卯，立文宗為皇太子。八月庚寅，明宗暴崩。己亥，文宗復即皇帝位。陞奎章閣學士院秩正二品。九月戊辰，敕翰林國史院官同奎章閣學士採輯本朝典故，準唐、宋會要，著為《經世大典》。十月，徵王士熙等人於貶所，放還鄉里。

公元 1330 年（元文宗圖帖睦爾至順元年　庚午）　四十四歲

秋，作《秋日獨行埂上偶至清修寺》詩。

　　「卜隱丘」說明張耆在皈依佛門與世俗之間若遊若離。

　　秋日獨行埂上偶至清修寺　庚午

　　　溪南野寺幽，巾舄偶相求。古道多黃葉，殘僧半白頭。
　　　遠村高鳥暮，灌木亂蟬秋。此地茅堪剪，吾將卜隱丘。

柯九思向文宗推薦耆。

　　《元詩選三集・丹丘稿》：「至順初，上嘗御奎章閣，太禧使明理董阿，中書左丞趙世安，大司農卿哈喇八兒侍。上從容詢求江南之士，臣九思以韓性、張耆應詔。上曰：『俟修《皇朝經世大典》畢，卿至江南刊梓時，可親為朕召此二人者來試之。』館閣臣九思再拜曰：『幸甚。』後有近臣自南使還者，上問此二人，其人亦曰佳士，上頗悅。後竟因循遂隔，今舉事玉山，思之泫然流涕，玉山請詩以

紀，因爲四十字，以寄二子云：『二美人間少，胡爲滄海涯。文章聯
璧貴，聲譽九重知。宣室今無召，丘園漫有詩。蒼梧雲靉靉，回首
淚空垂。』」

《春日懷柯博士》詩作於是年或稍後。

　案：《春日懷柯博士》「漢庭長者多推轂」，指柯九思向元文宗推薦
　　一事。

　　春日懷柯博士

　　　建章鶯囀曙光初，上直門開漏點踈。
　　　花擁西清森仗衛，星臨東壁煥圖書。
　　　漢庭長者多推轂，楚國騷人早卜居。
　　　爲問五雲仙閣吏，綵毫春詠近何如。

此年林泉生登進士第，授同知福清州事，年三十二。吳海《聞過齋集》卷
五《元故翰林直學士林公墓誌銘》：「公諱泉生，字清原，其先濟南人。……年三十二登進
士第，授同知福清州事。」

　　是歲，正月丙辰，命趙世延、趙世安領纂修《經世大典》事。辛
未，請恢復科舉會試日期爲二月一、三、五日。二月，置奎章閣監書
博士二員，秩正五品。三月，廷試進士，賜篤列圖、王文燁等九十七
人及第、出身有差。五月戊午，上尊號，改元至順。九月，命藝文監
以《燕鐵木兒世家》刻版行之。

公元 1331 年（元文宗圖帖睦爾至順二年　辛未）　**四十五歲**

二月十三，作《雷火焚故宮白塔》詩。

　　雷火焚故宮白塔　辛未二月十三日

　　　數聲起蟄乍聞雷，驟落千山白雨來。
　　　恐有怪龍遭電取，未應佛壇被魔栽。
　　　人傳妖鳥生譌火，誰覓胡僧話刼灰。
　　　豈復神靈有遺恨，冷煙殘爐滿荒臺。

作《辛未苦雨》詩。

辛未苦雨

秋田猶鉅浸，春日復連緜。醉使呼堂上，飢人死道邊。
鶴神方下地，龍伯已行天。眞宰如容問，吾心血可箋。

至遲本年，作《松巢漫稿序》。

案：《松巢漫稿序》云「延祐中，余至鄱陽，……今不十二年」，則
此文至遲作於是年。

松巢漫稿序

延祐中，余至鄱陽，與吳君德昭、胡君文友、吳君仲退遊，
聞徐君山玉詩聲，而不一識。後會楊先生仲弘，論江湖詩
人，亦置山玉伯仲間。今不十二年，喪逝殆盡，不知天壤
間詩卷留否？前輩用心精苦，孰與詮次，若《英靈》、《間
氣集》以傳後人，使姚武功、許鄆州、賈長江不獨美者，
亦九京所與歸也。國子上舍舒元出山玉詩一編曰《松巢集》
屬耆，始得盡讀。其澹遠自得之意多，而葩華刻畫之辭略。
詩中自謂從諸老得印可，妙中可悟不可傳者，殆其然乎？
芝山之幽，鄱江東注，楚騷遺聲，在於山水者，亦扶輿磅礡
之所發，而數君子鴻於詩，律宣呂助，儀刑如在。噫，往
矣！因山玉之詩而有所感，故並及之。

（清同治十年刻本《鄱陽縣志》卷一七）

九月，柯九思遭御史彈劾。《元史·文宗紀》：「（九月）癸巳……御史臺臣
言……奎章閣鑒書博士柯九思，性非純良，行極矯譎，挾其末技趨附權門，請罷黜之。」

是歲，正月己卯，御製《奎章閣記》。二月壬子，兩淮都轉運鹽
使許有壬參議中書事。三月，罷奎章閣參書雅琥職。四月庚戌，詔建
燕鐵木兒生祀。戊午，以集慶路玄妙觀爲大元興崇壽宮。是月，雲南
平。戊辰，奎章閣以纂修《經世大典》，請從翰林國史院取《脫必赤
顏》一書以紀太祖以來事蹟，以其事關祕禁，非可令外人傳寫，不從。
五月，《經世大典》修成。

公元 1332 年（元文宗圖帖睦爾至順三年　壬申）　**四十六歲**

正月，作《壬申元日大雪二日立春晴景豁然春讌有作》詩。

> 壬申元日大雪二日立春晴景豁然春讌有作
>
> 白雪青天映日紅，樓臺高下玉山重。
>
> 盤蔬曉送冰絲脆，釵杏春生蠟蔕融。
>
> 北斗龍杓迴後夜，東皇鸞輅駕靈風。
>
> 何如得接雲霄上，一看煙花繞禁宮。（《草堂雅集》卷六）

秋，參加江浙行省鄉試。落榜後，與劉岳申再見於江浙。

　　劉岳申《張仲舉集序》：「余始相見豫章，……至順壬申，余再見之江浙校藝後，仲舉亦且老矣，其氣充然，其才情沛然，其中心誠好義，愈益汲汲然。余方恨主文而竟失士，愧見仲舉，而仲舉如未嘗試者，豈徒不知有得失。日與余買船下湖，長歌痛飲，盡興而後別。」王士熙任江東廉訪使。

翥作《送王繼學憲使之官湔東二首》詩。

> 送王繼學憲使之官湔東二首
>
> 滄海遙東析木津，太微光動婺華新。
>
> 吏來遠驛迎官舸，使出南臺捧帝綸。
>
> 酒浸別筵秋滿樹，弩驅前馬路無塵。
>
> 玉堂學士如公幾，咫尺朝廷屬舊臣。
>
> 早秉鈞衡翊聖朝，遠移繡節下雲霄。
>
> 君王當寧思賢佐，父老連城望使軺。
>
> 船壓魚龍江水伏，旌軒鳥隼海氛消。
>
> 應憐寂寞垂綸者，白首滄浪不見招。（《草堂雅集》卷六）

陶宗儀師事張翥約在此時。此年，陶宗儀約二十一歲。

　　案：明孫作《陶先生小傳》：「先生沖襟粹質，灑然不凡。少舉進士第，一不中即棄去，務古學，無所不窺。出遊浙東西，師潞國張公翥、永嘉李孝光、京兆杜本，問文章為事，故其繩檢家法過人遠甚，尤刻志字學，工舅氏趙集賢雍篆筆，家甚貧，抵淞教授弟子，遇人無夷險佞直，一接以誠。平居寡言笑，至論古

今人物，上下數千年，竟日不倦。」

又，《珊瑚網》卷三十五載張樞《南邨賦》：「南邨，九成陶先生別稱也。……二十有志於科名，執筆論當世事，主者忌之，即拂衣去。將返乎天台守先壟，適寇訌於鄉，歸弗克，遂宿留乎雲間，因籍焉。」

陶宗儀（1312～1403 以後）〔註10〕，字九成，自號南村外史，師事張耆、李孝光等人，入明不仕。有《說郛》、《南村輟耕錄》、《書史會要》諸書傳世。生平事蹟見孫作《陶先生小傳》、《珊瑚網》卷三十五張樞《南邨賦》。

柯九思南歸。《稗史集傳》：「未幾，大行上賓。公因留寓中吳。」傅若金北遊京師。為佐使出使安南。蘇天爵《元故廣州路儒學教授傅君墓誌銘》：「至順三年，新喻傅君與礪攜其所作歌詩來遊京師，不數月，公卿大夫皆知其名，交口薦譽之。蜀郡虞公、廣陽宋公方以斯文為任，以異材薦之。會今天子即位，詔遣使者頒正朔於安南，以君才學為之參佐，受命即行。至真定驛，啓制書觀之，上有王號。君曰：『安南自陳日烜已絕王封，累朝賜書皆稱世子，今無故自王之何也？』使者疑未決，君獨請行，至都堂，白其事。宰相大喜，立奏改之。安南之人往往以中國使者不習其國風土，多設譎詐以紿使者。至是，君一一用言折之，彼遂讋伏不敢相侮。或郊迎張宴犒眾，或盛飾侍姬侑酒，君皆卻之，曰：『聖天子遣使者來，所以宣佈德意，不當重擾遠民。』至日，世子出郭迎詔，帥國中之人共拜聽焉。」

是歲，五月，命續為《蒙古脫卜赤顏》，置於奎章閣。詔給鈔五萬錠，修八思巴影殿。六月，王士熙重被錄用。八月己酉，文宗崩，年二十九。十月庚子，寧宗懿璘質班即位。十一月壬辰，寧宗崩，年七歲。

〔註10〕陶宗儀生卒年，據晏選軍《陶宗儀年譜》，徐永明、楊光輝《陶宗儀集》附錄，浙江人民出版社，2005 年。

四、教學金陵，遊歷揚州（元順帝妥懽帖木兒元統元年癸酉～元順帝妥懽帖木兒至元五年己卯，1333～1339，四十七歲～五十三歲）

公元 1333 年（元順帝妥懽帖木兒元統元年 癸酉）　四十七歲

正月初七，作《癸酉人日雨中》詩。

> 癸酉人日雨中　是歲十二日立春
>
> 　積雨將謀雪，新年未入春。半生如過客，七日又逢人。
>
> 　采勝天花小，香醪玉色醇。多憂亦何事，適意任天眞。

正月，作《癸酉初度眞率會分韻得□□》詩。

> 癸酉初度眞率會分韻得□□
>
> 　杏花風暖破春陰，一笑幽齋喜盍簪。
>
> 　人事萬端相聚少，酒杯百罰不辭深。
>
> 　生辰值月方纏斗，故國觀星正在參。
>
> 　多謝諸君爲我壽，滿牋佳句敵南金。

「得□□」，原無，補遺本、汪本、《永樂大典》卷一四七〇七同，此據四部叢刊本補。

秋，為金陵郡博士。與李孝光、丁復、釋大訢、孫炎遊石頭城。題詩聯句〔註11〕。

　　孫炎《午溪集序》：「元統癸酉秋，監察御史辟河東張仲舉爲金陵郡博士，教弟子。時永嘉李孝光、天台丁仲容、僧笑隱咸在，炎以弟子員得從之遊，登石頭城，坐翠微亭故趾。大江西來，如白虹遶城下，淮南諸山盡在几席。是日，諸先生效韓孟聯句，仲容耆飲，口訥訥不能語；孝光貌漆黑；仲舉長面而鶴身，善談謔。酒酣，日已沒，宿龍翔方丈。仲容困酒，先引去。笑隱出燭，中坐。孝光在

〔註11〕即《秋夜同張仲舉訢笑隱龍翔寺聯句》詩。

左，仲舉在右，昆侖奴作遞書郵。仲舉首倡曰：『先皇昔潛邸，梵宮
冠東南。遺弓泣父老』，次授笑隱云云。比曉，仲舉奪筆，走數韻成
章。」

又，據《元史·百官志》，江南諸道行御史臺於至元二十三年遷
於建康，察院為正七品，「至元十四年，置監察御史十員。二十三年，
增蒙古御史十四員，書吏十四人，又增漢人御史四員，書吏四人。後
定置御史二十八員，書吏二十八人」，監察御史「司耳目之寄，任刺
舉之事」。

李孝光（1285～1350），字季和，號五峰狂客，溫州樂清（今屬
浙江）人。少博學，隱居雁蕩山五峰山下，泰不華以師事之。至正
四年，以秘書監著作郎應詔赴京。進《孝經圖說》，順帝大悅，至正
七年，陞文林郎，秘書監丞。至正十年南歸，途中去世，年六十六。
《元史》卷 190 有傳。

丁復（1272？～1338？），字仲容，號檜亭，天台（今屬浙江）
人。延祐初北遊京師，與楊載、范椁被薦入館閣，未及批覆，南下寓
居金陵。有《檜亭集》，集中有和張耆詩 3 題 4 首。生平事蹟見顧嗣
立《元詩選》二集己小傳、《草堂雅集》卷三。

秋夜同張仲舉訢笑隱龍翔寺聯句

笑隱招天錫、仲舉與余飲酒。天錫宿臺中不來，惟余與仲
舉會，是夕聯句云。

先皇日潛邸，梵宮冠東南。金碧麗紺宇（張），旌幢覆瓊楠。
六龍駐神馭（李），百靈護鷥鷩。地蟠龍虎氣（訢），殿擁
貂蟬簪。文石露篆古（張），化城天樂酣。杏梁虹飲渚（李），
壁甃蟾生潭。復道星辰直（訢），舳稜煙霧含。浮圖琅璫語
（張），藻井罘罳函。曾暉攫鋟鳳（李），清旭眩冰蠶。望氣
芒碭遠（訢），問道崆峒嶇。御床塵宛宛（張），仙仗華毿
毿。珠襦鑽玉柙（李），猊座湧寶龕。遺弓泣父老（訢），執
豆奔侯男。衣冠閟原廟（張），矛戟圍精籃。憑几戢末訓（李），

銘鼎紀玄談。聖祚萬世啟（訢），法筵諸佛參。貝翻譯經六
（張），圖繪笑像三。華鬘眾唄作（李），象教一嘿諳。猿
鶴驚此客（訢），林澗洗餘慚。齊廚飯香靄（張），暝閣鐘
聲舑。錦薦渴獸抉（李），礎踞雕虎眈。灑掃愧無補（訢），
倡酬知匪堪。燥吻茗屢沃（張），苦心策頻探。焚膏續邅晷
（李），捲簾納霏嵐。瓅輸月采淨（訢），鑿落雲液甘。風
籟摵古柏（張），秋陰挾高柟。戶牖蜂脾矗（李），丹青海
波涵。袖中合陶謝（訢），方外師瞿曇。息影了虛寂（張），
枯禪屏癡貪。苾蒭交折聖（李），伊蒲不盈龕。心同略形迹
（訢），累遣忘憂惔。錦雉絡羽扇（張），赤螭御劒鐔。魏毫
走夏屓（李），塵尾揮鬖鬖。堅壘避屈賈（訢），陋邦敵吳郯。
韻劇魔膽落，句雄神力擔。擁鼻極營度（張），刺手勞鉤撢。
械筒遞銀鹿，蠱葉剔白蟫。幢燈粟蠢蠢（李），鼎香穗龕龕。
山河入帝綱，天人繞優曇（訢），境勝情自曠。理超思彌覃
（李），雲臥委巾舄，雨歸借篊籃（張）。投章媿木李，留
怡踰黃柑（訢）。話言諒所慕，治醉詎可妉（李）。捧席白
足慧（張），觸屏蒼頭憨（訢）。偏袒鳳肩聳（李），鏤匡鑱
耳儋（張）。吾我涉誕謾（訢），爾汝忘詀諵（張）。蠏發粟
穰厚，色溢醪味醰（李）。剪韭差可芼，食魚更須泔（張）。
青溪渙以灂，蔣陵聞其鉗（訢）。茲事付千載，相期結廬菴
（張）。（四庫全書本《乾坤清氣》卷二）

詩序，據陳增傑校注《李孝光集校注》卷十一補〔註12〕。

本年傅若金以出使安南有功，授廣州路儒學教授。

翥作詩贈傅若金。

　　蘇天爵《元故廣州路儒學教授傅君墓誌銘》：「至順三年，……明
年，安南陪臣執禮物來貢闕下，君以功授廣州路儒學教授。湖南及廣
西帥閫爭欲辟君為掾，皆辭不就。」

〔註12〕陳增傑《李孝光集校注》，上海社會科學院出版社，2005年，第445
　　　頁。原據明抄本補。

傅若金（1303～1342），字與礪，臨江新喻（今江西新余）人。
受范梈學詩法，得虞集、揭傒斯、宋褧賞識，於至順三年（1332）出
使安南（案：《（隆慶）臨江府志》卷二作元統三年），明年以功授廣
州路儒學教授。至正二年三月卒，年四十。有《傅與礪詩文集》。生
平事蹟見蘇天爵《元故廣州路儒學教授傅君墓誌銘》。妻子孫淑，亦
有詩名。

> 軺車已出瘴雲深，還抱除書向海潯。
> 官有廣文堂下馬，裝無使者橐中金。
> 千年國史書奇節，萬里蠻荒入壯吟。
> 今日東歸人共羨，斑衣如繡照家林。（《傅與礪文集》附錄）

此年，釋悟光住平江開元寺。

耒《寄平江開元寺雪窗光公》詩作於是年或稍後。

危素《有元阿育王山廣利禪寺住持兼住天童景德寺佛日圓明普濟
禪師光公塔銘》（《明州阿育王山志》卷八下）：「元統元年，廣教都揔
管府請開元寺，辭，弗就。郡守士民強起之。屬天旱，太守道章公請
師說法，即雨至。」

釋悟光（1292～1357），字公實，號雪窗，成都之新都（今屬四
川）人，俗姓楊。四明天童寺住持。生平事蹟見危素《有元阿育王山
廣利禪寺住持兼住天童景德寺佛日圓明普濟禪師光公塔銘》、宋濂《雪
窗禪師語錄》。

> 寄平江開元寺雪窗光公　蜀人
> 獨木山僚晝不開，禪餘香印已成灰。
> 寺分麋鹿臺前住，人向魚黿國裏來。
> 佛鉢供多光類玉，祖衣傳久色如苔。
> 一枝得箇邛州竹，拄到雲居不擬回。

歐陽玄任僉太常禮儀院事，拜翰林直學士。

是歲，六月己巳，順帝即位。九月初三，廷試進士一百人，同同、
李齊為兩榜狀元。十月戊辰，改至順四年為元統元年。秋，虞集以病

謁告歸。

公元 1334 年（元順帝妥懽帖木兒元統二年　甲戌）　四十八歲

約在此年，正月十五，張翥與柯九思同宴於姚文奐之席間，作《摸魚兒》（元夕，吳門姚子章席上，同柯敬仲賦。敬仲以虞學士書《風入松》於羅帕，作軸，故末語及之。楚芳、吳蘭，二妓名）詞。

案：《南村輟耕錄》卷十四《風入松》條：「吾鄉柯敬仲先生九思，際遇文宗，起家爲奎章閣鑒書博士，以避言路居吳下。時虞邵菴先生在館閣，賦《風入松》長短句寄博士云：『畫堂紅袖倚清酣，華髮不勝簪。幾回晚直金鑾殿，東風軟，花裏停驂。書詔許傳宮燭，香羅初剪朝衫。　御溝冰泮水挼藍，飛燕又呢喃。重重簾幙寒猶在，憑誰寄，錦字泥緘。報導先生歸也，杏花春雨江南。』詞翰兼美，一時爭相傳刻，而此曲遂徧滿海內矣。剪，一作試。」可知虞集《風入松》詞作於柯九思歸吳中之後。又案：《稗史集傳》：「未幾，大行上賓。公因留寓中吳。」元文宗於至順三年（1332）八月崩，虞詞皆春天之景，故當作於 1333 年。張翥此詞又作於虞集之後，故當作於是年。

又案，宗典《柯九思史料·年譜》本年云：「九思四十五歲，元夕赴姚文奐宴，會張翥、顧瑛等。」此說恐不確。顧瑛當時似並未在座，宗典所據當爲《草堂雅集》之《玉山以詩來招柯九思與姚婁東過小隱》，此詩未言張翥。又據張翥《寄題顧仲瑛玉山詩一百韻》言「新知顧辟疆」，顧辟疆爲晉時有名園者，代指顧瑛，可知張翥於至正十年（1350）年始識顧瑛。又景元刊本《草堂雅集》張翥小傳言：「至正己丑，函香祀天妃，過予草堂」，皆爲此時與顧瑛不相識的證明。

姚文奐（生卒年不詳），字子章，號婁東居士，崑山（今屬江蘇）人。曾爲浙東宣慰司令史，爲顧瑛玉山草堂的常客。生平事蹟見《草

堂雅集》卷八。

虞集（1272～1348），字伯生，號道園、邵庵，撫州崇仁（今屬江西）人。成宗大德初年，任大都路儒學教授，《經世大典》總裁官。元統元年秋，稱病還臨川，至正八年五月二十三卒，年七十七。諡文靖。有《道園學古錄》、《道園類稿》等。生平事蹟見趙汸《邵菴先生虞公行狀》、歐陽玄《元故奎章閣侍書學士翰林侍講學士通奉大夫虞雍公神道碑》。《元史》卷 181 有傳。

> 摸魚兒　元夕，吳門姚子章席上，同柯敬仲賦。敬仲以虞學士書《風入松》於羅帕，作軸，故末語及之。楚芳、吳蘭，二妓名
>
> 　記蘇臺、舊時風景，西樓燈火如畫。嚴城月色依然好，無復綺羅遊冶。歡意謝。向客裏相逢，還有思陶寫。金樽翠斝。把錦字新聲，紅牙小拍，分付倦司馬。　繁華夢，喚起燕嬌鶯姹。肯教孤負元夜。楚芳玉潤吳蘭媚，一曲夕陽西下。沉醉罷。君試問、人生誰是無情者。先生歸也。但留意江南，杏花春雨，和淚在羅帕。

此後，柯九思長期在顧瑛玉山草堂出入，曾應顧瑛邀請，作有懷韓性、張翥之詩（二美人間少）。

《元詩選三集‧丹丘稿》：「至順初，上嘗御奎章閣，……從容詢求江南之士，臣九思以韓性、張翥應詔。……今舉事玉山，思之泫然流涕，玉山請詩以紀，因為四十字，以寄二子云：『二美人間少，胡為滄海涯。文章聯璧貴，聲譽九重知。宣室今無召，丘園漫有詩。蒼梧雲靉靉，回首淚空垂。』」

此年或與柳貫相見於吳門。

柳貫《吳門逢張仲舉送之秣陵》詩三首當作於是時。

案：柳詩中有「烏府聲明地，鵷林雅頌筵」之語，烏府，指御史府。

柳貫（1270～1342），字道傳，婺州浦江（今屬浙江）人。歷國

子助教、太常博士，出爲江西儒學提舉。至正初爲翰林待制，兼國史院編修官，年七十三卒，私諡文肅。與黃溍、虞集、揭傒斯並稱「儒林四傑」。有《柳待制文集》。生平事蹟見黃溍《翰林待制柳公墓表》、宋濂《元故翰林待制承務郎兼國史院編修官柳先生行狀》。《元史》卷181 有傳。

《吳門逢張仲舉送之秣陵》詩云：

> 東南多積水，西北有孤雲。盛氣宜鍾秀，明時屬右文。
> 若何開典訓，自爾沂河汾。此處山如洛，登臨日又曛。
>
> 烏府聲明地，鶉林雅頌筵。尊聞惟有在，友教益宜專。
> 莫取三鱣應，終期一鶚騫。吾徒負能事，攬物要新篇。
>
> 我輩相期意，窮年豈擊名。囊書方遠適，舍櫂欲兼行。
> 南斗文星動，西風旱火生。他宵有鴻雁，載影過臺城。

在金陵與釋宗泐相識。

釋宗泐《蛻菴詩集》跋：「元統甲戌間，余識潞公於金陵。」又，釋宗泐爲釋大訢之徒。

此年，張翥與泰不華等人贈彭元亮詩。

《皇元風雅》卷二十三吳炳《山中》詩附記：「武夷彭元亮自北還，達兼善、宋顯夫、王在中、吳彥輝、李五峰、張仲舉、陳新甫各錄其所作若干首以贈，易得而併錄之，元統二年冬十月記。」

泰不華（1304～1352），字兼善，色目人，占籍台州（今屬浙江）。十八歲，廷試進士第一。曾與修三史，官至禮部尚書，後遷浙江道宣慰使都元帥。至正十二年，在台州達魯花赤任上與方國珍作戰中戰死。《元史》卷143 有傳。

曹鑑陞同僉太常禮儀院。二月，陸友（生卒年不詳）爲其《研北雜誌》作序〔註13〕。十一月二十五，宋本卒，年五十四。宋本（1281～

〔註13〕翥有兩首詩分別題爲《中秋次友生玩月韻》、《用友生韻自遣》，詞《多麗》（爲友生書所見），此處的「友生」，是否爲陸友，待考。

1334），字誠夫，大都（今北京）人。至治元年進士，官至集賢直學士，國子祭酒，諡正獻。有《至治集》。生平事蹟見宋褧《故集賢直學士大中大夫經筵官兼國子祭酒宋公行狀》。《元史》卷182有傳。十一月癸丑，孫轍卒（1262～1334），年七十三。虞集《臨川隱士孫君履常甫墓誌銘》：「君以元統甲戌十一月癸丑卒，距其生之壬戌，凡七十有三年。」

是歲，十月乙卯朔，正內外官朝會儀班次，一依品從。辛酉，侍御史許有壬爲中書參知政事。

公元1335年（元順帝妥懽帖木兒至元元年 乙亥） 四十九歲
作《乙亥初度是歲仍改至元》詩〔註14〕。

> 乙亥初度是歲仍改至元
> 此生重見至元年，白髮垂垂已滿顛。
> 仕愧買臣無印綬，歸思靖節有園田。
> 菜挑渚雪冰茸滑，柑剝吳霜玉腦圓。
> 終結一菴湖上去，老來閒送佛前錢。

曹鑑以中大夫陞禮部尚書，俄感疾而卒，年六十五，諡文穆。郭畀卒，年五十六。

是歲，三月乙巳，許有壬知經筵事。七月壬寅，罷左丞相不置。乙巳，罷燕鐵木兒、唐其勢舉用之人。十一月，詔罷科舉。辛丑，改元至元。

公元1336年（元順帝妥懽帖木兒至元二年 丙子） 五十歲
在揚州，正月，作《初度日病起不能飲諸友載酒集書樓偶賦見意》詩。

> 案：《初度日病起不能飲諸友載酒集書樓偶賦見意》：「春當揆度靈均日，老及知非伯玉年。……諸君有意留迂叟，擬買雷塘百畝田。」伯玉指春秋時期蘧伯玉，其行年五十而知四十九年之非，

〔註14〕此詩經作者改動。

故翥作此詩當在五十歲。

初度日病起不能飲諸友載酒集書樓偶賦見意

細雨東風汎曉煙，草痕青過竹籬邊。

春當揆度靈均日，老及知非伯玉年。

病眼紛紅花似霧，吟懷跌宕酒如泉。

諸君有意留迂叟，擬買雷塘百畝田。

作《鵲橋仙》（功名一餉）詞。

鵲橋仙　丙子歲，予年五十，酒邊戲作

功名一餉。風波千丈。已與閒居認狀。平生一步一崎嶇，

也趲到、盤山頂上。　梅花解笑。青禽能唱。容我尊前踈放。

從今甘老醉鄉侯，算不似、麒麟畫像。

三月，張雨馬塍新居建成。

翥有《題張外史馬塍新居》詩。

陳旅《菌閣石記》：「至元後丙子歲，句曲外史來棲焉。外史，杭人，入華陽洞學道廿餘年，世慮消盡，獨歲一還里展墓，犖春水，踟躕不能去。乃二月，雨作，艤舟西塍，宿故人朱明宇所居院。院有止堂，餘壤雜栽草樹，溪流折入，魚鳥來親人。雨未止，外史欣然為留，因約結屋共處。於是審曲面勢，治地戒工，為閣四楹，南向，以二廡翼。三月甲戌成，益構佳卉植其下，旁有長松數十章，落落如高人，湖上之山騰伏閣外，蓋得沖覽之會焉。」

題張外史馬塍新居

窈窕丹房古澗阿，長松脩竹繞層坡。

桃園隱者時相遇，茆洞仙人夜或過。

沆瀣杯寒供曉食，青冥笙響答空歌。

白雲浮出池痕滿，知是龍泓宿雨多。

六月初一，為尚從善所編之《傷寒紀玄妙用集》作序。

《傷寒紀玄妙用集》序

上都惠民司提點尚君仲良，編次《傷寒紀玄妙用集》十卷
四十篇，方法整密，議論詳明，有前醫所未發。僕預覽焉，
迺述嘗聞君之說，與其書之大旨，爲敘於集端曰：

予少雅嗜醫，客次錢唐，從鄰人張信之遊，熱不以未脫絮
之爲酷，寒不以猶衣絺之爲單，敗席之枕，薄糜誑飢，矻
矻窮日夜，心求口誦。自《本草》、《靈樞》，下逮古今之經
方論訣與其訓註，悉參而訂之，必精析其宜及，研索其旨
趣，明辨其標本。居二十年，始粗通其要。搢紳君子歷試
諸脈之難察、疾之罕愈者，遂見譽於時。用薦者徵，以至
遭遇得五品服，而又提醫學江浙，亦云幸矣。今百念已息，
惟活人之心弗怠也。故取平生所用心於仲景《金匱玉函》
活人明理等書，輯而成集，間附己見。非冀於傳世，姑備
衛生朝夕之用，不廢後學繙閱之勞，且俟識者有以正之耳，
君之自言如此。

嗟乎，賢矣！世之醫者於倉卒小疾，雖百療之百瘥，無足
異也。其或陰陽錯亂，氣血乖離，傳變差貳，脈部隱伏，
非灼乎其見則惑於疾之疑似，非審乎其法則妄於意之處
置，以爲當損焉而不知不足也，當補焉而不知有餘也。視
脈尺寸失弗治，投藥腑腸誤弗喊，足脈生之而醫斃之也，
其重如是。而庸陋之徒，窃學者剽耳目，無術者肆胸臆，
遂使聖賢之法不明，方論之功莫究，以人試焉而天枉不幸
者多矣。君子於此，所以必紀其玄，而妙其用也。推君名
書之旨，則君之心，蓋欲使人廣而達之，而求與之同詣乎
其極也。則夫讀是書者，亦必存君之心，知君之用功，然
後其醫無所不售矣。庸可忽邪？庸可忽邪？至元二年龍集
丙子，六月一日，晉寧張耒著於廣陵寓齋。

（《皕宋樓藏書志》卷四十七）

十月十三，夜，同熊夢祥論音律。作《春從天上來》（嫋嫋秋風）詞。

熊夢祥（生卒年不詳），字自得，號松雲道人，南昌進賢（今屬

江西）人。曾任大都路儒學提舉，後以老疾遊歷淮浙間。通曉音律，寄情於詩酒。曾著《析津志》。生平事蹟見《草堂雅集》卷八。

> 春從天上來　廣陵冬夜，與松雲子論五音二變十二調，且品簫以定之清濁高下，遠相為宮，犁然律呂之均，雅俗之應也。不覺漏下，月滿霜空，神情爽發。松雲子吹《春從天上來》曲，音韻淒遠。予亦翩然作霞外飛仙想，因倚歌和之，用紀客次勝趣。是歲，丙子孟冬十又三夕也
>
>> 嫋嫋和風。聽響徹雲間，彩鳳啼雄。嬴女飛下，玉珮玲瓏。腸斷十二臺空。渺霜天如海，寫不盡、楚客情濃。燭銷紅。更鏘金振羽，變徵移宮。　揚州舊時月色，歎《水調》如今，誰唱誰工。露葉殘蛾，蟾花遺粉，寂寞璚樹香中。問坡仙何處，滄江上、鶴夢無蹤。思難窮。把一襟幽怨，吹與魚龍。

此年，王士熙由江東廉訪史遷南臺侍御史。

翥作《王繼學廉使遷南臺侍御史詩以賀之》。

王士熙（約 1265～1343），字繼學，東平（今屬山東）人。翰林學士承旨王構子。後至元二年遷南臺侍御史，至正二年卒於南臺中丞任上。諡文獻。生平事蹟見《元詩選》二集小傳。《新元史》卷 191 有傳。

> 王繼學廉使遷南臺侍御史詩以賀之
>> 天上歸來錦作袍，幾陪春色醉仙桃。
>> 銀河有路惟通鵲，碧海無山不戴鰲。
>> 卿月又臨仙掌動，客星偏傍釣臺高。
>> 廣陵此去金陵近，擬拂塵埃望節旄。

詩題，《元音》卷九作《王繼學自海南召還翰林再除南臺侍御》。

《春從天上來》（同王繼學憲使賦）**當作於此年或稍前。**

> 春從天上來　同王繼學憲使賦
>> 十里紅樓。問聲價如今，誰滿揚州。白髮書記，此日重遊。

聽取席上名謳。擁冰絃斜竚，更爲我、斂笑凝眸。覓黃驪。看端端怎比，楚楚風流。　殷勤研綾小草，寫不盡宮妝，一段春柔。淡月踈花，知誰消受，幾度簾捲香收。怕巫娥歸去，空惆悵、夢斷情留。把離愁。付行雲行雨，楚尾吳頭。

《螢苑曲》或作於此年前後。

案：《螢苑曲》云「咸洛山河眞帝都，君王自愛揚州死。……腐草無情亦有情，年年爲照雷塘墓」，可知此詩作於揚州。

螢苑曲

楊花吹春一千里，獸艦如雲錦帆起。咸洛山河眞帝都，君王自愛揚州死。軍裝小隊皆美人，畫龍轤汗金麒麟。香風搖蕩夜遊處，二十四橋珠翠塵。騎行不用燒紅燭，萬點飛螢炫川谷。金釵歌度苑中來，寶帳香迷樓上宿。醉魂貪作花月荒，肯信戰劍生宮墻。斕斑六合洗秋露，尚疑怨血凝晶光。至今落日行人路，鬼火狐鳴隔煙樹。腐草無情亦有情，年年爲照雷塘墓。

是歲，二月戊子，詔以世祖所賜王積翁田八十頃還其子王都中。六月，禮部侍郎請復科舉取士之制，不聽。是歲，詔整治驛傳。《皇元風雅》序刊。

公元 1338 年（元順帝妥懽帖木兒至元四年　戊寅）　五十二歲

作《寄題薛玄卿瓊林臺》詩。

案：詩末云「知君自食琅花實，小閱人間五十年」，則此詩當作於薛玄曦五十歲之時。

薛玄曦（1289～1345），字玄卿，號上清外史，貴溪（今屬江西）人。龍虎山道士，受業於張留孫、吳全節。延祐四年提點上都崇眞萬壽宮，泰定三年辭歸龍虎山，至正三年兼領杭州諸宮觀。生平事蹟見黃溍撰《弘文裕德崇仁眞人薛公碑》。

寄題薛玄卿瓊林臺

學道空山謝世緣，築臺先近蔚藍天。

掌中露墮朝和藥，鶴背笙來夜望仙。

漱齒下尋丹井水，存神坐對石爐煙。

知君自食琅花實，小閱人間五十年。（《草堂雅集》卷六）

此年，馮夢弼任靜江路總管。《（雍正）廣西通志》卷五十二：「馮夢弼，後至元四年任。」祝蕃遷饒州路儒學教授。危素《上饒祝先生行錄》：「下第（1318），還，改授饒州路南溪書院山長。……至元四年（1338）遷饒州路儒學教授。」項炯卒，年六十一。黃溍《項可立墓誌銘》：「後六年而君卒，又九年而葬……以至正七年冬十一月己卯，奉君柩葬焉。」項炯（1278～1338），字可立，台州臨海（今屬浙江）人。長期隱居，通曉群經而屢試不中。張翥有《天竺山中訪項可立不遇》詩。生平事蹟見黃溍《項可立墓誌銘》、錢惟善《聞項可立先生卦》。

是歲，三月辛酉，命中書平章政事阿吉剌監修《至正條格》。

公元 1339 年（元順帝妥懽帖木兒至元五年 己卯）　五十三歲

八月十五，作《中秋廣陵對月》詩。

中秋廣陵對月

散盡浮雲月在東，白蕉衫冷小庭空。

星河夜影樽罍裏，城郭秋聲鼓角中。

落葉有光時墜露，鳴蛩無響不含風。

此生五十三回見，只遣嫦娥笑禿翁。

此年，王㫬任淮東宣慰司奉差。鄭元祐《僑吳集》卷九《趙州守平反冤獄記》：「王㫬，字季境，其先閩人，大父中書平章公，其父則江浙行中書省參知政事本齋公也。至元五年，任淮東宣慰司奉差。」賈策卒，年五十八。

是歲，四月乙未，加封孝女曹娥。十月壬辰，禁倡優盛服。十一月戊辰，開封杞縣范孟假傳帝旨，殺河南平章政事等。

五、分教上都，退居淮東（元順帝妥懽帖木兒至元六年庚
辰～元順帝妥懽帖木兒至正二年壬午，1340～1342，五
十四歲～五十六歲）

公元1340年（元順帝妥懽帖木兒至元六年 庚辰） 五十四歲

正月初一，作《庚辰元日立春》詩。

> **庚辰元日立春**
>
> 采燕方迎歲，蒼龍忽建辰。車書時有道，宇宙物皆春。
> 紅喜燈花重，青看菜甲新。屠蘇不辭後，已是白頭人。

正月，作《奉題孝感白華圖後》文。

> **奉題《孝感白華圖》後**
>
> 予讀《南齊書》，蕭子懋母阮病危篤，請僧行道用銅罌盛水，
> 漬蓮供佛，子懋禮曰：「若使阿姨因此和勝，願諸佛令華竟
> 齋不萎。」七日齋畢，花更鮮紅，視罌中稍有根鬚。又蕭
> 子罕母樂寢疾，子罕晝夜祈禱，時以竹為燈纘照夜，此纘
> 凤昔支葉大茂，母病亦愈。世皆以為孝感所致。
>
> 大哉，孝乎！天地之所假也，鬼神之所輔也，聖賢之所稱
> 也，匹夫匹婦同有是心而不自知也，惟君子為盡焉。嗚呼！
> 草木之植，有生無情，刘斷而置諸，宜若生意絕矣。然罌
> 蓮根、纘竹茂，與今尚書王公之瓶華實，非有相者，曷致
> 茲異？雖事生事亡之孝殊，而天人之所感一也。方尚書喪
> 母，張夫人命道士設金籙醮，籫山丹瓶中，兩旬齋畢，一
> 華半萎而其鄂結實，狀類木桃，玉表冰中，時莫能識，因
> 取《詩》之《白華》名焉。夫瓶花有實，昭其異也；色質
> 潔白，昭其孝也；碩果特生，昭其仁也；竟齋不萎，昭其
> 誠也。君子於此，見天人之道焉，見王氏之徵焉。《白華》
> 之詩曰：「蕰蕰士子，湟而不渝，竭誠盡敬，疊疊忘劬。」
> 公之事夫人也有之矣。又曰：「堂堂處子，無營無欲，鮮伴
> 晨華，莫之點辱。」公始終厥守，實允蹈焉。惟公事業在

　　國史，白華法當書，則其傳亡窮，而視古之人，葢掩之矣。
　　翥既觀斯圖而竊歎美之，遂爲之書。時至元後庚辰孟陬，
　　晉寧張翥題。（文淵閣四庫全書本《趙氏鐵網珊瑚》卷十五）

〔註15〕

年初翥在揚州，請在廬陵的劉岳申為其集作序。

　　劉岳申《張仲舉集序》：「至順壬申……今又八年矣，書來廬陵，
留滯維陽，猶江淛也，獨求余序其集端。」

　　劉岳申（1260～？），字高仲，號申齋，吉水（今屬江西）人。
詩文與龍仁夫齊名。延祐初恢復科舉後，曾習舉業，不久棄去，專工
古文，有時名。以太和州判致仕。有《申齋集》。生平事蹟見《明一
統志》卷五十六。《元史》卷190有介紹。

傅巖起以隱逸薦翥。

　　《元史》本傳：「至元末，同郡傅巖起居中書，薦翥隱逸。」又，
據《元史・宰相年表》，傅巖起至元四年爲參知政事，至元六年二月
升左丞。

至遲六月，任國子助教。

　　北京大學藏《滁州新置大成樂器記》拓片署有「國子助教河東張
翥撰」，則翥已於本年六月任國子助教。

六月十五，作《滁州新置大成樂器記》文。

　　案：據《（康熙）滁州志》卷十三、卷二十一，劉琪於後至元三年
　　　　任滁州知州。

　　滁州新置大成樂器記
　　國子助教河東張翥撰
　　正奉大夫戶部尚書兩淮都轉運鹽王都中書
　　中議大夫揚州路總管兼管內勸農事普化篆額

〔註15〕亦見於文淵閣四庫全書《式古堂書畫彙考》卷五十三。

滁守劉侯爲治之二年，政令修行，百廢諸舉。顧州學釋奠無樂，非所以禮先聖先師也，迺出奉帥先之，版於儒者，莫不驩應。於是使滁士王琰命工吳中，冶金爲鍾十有六，琢石爲磬十有六，筍簴備，練絲爲瑟二，琴以一三五七九絃，副者十，空竹爲管、爲篪、爲簫者各二，笙壎搏拊如竹數，柷一敔一皆以木，麾一，則樂正所執以號樂者也。凡器二十九，爲錢二千貫。明年來滁，延以吳王中爲樂師，擇弟子員三十六人教肄之。侯將刻石著首末，使中請記。

夫《禮》、《樂》，在春秋，孔子已不見全書，漢去古近，制民之樂，但紀其鏗鏘鼓舞，而不能言其意。陳暘所撰書，又僅載器數、名物，論辨律呂、樂歌等法而已。禮雖殘缺，《儀禮》猶存十五篇，而樂竟亡，豈不以禮爲文可見，樂之聲必繇神悟，不容傳寫於言也。然古樂雖廢，法律具在。天下之風氣，人心之和樂，因世道治，忽爲之變。今天下隆平，教化方興，人心訢合，陰陽順成，而風氣隨之矣。有作者起，以是調律，則無不得其正者。苟泥一黍之尺寸，強以求合於千七百年之亡傳，其如古樂何哉？國制，遍天下廟享得用大成樂。滁名州，前後長吏乃暗不知置，而待於劉侯。侯治有績，又能崇學校、稗闕典，備禮以祀神，設樂以導和。陳其器，昭示其度數；正其音，克諧其條理。洋洋乎殷薦之盛也，肅肅乎承祭之敬也，秩秩乎觀於禮者之知所節也，雝雝乎聞於樂者之知所感也，將俾滁之人動盪流通、沐浴歌詠而有所興起也，可謂知本矣。侯名琪，字德卿，泗水人，孔氏鄉侯，於聖教宜素服習，而試諸政如此，矧中明音律，又知所以教肄之道乎。是歲至元後庚辰，季夏望日記。

儒戶　王汝楫 董次槐 李幼傑 張一南 常仁傑 程大祺 常思義 楊宗振 徐文振 徐

常丁鑄顏 汪景浩 蒙舉 程熙載 程有德 程志道 車士達 唐元溥 趙必成

鮑應辰 鮑伯達 章華祖 章英祖 陳一新 馮三錫 范涇 丁

應庚　武有文　劉時懋

張震　吳□　龐士龍　湯師尹　張謙　張胤

職員學吏　陶士弘　　直學　范鎮　顯學訓導　葛敏問　宋鼎

州學訓導　楊仁　秦元珍　前學正　余震　學正　杜文彬

州吏　　徐義　朱子貴　許□　李仁　俞國瑞　周彬　李英　陶士

政

清流縣典使楊昌　清流縣尉劉拜佳　承務郎揚州路清流縣

達魯花赤兼勸農事□□刺

滁州吏目冷景泰　將仕郎揚州滁州判官王永等立石

（北京大學圖書館藏拓片）〔註16〕

作《召入國學雨中過高沙湖》詩。

召入國學雨中過高沙湖

細雨灑秋色，平湖生白波。客心貪路急，帆力受風多。

落木生詩思，驚禽避棹歌。舟行不借酒，兀坐奈愁何。

八月十五，與吳師道相約見於淮安，不至。

案：吳師道有《中秋泊淮安望張仲舉助教不至》詩，稱張翥爲國子
助教且位於淮安，則編於是年爲宜。詩云：「中秋淮浦夜，誰
共好懷開。看月坐復坐，可人來不來。獨謠慜短思，多病負深
杯。想見蕪城路，吹簫擁醉回。」

吳師道（1283～1344），字正傳，婺州蘭溪（今屬浙江）人。至
治元年進士，至元末任國子助教，明年陞博士，至正三年三月丁內艱
南歸，至正四年八月十七卒，年六十二。有《吳禮部文集》二十卷。
與黃溍、張翥等人交往密切，集中涉及張翥的詩文計8題。生平事蹟
見張樞《元故禮部郎中吳君墓表》、杜本《墓誌銘》、宋濂《吳先生碑》。
《元史》卷190有傳。

〔註16〕又見於北京師範大學藏《安徽通志稿·金石古物考》上函六。

作《早發潞陽驛》詩。

潞陽驛，官稱「潞河驛」〔註17〕，元屬通州（今北京通州區）。觀國，出自《易·觀》：「觀國之光，利用賓於王。」引申為從政。以三十年推知，張耒在二十歲左右便有了從政的願望。

早發潞陽驛
征車如水彎如絲，望入金河欲曙時。
萬里山川環拱抱，九天宮闕起參差。
風林泥泥秋多露，野澨稜稜曉有澌。
三十餘年觀國願，白頭今日到京師。

十月四日，作《庚辰十月朔奉迎明宗冊寶至石佛寺明日壬辰迎至太廟清祀禮成賦以紀事》詩。

庚辰十月朔奉迎明宗冊寶至石佛寺明日壬辰迎至太廟清祀禮
成賦以紀事
寶冊香輿出法宮，非煙御路曉濛濛。
仗齊劍佩千官裏，金奏簫韶九廟中。
宣室鬼神徵賈誼，太常禮樂屬孫通。
下臣有幸逢熙事，散作恩波四海同。

十一月六日，作《十一月六日大明殿賀清祀禮成》詩。

《元史·順帝紀》：「至正元年，春正月己酉朔，改元。詔曰：『朕惟帝王之道，德莫大於克孝，治莫大於得賢。朕早歷多難，入紹大統，仰思祖宗付託之重，戰兢惕勵，於茲八年。慨念皇考，久勞於外，甫即大命，四海觖望，夙夜追慕，不忘於懷。乃以至元六年十月初四日，奉玉冊、玉寶，追上皇考曰『順天立道睿文智武大聖孝皇帝』，被服袞冕，裸於太室，式展孝誠。十有一月六日，勉徇大禮慶成之請，御大明殿受羣臣朝。』」

〔註17〕見《永樂大典·站赤》。

十一月六日大明殿賀清祀禮成

　　大明宮殿彩雲間，花底微風響珮環。

　　陛戟九重周虎士，御筵咫尺望龍顏。

　　犬牙盤石諸侯國，豹尾鉤陳百辟班。

　　漏下五門朝退晚，日邊佳氣滿西山。

與成廷珪唱和。

　　成廷珪《居竹軒詩集》卷二《張仲舉助教》：「三寄新詩竹下來，多君高興憶東淮。塵埃沒馬昏歸舍，風雨聽雞曉入齋。此日陽城須諫議，當時方朔謾詼諧。瓊瑤花底相思夜，酒滿春城月滿街。」

　　成廷珪（約1272～約1366），字符璋，揚州（今屬江蘇）人。於庭院植竹，名其所住「居竹軒」，與張翥爲忘年友，至正末年卒。生平主要見《居竹軒詩集》諸序及王逢《哭成元璋》詩。

　　是歲，正月甲戌，立司禋監，奉太祖、太宗、睿宗三朝御容於石佛寺。六月丙申，除文宗廟主。七月戊寅，命刪修《大元通制》。十月壬寅，以脫脫爲中書右丞相。十一月乙卯，以親裸大禮慶成，御大明殿受群臣朝賀。十二月，復科舉取士制。戊子，罷奎章閣。

公元 1341 年（元順帝妥懽帖木兒至正元年 辛巳）　五十五歲

　　正月二十三，高麗僧人爲式與張雨、黃溍等相會於杭州開元宮張雨之住所。時人繪爲《文會圖》。黃溍《庚戌正月二十一日予與儒公禪師謁松瀑眞人於龍翔上方翰林鄧先生適至予賦詩四韻諸老皆屬和焉後三十一年歲辛巳正月二十三日過伯雨尊師之貞居無外式公劉君衍卿不期而集輒追用前韻以紀一時之高會云》：「廬山舊事誰能繼，三十年前此會同。偶爾共來今日雨，蕭然猶有古人風。坐深遙對花如霧，興盡徐歸月滿空。仰止前脩那可作，聊追餘響託無窮。」陳旅《次韻黃晉卿與張伯雨道士高麗式上人會於杭州開元宮》：「聞說年來太極翁，交遊無地不玄同。偶從賀老作吳語，更愛遠公論國風。梅塢寒深香欲永，藥宮清徹境疑空。流傳詩句並圖畫，江海令人思不窮。」原注：晉卿以《太極賦》領鄉薦，學者傳誦，時因稱之爲黃太極也。宋褧《高麗僧式上人遊兩浙江會提學黃晉卿句曲外史茅山張伯雨好事者繪爲文會圖》：「文章釋老誰爭雄，昔人

三語將無同。已公茅屋見新句，匡廬蓮社追隨風。名勝絕憐留翰墨，笑談莫謂變虛空。雞林到日傳相詫，杖錦歸來未是窮。」原注：是詩次黃韻。後不久，為式往京師，以詩卷見示吳師道。吳師道《至大庚戌黃君晉卿客杭與鄧善之翰林黃松瀑尊師儒魯山上人會集賦詩今至正辛巳晉卿提舉儒學與張伯雨尊師高麗式上人會再和前詩上人至京以卷相示因寫往年所和重賦一章》：「後先人物一時雄，心迹寧須較異同。來此清談散花雨，依然舊夢聽松風。畫圖長共湖山在，劫火頻驚殿閣空。萬里忽逢東海客，前詩重寫思何窮。」

張翥作《送式無外歸高麗》以別。

此外黃溍《送式公歸高麗》、傅若金《送無外式上人還高麗》、宋褧《送高麗式上人東歸二首》、王沂《送式上人還高麗》以詩送別。

> 送式無外歸高麗
> 三韓山水有靈暉，秀出斯人了佛機。
> 嶽寺禪餘留偈別，王城齋罷戴經歸。
> 瓶收滄海降龍入，錫度秋空近鶴飛。
> 只恐故林雲臥後，一鐙秋老木棉衣。

正月二十七，作《洞仙歌》（功名利達）詞。

> 洞仙歌　辛巳歲，燕城初度
> 功名利達，任紛紛奔競。縱使得來也僥倖。老眼看多時，
> 鐘鼎山林，須信道、造物安排有命。　　人生行樂耳，對月
> 臨風，一詠一觴且乘興。五十五年春，南北東西，自笑萍
> 蹤久無定。好學取、淵明賦歸來，但種柳栽花，便成三徑。

二月初一，登憫忠閣。作《辛巳二月朔登憫忠閣》詩。

> 辛巳二月朔登憫忠閣
> 百級危梯邀碧空，憑闌浩浩納長風。
> 金銀宮闕諸天上，錦繡山川一氣中。
> 事往前朝僧自老，魂來滄海鬼猶雄。
> 只憐春色城南苑，寂莫餘花落舊紅。

三月十七，與吳師道、趙璉、吳當、王雍遊西山、香山。十八

日歸，諸人各賦一詩。吳師道作《遊西山序》。

　　吳師道《遊西山序》：「三月十七日，金華吳師道正傳、晉寧張翥仲舉、襄城趙璉伯器、臨川吳當伯尚、河東王雍元肅同遊西山玉泉護聖寺，遂至香山。既歸，各賦詩以紀實。先是護聖主僧月潭師款客甚勤，留之不果，則約以再遊，又約以詩為寄，未及寄，則又屢督趣之。於是裒寫為卷，納之山中。四人者推某為最長，故其詩居首，而又復敘其暑焉。吁！吾曹東南西北之人，幸而會於京師，佳時勝集，徜徉名山水間，既愜於心。師超然方外而獨惓惓焉，其高致尤可愛而仰也。秋風揚鈴，客興未已，又將往踐前約，然桑下三宿之戀，或法所不可，師其有以語我來。」

　　吳師道《三月十八日張仲舉趙伯器吳伯尚王元肅同遊西山玉泉遂至香山》詩末：「廣文官況淡於水，矧復聚散如浮萍。玉泉頗恨不少住，客意更擬同揚舲。明朝清遊墮夢境，擁書卻坐槐陰廳。」廣文官，當指國子監任職。吳師道於是年春任國子學博士，張翥為國子學助教，故遊西山在此年。

四月，大駕時巡上都。

張翥隨順帝前往上都，分教上都生。

　　《元史》本傳：「至正初，召為國子助教，分教上都生。」

　　危素《國子監分學題名記》：「國子助教，歲從幸分學上都，佩國子學印，給驛騎公車。學正或學錄一人，伴讀四人，其一人兼掌儀，一人兼典籍，一人兼典書，一人兼管勾。弟子員或宿衛或從父兄，無定數。初留守司供稍食，至正□年罷。獨國子監自大都計錢粟以來，及入學，留守司前期治具，宣徽院頒尚醞，中書省、御史臺、集賢院官必至，所以奉明詔，致勉勵，樞密、翰林國史、宣徽三院至不至視其人。」

作《過李陵臺》詩。

過李陵臺　分教上京

　　路出桓州山謾迴，僕夫指是李陵臺。
　　樹遮望眼仍相弔，雲結鄉愁尚未開。
　　海上羝羊秋牧罷，陵頭石馬夜嘶哀。
　　英雄不死非無意，空遣歸魂故國來。

《上京即事》十首約作於本年，此十首詩今僅存《上京即事》、《上京秋日三首》四首。

　　元代的兩都制與其他朝代有所不同，如漢、唐的兩都，一爲正都，一爲陪都。元朝的兩都沒有正都、陪都之分。每年三月或四月，皇帝從大都出發前往上都，八月或九月，從上都返回大都。兩都所留時間大約各爲半年，之所以在春夏之際前往上都，與元朝統治者出身漠北的生活習慣是相關聯的。上都，在今內蒙古錫林浩特南正藍旗。張翥長期在江南，第一次到漠北上都的所見使他感到新奇，因此被與「杏花春雨」迥異的「駿馬秋風」的上都所吸引，詩歌中的興奮、愉悅、歡快之情是十分自然的。

　　案：吳師道《禮部集》卷八有《次韻張仲舉助教上京即事十首》，
　　　　可知翥嘗作《上京即事》十首。

上京即事

　　灤河東出水潆迴，疊阪曾岡擁復開。
　　金柱鎮龍僧咒罷，玉輿馭象帝乘來。
　　中天星斗朝黃道，塞漠雲山繞紫臺。
　　欲擬兩京爲賦頌，白頭平子愧無才。

上京秋日三首

　　山前孤戍水邊營，落日無人已斷行。
　　甌脫數家門早閉，轒轀千帳火宵明。
　　白摧野草狼同色，秋入榆關雁有聲。
　　最是不禁橫笛怨，海天秋月不勝情。

　　水遠雲迴萬里川，鳥飛不下草連天。

歌殘勒勒風生帳，獵罷閼氏雪沒韉。
紅頰女兒花作隊，紫髯都護酒如泉。
時巡歲歲還京樂，別換新聲被筦絃。

遠山平野浩茫茫，曾是當年古戰場。
飲馬水乾沙窟白，射鵰塵起磧雲黃。
中郎節在仍歸漢，校尉城空罷護羌。
今日車書逢混一，不辭垂老看邊鄉。

吳師道《禮部集》卷八《次韻張仲舉助教上京即事十首》：

海波填碧湧金鰲。當日經營得俊髦。
周鼎卜年開帝業，漢都作鎮奠神皐。
宮中雙鳳朝扶輦，帳下千牛夜提刀。
萬國會同時肆觀，眾星遙拱北辰高。

大駕時巡鎮北庭。皇風萬里暢威靈。
有年太史仍書雨，卜日祠官已祭星。
白草黃雲秋漫漫，朱樓翠樹晚冥冥。
南歸卻作灤陽夢，應是平生舊所經。

翼翼行都歲幸臨。名王諸部集如林。
氊車滿載彤庭帛，寶馬高馱內府金。
暮散歌呼灤水上，夜騰光氣黑山陰。
世皇謨畧真宏遠，共感湛恩到骨深。

虎賁猛士羽林兵。繚繞宮垣帶雉城。
土冷水泉長凍冱，天低星斗倍光精。
穹廬歐脫雲彌野，馬湩醍醐雪倒罌。
巷北巷南歌吹雜，祇應儒館自書聲。

聖主恭勤服澣衣。頻年羽獵罷連圍。
金華勸講延髦士，紫殿親祠卻宓妃。
調鼎有功神化密，扣門無事諫書稀。
高秋八月時巡畢，還與都人候六飛。

孔鸞斂翅久盤迴。延閣穹崇際復開。
四海宣文千載仰，兩生接武一時來。

紬書共啓緘金匱，持筆行登視草臺。

努力深期報知己，明時肯負出羣才。（聞危太樸、王叔善除宣文
閣檢討。）

陰山分脈自崑崙。朔漢縣延逈北門。

遙見馬駝知牧地，時逢水草似漁村。

穹廬勒勒秋風曲，青冢嬋娟夜月魂。

今日八荒同一宇，向來邊檄不須論。

兩都賦意入經營，今日奇逢有此行。

弟子絃歌臨璧水，諸公篇翰出承明。

眼中高闕祥雲色，夢裏空齋舊雨聲。

千里相望勞問訊，追扳無路若爲情。

亭障連山入杳茫。輼車如雪漫沙場。

雕盤天際秋雲白，雁去關南木葉黃。

獨客應憐冠戴楚，閒愁無奈管吹羌。

歸來若度桑乾水，莫忘并州是故鄉。

藻水縈迴草滿川。皇都佳氣鬱浮天。

端門高映雙龍闕，馳道中容萬馬驂。

群后承恩歌湛露，從臣待詔賦甘泉。

更聞所過蠲租税，田野清平樂晏眠。

作《上京睹陳渭叟寄友書聲及鄙人賦以答之》詩二首。

案：《上京睹陳渭叟寄友書聲及鄙人賦以答之》其二云「不見故人
今十載」，翥於至順三年（1332）在江浙與劉岳申見面，後爲
金陵訓導，離開江浙，至此恰爲十年，且詩題云「上京」，故
作於此年。

又，《西湖遊覽志餘》卷十五：「陳渭叟，讀書學道，不混俗，不
忤物。賦詩有天然趣，隱居葛溪上。歲一來杭城中，名人勝士爭要致
之，惟恐其去也。所著有《紫雲編》。……張仲舉送渭叟詩：『芒屨藿
衣物外身，故園歸去已殘春。青山一百三十里，白髮東西南北人。尋

鑿松杉時憩樾，入林蔬果早嘗新。自憐樊雉神空王，長羨沙鷗不可馴。』寄渭叟詩……。」〔註18〕又據《珊瑚木難》卷八所載杜本至順四年（1333）八月十五所作之《釋孤云詩序》已稱：「今錢唐道士陳渭叟之《紫雲編》，廬陵僧法高之《疏雨集》，誠可並傳，讀者將因其聲以考其世之所尚，因其言以觀其人之所遇，則於世故人情之變，亦無不盡矣。」可知《紫雲編》在至順四年便已流傳於世。又據《（成化）杭州府志》著錄「紫雲編三卷」，可知在明代即有散佚。

上京睹陳渭叟寄友書聲及鄙人賦以答之　其詩曰《紫雲編》，已刊四卷

忽憶江南古莊叟（自號），釣竿歸去拂珊瑚。

藥爐已熄勻庚火，書篋閒拋遁甲符。

欲與陳陶同啖鮓，衹令張翰遠思鱸。

不知別後詩多少，刊到雲編戊巳無。

不見故人今十載，平安喜得上京書。

顧我真吟紇幹雀，羨君閒釣富春魚。

山房夜雨青燈外，紫塞秋風白雁初。

終擬攜琴隱湖曲，一官垂老欲何如。

四月三十，與揭傒斯觀《蘇東坡虎跑泉詩卷》。此時的揭傒斯任翰林學士。

《式古堂書畫彙考》卷十《蘇東坡虎跑泉詩卷》：「至正元年四月晦，揭傒斯觀，張翥同觀。」

揭傒斯（1274～1344），字曼碩，龍興富州（今江西豐城）人。少游江漢間，程鉅夫以從妹妻之。延祐元年，為翰林國史院編修官。至順元年，預修《經世大典》。後至元六年，以奎章供奉學士召，未至，改授翰林直學士，知制誥同脩國史。至正元年，兼經筵官。二年，

〔註18〕省略之處即《上京睹陳渭叟寄友書聲及鄙人賦以答之》二首，所引之詩為《蛻菴集》佚詩。

陞翰林侍講學士，且命同知經筵事。三年，修《遼》、《金》、《宋》三史，爲總裁官。至正四年七月戊戌卒，年七十一。諡文安。與虞集、楊載、范梈並稱爲「元詩四大家」。與虞集、黃溍、柳貫號爲「儒林四傑」。有《文安集》。生平事蹟見歐陽玄《元翰林侍講學士中奉大夫知制誥同脩國史同知經筵事豫章揭公墓誌銘》、黃溍《翰林侍講學士中奉大夫知制誥同修國史同知經筵事追封豫章郡公諡文安揭公神道碑》。《元史》卷 181 有傳。

八月，車駕至自上都。

張翥亦當同時返回大都。

冬季，與吳師道唱和。

　　吳師道有《十月廿四日至廿八日崇文閣下試諸生和仲舉韻》、《十一月十二日崇文閣下祗試二十三日出和張仲舉》2 詩。前《次韻張仲舉助教上京即事十首》亦當作於是時。

此年傅巖起告歸。

翥作《左丞傅夢臣歸老汾曲賦以壽之》。

　　案：《元史·宰相年表》無傅夢臣之人，止有傅巖起。據《元史·張翥傳》傅巖起與翥爲「同郡」，翥詩題云「歸老汾曲」，故傅巖起應即傅夢臣。又，據《元史·宰相年表》，傅巖起於至元六年（1340）二月升左丞，至正元年（1341）不在《宰相年表》之列，故其應於本年已告歸。

　　左丞傅夢臣歸老汾曲賦以壽之
　　　六朝名德仰巍巍，未許家園久息機。
　　　霖雨帝方思汝作，袞衣人更望公歸。
　　　南山一柱標中土，左轄三星拱太微。
　　　欲向賓筵頌眉壽，寸心遙與白雲飛。

本年，應張舜咨之請，爲其親作行狀。同時陳旅作《墓誌銘》，

吳師道書。

吳師道《張氏墓銘後》：「君之次子今龍溪主簿舜咨，……及見親老壽以沒，距今且七年，來調官京師，歸而營葬，懼隱德之弗章也，求能文詞者銘，以揭諸墓上。時陳眾仲監丞、張仲舉助教與某同在國子學，皆素與舜咨友善者。於是仲舉狀其行，眾仲爲之銘，而俾愚書之以助成其志焉。」

張舜咨（生卒年不詳），字師夔，號櫟里，又號輒醉翁，錢塘（今浙江杭州）人。元代著名畫家，大幅小景均布置有法，以山水、竹石、古木見長。晚年長時間在福建生活，作品在福建流傳較多。陳高華先生《元代畫家史料彙編》對其生平有考證。

十一月，王都中卒，年六十四。王都中（1278～1341），字元俞，中年自號本齋，福寧州（今屬福建）人。曾任戶部尚書、兩浙都轉運鹽使，江浙行省參知政事。政績卓著。至正元年卒，諡清獻。生平事蹟見黃溍《金華黃先生文集》卷三十一《正奉大夫江浙等處行中書省參知政事王公墓誌銘》。《元史》卷 184 有傳。

是歲，正月己酉朔，改元至正。四月，許有壬爲中書左丞。六月戊辰，改舊奎章閣爲宣文閣。

公元 1342 年（元順帝妥懽帖木兒至正二年 壬午） 五十六歲

元順帝召李時作壁畫，其中有《長孫皇后諫獵圖》。

《題〈長孫皇后諫獵圖〉》詩當作於是時。

案：據《新元史》卷二百四十二《李時傳》：「李時，字居中，大都人。……至正二年，惠宗詔時畫東內清寧宮殿壁，時畫樊姬、馮婕妤及唐長孫皇后進諫圖，賞賚甚厚。」故張翥所題之《長孫皇后諫獵圖》爲李時所畫，詩作亦當作於本年或稍後。

　題《長孫皇后諫獵圖》
　黃門曉出西清仗，秋色滿天鷹犬王。
　虎落遙連渭水南，鷺旗直渡河橋上。
　日邊雲氣五色文，虹鬚天子眞天人。

羽林猛士森成列，六馬不驚清路塵。
太平無征帝神武，豈爲禽荒將按旅。
已知哲后佐興王，不數樊姬能霸楚。
從容數語即罷田，六宮迎笑花如煙。
躊回那待外廷疏，聽諫由來同轉圜。
天寶神孫隳大業，錦繡五家爭蹀躞。
可憐風雪驪山宮，正與眞妃同射獵。

「六馬」，原作「六氣」，據《草堂雅集》卷六改。

九月初三（辛未），大駕至自上都。

初九，張翥辭官南歸。九月十二，過通州。

至御河齊家堰。作《九日謁告歸阻風御河齊家堰》詩。

案：御河齊家堰，在今河北省滄州市南之南皮縣。此詩題之「九日」
爲告歸之日，並非至御河之日。如是日至御河，據《至通州》
詩，十二日所到達之「通州」，當爲今江蘇省南通市。據《（大
德）南海志》記載「廣爲揚州盡處，去京師萬餘里，然葉舟風
遞，馹騎星馳，不十餘日可至」，因此，御河至南通，斷無三
天到達之理，況且又「阻風」於齊家堰。故「九日」止能爲告
歸之日，《至通州》詩所言之「通州」，爲今北京市通州區。據
《元史・順帝紀》，至正二年（1342）九月初三，元順帝由上
都回到大都，張翥亦當同行。由此詩題可知，九月初九，張翥
告歸。又據《至通州》詩，可知九月十二至今北京通州區，故
此詩作於九月十二以後。

九日謁告歸阻風御河齊家堰　壬午
雨後風俄暴，藏舟古岸陰。早霜紅樹徧，殘月白河沈。
鷗泛乘長浪，狐跳沒遠林。人生信淹速，那敢易初心。

「徧」，四部叢刊本作「變」。

《水調歌頭》（御河舟中）詞當作於此時。

案：《水調歌頭》（御河舟中）「過重陽，都未見，菊花開」，與詩中
　　九日爲同一時間，且同在御河，故當作於同時。

　　水調歌頭　御河舟中
　　中夜正無寐，何處櫓聲來。河聲不堪強聒，更聽雁聲哀。月
　　色依依偏照，霜氣蕭蕭漸緊，何以解離懷。明發吾無策，
　　惟有快銜盃。　　過重陽，都未見，菊花開。遙知數叢籬下，
　　破蕊映書齋。三十六陂煙水，二十四橋風月，天遣幾時回。
　　傳語閒鷗鷺，相望莫驚猜。

「過重陽」，原作「重陽近」，汪本同，據曹溶看本、北大藏本、鮑刻
本改。

作《夕次楊村》詩。

　　據《（咸淳）臨安志》卷二十，錢塘縣安吉鄉有楊村，已屬杭州
境。

　　夕次楊村
　　煙中帆影落軻峩，繫纜沙邊已夜過。
　　風驟數聲來海樹，月移半暈入天河。
　　得歸始覺形神王，望遠空留感慨多。
　　坐聽舟人語明發，蘆花秋水正增波。

退居淮東。爲集慶路（今江蘇南京）學訓導。不久至揚州。

　　《堯山堂外紀》卷七十五：「至正初，爲集慶路學訓導。御史下
學，點視廩膳，鄰齋出對云：『豸官點饌。』是日適用驢肉，仲舉戲
續云：『驢肉作羹。』御史聞之大怒，欲逮捕之。乘夜逃奔揚州。時
揚州方全盛，衆素聞其名，皆延致之。」

　　朱德潤《送張仲舉赴集慶路學訓導》詩：「講帷秋冷坐經年，賦
裏班揚擬後先。烏府早徵經學士，鷺車當薦廣文氊。綠槐陰下朝成
市，白鷺洲邊晚放船。莫訝金臺先隗始，梅花宜在公堂前。」

　　錢惟善《江月松風集》卷四《送張仲舉赴昇庠訓導》詩：「巷居

身已困流傳，江海聲名四十年。鸚鵡賦成因鶚表，斗牛光輒見龍泉。史雲豈肯留賓閣，矦載終期□帝前。若到秣陵應考古，未容秋興理漁船。」

潘純《送張仲舉赴金陵郡學訓》詩：「攻苦食貧三十年，才名不讓古人先。一經遠赴招賢幣，千里寒移坐客氈。書擔曉爭京口渡，布帆春上石頭舡。秣陵秋色秦淮月，夜夜吳山几案前。」

張雨《句曲外史集》卷中《贈姜彥翁秀才序》：「晉寧張仲舉氏，與予同師仇仁近先生。爲童子師，至金陵、京師，遷揚州，終始授徒爲業，四十載不緣科第，不涉貢吏。」

在南京，與在南御史臺任職的觀音奴、薩都剌交往，遊鹿苑寺、石頭城諸地。作《鹿苑寺》、《石頭城用薩天錫韻》、《秦淮水送薩天錫赴京》諸詩。

案：上述詩歌地點均爲金陵，故數詩均應作於張翥在南京之時。《鹿苑寺》，《草堂雅集》卷六作《鹿苑寺周處讀書臺陪觀志能薩天錫飲》。觀音奴與薩都剌同爲泰定四年進士，觀音奴於後至元五年（1339）爲南臺御史，由《鹿苑寺》之題，可知薩都剌任南臺掾吏，亦在此年左右。《石頭城用薩天錫韻》亦當爲此時所作，李孝光亦有和作《次薩使君天錫登石頭城》。又考薩都剌曾由南御史臺調往燕南任職，則《秦淮水送薩天錫赴京》應作於薩都剌燕南任職前。

薩都剌（約1274～約1345），字天錫，號直齋，西域回回人，占籍雁門（今山西代縣）。泰定四年進士，授京口錄事司達魯花赤，入翰林國史院，出爲江南行御史臺掾吏等職。張翥有3首詩與薩都剌相關。生平事蹟見《兩浙名賢錄》卷五十四。

鹿苑寺　周處讀書臺、郗后化蛇井，皆在
　千古南朝幾劫灰，蕭梁寺額獨崔嵬。
　化蛇妬婦餘空井，剌虎將軍有舊臺。

江口山紅寒照沒，石頭樹白暝煙來。
滿衣落葉西風急，更為憑高送一杯。

石頭城用薩天錫韻

逶迤石路帶城遙，古寺殘僧蘚半凋。
一自降王歸上國，空餘故老說前朝。
壞陵鬼剗傳金盌，畫壁仙妝剝鳳翹。
更欲留連盡奇觀，夕陽江上又生潮。

秦淮水送薩天錫赴京

秦淮水，入江流，我不如水，遠送行舟。舟行暫艤秦淮口，
青旗招人新壓酒。主家小女能吳歌，長跪樽前為客壽。舟
遙遙，上燕臺，歸何日，春風開。烏衣陌上好楊柳，一杯
還待東風來。君不見南朝瓜步，後唐采石。舟師一夕此渡
江，虎踞龍蟠慘無色。坐令豪華捲黃土，玉樹遺音怨亡國。
百年歡少哀情多，潮落潮生豈終極。君當為我脫卻紫綺裘，
我亦為君報之雙佩鉤。裘以被知己，鉤以寓淹留。烏啼馬
鳴日欲暮，驛鼓聲起催離憂。送君去，灣重灣掩不見人，
空立秦淮艤舟處。（《草堂雅集》卷六）

除夕，與李孝光、薩都剌聯句。有《除夜宿室戒院會者三人薩使君張仲舉》詩。

案：《除夜宿室戒院會者三人薩使君張仲舉》「驛驟燕臺陌，舟回浙水潯」句，似指薩都剌燕南任職。

除夜宿室戒院會者三人薩使君張仲舉

夜宿招提裏，齋廬入窈深。客居隨列炬（和），朋喜合遺簪。
樹擁長廊黑（舉），苔生古殿陰。蒲龕僧入定（錫），竹墅
鶴投林。汲井愁清凍（和），憑欄望宿露。幢燈光正永（舉），
石磬響初沈。尨吠驚鄰夢（錫），鴻鳴感旅衿。城高鼓角迥
（和），庭邃戟茅森。鐵立浮圖近（舉），鼇飛結構臨。龍
河圍碧帶（錫），鷲嶺布黃金。畫壁斜窺月（和），瓊簷直
轉參。霜階明□色（舉），風鐸靜聆音。簾影湘波細（錫），
屏紋楚岫嶔。緣檠飢鼠黠（和），散帙蠹魚淫。斷蒯餘雄劍

（舉），幽弦扣雅琴。茶煎吹蟹眼（錫），炙割探牛心。燃
豆雕盤飯（和），春醪素罌斟。爐紅煨榾柮（舉），密白煎
林檎。燭盡從鄰借（錫），樽空許僕尋。開扉驚櫪馬（和），
卓錫墮巢禽。霽景渾逾畫（舉），圓輝淨絕侵。氅袍沾露濕
（錫），貂帽護霜侵。徐穉寧懸榻（和），姜肱亦共衾。柵雞
俄再唱（舉），野鶴自長吟。鼻息誰酣臥（錫），神交子夙
欽。勝遊歡不厭（和），後約慮多參。耳熱鳴鳴缶（舉），
聲淒皎皎砧。壯懷還耿耿（錫），晏歲又駸駸。驛驟燕臺陌
（和），舟回浙水潯。所思留寄別（舉），文美重璆琳（錫）。

（陳增傑《李孝光集校注》卷十一）

在揚州期間，或往揚州路泰州，館於顧仲庸家。

　　陶宗儀《南村輟耕錄》卷二十四：「顧仲庸，泰州人，以財雄一
鄉，倜儻好義，有古豪俠風，自奉甚薄，而禮賢養士無虛日，名公鉅
儒多館其家。張蛻菴承旨亦其人也。」又，成廷珪《居竹軒詩集》卷
三有《靜逸處士顧仲庸》、《和顧仲庸韻兼謝送米》二詩，可知仲庸號
靜逸處士。

　　三月，傅若金卒，年四十。案：《元詩選》小傳作：「至正三年卒，年四十。」
七月，陳旅卒，年五十六。吳師道《陳監丞安雅堂集序》：「至正二年七月某日，
國子監丞陳君旅眾仲卒於京師。」陳旅（1287～1342），字眾仲，興化莆田（今屬福建）
人。受馬祖常、虞集賞識。元統二年（1334），任江浙副提舉，後至元四年（1338），入為
應奉翰林文字，至正元年（1341），遷國子監丞，與張蓍同時任職國子學。二年卒，年五
十六。有《安雅堂集》。生平事蹟見吳師道《陳監丞安雅堂集序》、《監學祭陳眾仲監丞文》。
《元史》卷190有傳。〔註19〕

　　是歲，二月壬寅，頒《農桑輯要》。三月戊寅，廷試進士七十八
人，賜拜住、陳祖仁及第，其餘出身有差。

〔註19〕《元史》本傳稱：「至正元年，遷國子監丞，階文林郎。又二年卒，
　　　　年五十有六。」據此陳旅卒年則為1343年，今依吳師道文。

六、詔修《宋史》，錢塘刊書（元順帝妥懽帖木兒至正三年癸未～元順帝妥懽帖木兒至正八年戊子，1343～1348，五十七歲～六十二歲）

公元 1343 年（元順帝妥懽帖木兒至正三年 癸未）　五十七歲

三月，朝廷修《宋》、《遼》、《金》三史，以中書右丞相脫脫爲都總裁官，太平、張起巖、歐陽玄、呂思誠、揭傒斯爲總裁官。

翥自廣陵重被召回京師。爲翰林國史院編修官（正八品），參與《宋史》編纂。

　　《元史》本傳：「會朝廷修《遼》、《金》、《宋》三史，起爲翰林國史院編修官。」

　　《居竹軒詩集》卷二有《送解伯中赴史館召至正癸未朝廷以史事遣使起河東張先生於廣陵明年史局開又於廣陵徵解先生廣陵連有二盛事觀茲榮美賦詩爲別》詩。

　　張翥《題鄭氏義門家範後》：「予爲太史屬，預脩《宋史》。」據《宋史》附錄《修史官員》，張翥名列倒數第三位，此時的職位是修《宋史》惟一的翰林國史院編修官。後兩位是國子助教吳當、經筵檢討危素。

　　又，《元史·順帝紀四》：「（至正三年三月）是月，詔修《遼》、《金》、《宋》三史，以中書右丞相脫脫爲都總裁官，中書平章政事鐵木兒塔識、中書右丞太平、御史中丞張起巖、翰林學士歐陽玄、侍御史呂思誠、翰林侍講學士揭傒斯爲總裁官。」

　　錢惟善《江月松風集》卷八《兼柬張仲舉徵君》詩當爲此時贈翥之作：「鼓枻坐春水，快意如登瀛。燒香把銅爵，眠月舒錦鯨。公才不世出，豈特千人英。國史馬遷贊，月旦許劭評。東觀徵博士，南郡別諸生。媿無雙南金，贈此千里行。萍香大江滿，草綠長淮平。紅藥有花譜，金盤遺酒名。若逢杜書記，暫息廣陵城。」

三月初三，為陳鎰《午溪集》作序。

陳鎰，字伯銖，浙江麗水人。游學鄉里，以詩名一時。生平事蹟見《午溪集》諸序。

《午溪集》序

《詩三百篇》外，漢、魏、六朝、唐、宋諸作，毋慮千餘家，殆不可一一論。五七言、古今律、樂府、歌行，意雖人殊，而各有至處，非用心精詣，未知其所得也。

余蚤歲學詩，悉取古今人觀之，若有脫然於中者，由是知性情之天、聲音之天，發乎文字間，有不容率易模寫。然亦師承作者以博乎見聞，遊歷四方以熟乎世故，必使事物、情景融液混圓，乃為窺詩家室堂。蓋有變若極而無窮，神若離而相貫，意到語盡而有遺音，則夫抑揚起伏、緩急濃淡、力於刻畫點綴，而一種風度自然。雖使古人復生，亦止乎是而已矣。

麗水陳伯銖父，受學外舅此山周君衡，有《午溪集》一編。余嘗讀此山詩，喜其深遠簡勁，有詩家高處。既又讀《午溪》詩，大篇短章，何其聲之似君衡也。伯銖年正強，才正裕，苟不絕於吟而會通所作焉，古不難到也。伯銖，余交厚，故論及此，且書於《午溪集》後，庶乎覽者謂所言何如也。

至正三年季春上除日，應奉翰林文字[註20]、登仕郎、同知制誥兼國史院編修官張翥書。

（文淵閣四庫全書《午溪集》卷首）

三月，至杭州之長安鎮，於仇遠女婿之處重見《蘇文忠公書杜工部橙木詩卷》。

《式古堂書畫彙考》卷十：「翥童子時，……今四十餘年矣。至

[註20] 據張翥《初度日既拜三綺表裏之賜復升應奉感愧有作》詩及《元史‧張翥傳》，張翥當於三年後任翰林應奉。待考。

正三年三月至長安鎮，過先師甥館，之孫懋出示斯卷，歎息之餘，不啻辰夕，敬書於後，用以識存歿歲月云。」

又，據《（至元）嘉禾縣志》卷八，長安鎮屬杭州路鹽官縣。

九月十二，至通州。作《至通州》詩。

案：《至通州》詩題注：「去歲南歸，以九月十二日發通州。今年召入，亦以是月日至通州。」南歸，指去年由國子助教南返。召入，為修《宋史》應詔返大都。

> 至通州　去歲南歸，以九月十二日發通州；今年召入，亦以是月日至通州云
>
> 驛卒爭鳴鼓，舟人喜下梜。依然今日到，怯似去年回。
> 岸黑秋濤縮，川紅夕照開。君恩忘險阻，不覺畏途來。

約九月至京師。

此年或稍後，作《次杜德常僉院韻》詩。

案：《次杜德常僉院韻》：「鼇禁欣同直，高閒勝俗忙。露花迎夕斂，風樹借秋涼。太史蘭臺筆，郎官粉署香。時時鈴索靜，有喜到堂廊。」「鼇禁」、「太史蘭臺筆」，諸詞表明張翥任職翰林國史院。「風樹借秋涼」，說明作詩之時在秋季。翥於本年秋末到京，故暫將此詩繫於此年。

此年或稍後，與李存通信。

存覆信《復張仲舉》。

《復張仲舉》：「君子負高才，遭盛時，位在史館，秉天下後世褒貶之筆，明道達義當如是也。」

本年，儀則堂住大都寶集寺。

翥在此年或稍後，至寶集寺，觀儀公《續撰釋氏通鑑》，作《謁儀則堂上方觀聽續撰釋氏通鑑》詩。

　　《析津志輯佚・寺觀》：「至正三年，晉寧則堂儀公被詔主寺（案，寶集寺），……嘗承詔校金書藏典，爲譔《續釋氏通鑑》於斯，進諸嘉禧殿。上覽徹，嘉歎久之。」

　　危素《續撰釋氏通鑑序》：「書凡十有五卷。」

謁儀則堂上方觀聽續撰釋氏通鑑

　　平生方外朋，今識故鄉僧。史有《春秋》筆，談空大小乘。

　　香廚朝飯麵，古殿晝燃燈。歸路煙蕪外，斜陽下道陵。

此年汪澤民亦被召入京師修史，離開兗州。

耆有《汪兗州叔志去思碑》詩。

　　宋濂《元故嘉義大夫禮部尙書致仕贈資善大夫江淛等處行中書左丞上護軍追封譙國郡公諡文節汪先生神道碑銘》：「陞奉議大夫，知濟寧路之兗州，兼管本州諸軍奧魯勸農事。磁陽，負郭之縣也。孔子廟學久不建，先生以爲風教所繫，買地作之，殿堂、門廡及齋序之屬，無不見餙。襲封衍聖公，職止三品。先生以宣尼之冑不可以弗崇，上疏請增其秩，廷議趑之，奏，陞品爲第二，錫以銀章。居一年，政化大行，絃誦之聲周達乎西東，圜扇之間，可設爵羅。嘉禾生於縣郊，瑞麥孕於洸水。君子謂有漢循吏之風焉。廉訪使者行部將壓境，還曰：『汪兗州在，吾可無往矣。』至正癸未，詔脩《遼》、《金》、《宋》三史，拜先生朝列大夫、國子司業。」《元史》本傳同。

　　汪澤民（1273～1355），字叔志，宣城（今屬安徽）人。曾任濟寧路兗州知州，至正三年參與修史，以禮部尙書致仕。至正十五年，爲瑣南班所執，大罵不屈，遇害。贈資善大夫、江浙行中書省左丞，追封譙國郡公。生平事蹟見宋濂《元故嘉義大夫禮部尙書致仕贈資善大夫江淛等處行中書左丞上護軍追封譙國郡公諡文節汪先生神道碑銘》。《元史》卷 185 有傳。案：《元史》卷 185 與宋濂《神道碑銘》所記卒年與壽數不符。今從宋濂《神道碑銘》。

　　　汪兗州叔志去思碑

　　　　使君有道是民師，惠政長留去後思。

　　　　秀麥不專稱漢史，甘棠直欲繼周詩。

　　　　馴桑有雉童俱化，攫肉無烏吏絕欺。

　　　　東魯自今應紙貴，一時爭打兗州碑。

詩題，唯《詩淵》本前有「觀」字。汪，今所見五卷本作「江」，此
據四部叢刊本。

　　十月丁巳，柯九思卒，年五十四。《稗史集傳》：「至正癸未，冬十月……
丁巳，卒，年五十四。」

　　是歲，正月丙子，中書左丞許有壬辭職。徵遺逸，杜本不至。

公元 1344 年（元順帝妥懽帖木兒至正四年 甲申）　五十八歲

正月，作《鵲橋仙》（生朝戊子）詞。

　案：《鵲橋仙》（生朝戊子）詞注「今戊戌歲初度，亦戊子日」，戊
　　　戌歲，翥當七十二歲，與詞「五十八歲」不合。又據陳垣《二
　　　十史朔閏表》，甲申歲正月二十七亦戊子日，故此詞作於甲申
　　　歲無誤。

　鵲橋仙　予生丁亥歲戊子日，今戊戌歲初度，亦戊子日，偶
　作

　　　生朝戊子。今朝戊子。五十八年還是。頭童齒豁可憐人，
　　　也召入、詞林脩史。　前生偶爾。今生偶爾。但喜心頭無
　　　事。從來不解學神仙，怎會得、長生不死。

　　五月二十四，釋大訢卒，年六十一。黃溍《龍翔集慶寺笑隱禪師塔銘》：
「至正四年夏五月己丑朔，乃升堂辭眾，退處東庵，且援著令，循本宗資次，舉徑山曇芳
忠公以自代。俄示微疾，其月二十有四日壬子，委順而化。」

約在此年後不久，與釋宗泐再見於大都。作《送泐季潭還龍翔》詩。

　　釋宗泐《蛻菴集》跋：「元統甲戌間，余識潞公於金陵，後會於

燕都，於錢塘，蓋三十餘年，固非一日之好。」

> 送泐季潭還龍翔　時笑隱已化
>
> 　　曾將《小品》問支公，眞是人間學道雄。
> 　　弟子不須悲滅度，禪師久已證圓通。
> 　　長懷石上三生舊，無復溪頭一笑同。
> 　　想見西岡歸禮塔，神光時遶夜壇紅。

七月戊戌，揭傒斯卒，年七十一。歐陽玄《元翰林侍講學士中奉大夫知制誥同修國史同知經筵事豫章揭公墓誌銘》：「至正四年七月……戊戌，薨。」八月十七，吳師道卒，年六十二。

是歲，二月，太平陞平章政事。是年，《遼史》修成。

公元 1345 年（元順帝妥懽帖木兒至正五年 乙酉）　五十九歲

十月，《宋史》修成，至此《宋》、《遼》、《金》三史均纂修完畢。

《元史·順帝紀四》：「（至正五年冬十月）辛未，《遼》、《金》、《宋》三史成。」

十二月二十七，元廷第六次賜宴史局。

作《乙酉十二月二十七日大雪寒甚有旨賜宴史局》詩。

> 乙酉十二月廿七日大雪寒甚有旨賜宴史局
>
> 　　聖主恩隆六賜筵，玉音躬聽相臣宣。
> 　　史裁東觀何殊漢，人在瀛洲總是仙。
> 　　御酒如春浮浩蕩，宮花與雪鬪嬋娟。
> 　　微生此日沾休澤，秪望丹宸祝萬年。

韓文瑜進京拜翥為師。稍後，韓文瑜出遊上都，翥作《送韓與玉遊上京》以別。

案：黃玠《弁山小隱吟錄》卷二《送韓與玉入京求其師張仲舉先生》：
「復有一人更才敏，將往京城求其師。其師為誰子張氏，曲頰美準秀且頎。雞棲昂昂立孤鶴，羽翼已遂沖天飛。昔年助教國子學，橫經氣奪千皐比。頃日還當大述作，並錄三史追前徽。

使者　搜異書出，天下學士來委蛇。春秋用例如用律，遊夏猶將贊一辭。直書無愧董狐筆，上與日月爭光輝。子今行矣快先覩，涉閱定有新聞知。」據此詩，韓文璵拜張耆爲師之時間，爲張耆爲翰林國史院編修之時。

又據《子淵詩集》卷四《武林韓與玉名璵，雅與易之在京師交至密。至正十五年乙未，歸武林病亡。六月聞訃。余雖未獲締交，以易之之故，數有翰墨附余。是年冬十月朔，偕易之暨武林楊彥常、鄉中蔣伯威、葉孔昭、應成立，祭於鄞江義塾，約賦詩以挽之》有「京國十年奔走後，江城六月訃聞初」之語，表明韓文璵進京應在本年。

韓文璵（？～1355），字與玉，會稽（今屬浙江）人。其書法與王禕之古文、迺賢之詩，在大都被目爲「江南三絕」。與迺賢交往甚密。

陳基《送韓與玉北上兼呈張先生仲舉》（《草堂雅集》卷二）云：
總角曾爲同舍生，春風玉樹照人清。關西早事張夫子，洛下爭迎陸士衡。草入瀛洲春漸綠，日臨鵁鶄雪初晴。漢家文物西都盛，獨有甘泉賦未成。

南國高人有俊才，青春獻賦上蓬萊。飄零不飲新豐酒，慷慨還登郭隗臺。太液恩波春激灎，五陵佳氣日崔嵬。北門供奉如相見，好寄平安兩字來。

案：韓文璵此次進京拜師的目的在於出仕，黃玠《弁山小隱吟錄》卷二《送韓與玉入京求其師張仲舉先生》「文章有神國有造，贈子脫穎雙毛錐」可證。而韓文璵出遊上都，似乎表明其出仕的目的並未達到，這在張耆的贈詩《送韓與玉遊上京》中有所流露：

送韓與玉遊上京
萬里雲煙渺莽中，野營星散草連空。
龍門水合爭秋雨，鴛泊沙明下夕鴻。

自昔築臺思郭隗，何人薦賦識揚雄。

將書時慰衰年憶，回首貂裘冷朔風。

（《永樂大典》卷七七〇二）

此年，歐陽玄任翰林學士承旨。

翥有《息齋竹石古木為會稽韓季博士題》詩題注「上有歐陽原功承旨題」，則作於此年以後。

《元史‧歐陽玄傳》：「（至正）五年，帝以玄歷仕累朝，且有修三史功，諭旨丞相超授爵秩，遂擬拜翰林學士承旨。及入奏，上稱快者再三。已而，乞致仕。帝復不允。御史臺奏除福建廉訪使，行次瀾西，疾復作，乃上休致之請，作南山隱居，優遊山水之間，有終焉之志。復拜翰林學士承旨，玄屢力辭，不獲命。奉勅定國律，尋乞致仕，陳情懇切，乃特授湖廣行中書省右丞致仕，賜白玉束帶，給俸賜以終其身。將行，帝復降旨不允。仍前翰林學士承旨，進階光祿大夫。」

歐陽玄（1283～1358），字原功，瀏陽（今屬湖南）人。延祐二年進士。至正十七年十二月戊戌卒，年八十五。有《圭齋集》。生平事蹟見張起巖《元勅賜翰林直學士亞中大夫輕車都尉追封渤海郡侯歐陽公神道碑銘》、危素《大元故翰林學士承旨光祿大夫知制誥兼脩國史圭齋先生歐陽公行狀》（《圭齋文集》卷十六）。《元史》卷 182 有傳。

息齋《竹石古木》為會稽韓季博士題　上有歐陽原功承旨題

老竹葉稀多禿枝，新竹碧潤含幽姿。

翬中龍子振春蟄，突出雷雨頭參差。

傍蹲怪石石蟆裂，裂處恍惚疑龍穴。

山中有樹皆十圍，活榦撐青死槎折。

霜皮食盡乾蘚文，半頂斬立雙椏分。

最後一枝身出羣，垂枝倒走陰崖雲。

李侯標致不可得，小字親題別塗黑。

縱橫不在摩詰下，蕭爽直與洋州敵。

玉堂學士欣見之，濃墨大書眞崛奇。

森然一片鐵石筆，妙甚七字瓊瑰詞。

此詩此畫今兩絕，把翫微風動毛髮。

只應眞宰泣琱鎪，一夜山窗冷秋月。

十二月二日，迺賢從郟縣至京師途中，過陽翟，作《三峰山歌》。

《金臺集》卷一《三峰山歌序》：「至正五年嘉平第二日，予自郟城將上京師，道出陽翟，夜宿中書郎郭君彥通私館，感父老之言，而作歌曰……。」薛玄曦卒，年五十七。薩都剌約卒於此年，年七十二。

是歲，三月辛卯，廷試進士七十八人，賜普顏不花、張士堅進士及第，餘出身有差。九月，搠思監爲中書右丞。十月壬子，太平爲御史大夫。辛酉，蘇天爵等奉使巡視各道。辛未，三史成。十一月甲午，《至正條格》成。

公元 1346 年（元順帝妥懽帖木兒至正六年 丙戌）　六十歲

約在此年，翥生日，歸隱不成，為翰林應奉（從七品）。作《初度日既拜三綺表裏之賜復升應奉感愧有作》詩。

《元史》本傳：「史成，歷應奉、修撰。」

《宋史》附錄：「都省除已差史官翰林應奉張翥馳驛賷《宋史》淨槁前去，……至正六年□月□日。」可知張翥已於至正六年任翰林應奉。

初度日既拜三綺表裏之賜復升應奉感愧有作

告歸擬卜野人居，召起容紬石室書。

紋綺新傳尚方賜，黃麻重拜翰林除。

百年報主心難盡，三釜懷親淚有餘。

只愧無才仍老拙，滿頭華髮不勝梳。

（《永樂大典》卷一四七○七）

春，魏景仁歸玉山。

翥有《玉山墨工魏元德名一時贈之以詩》。

宋褧《送墨工魏元德序》:「至正五年六月庚午,皇帝御慈仁殿,中書右丞領宣文閣事臣達識帖木爾進魏景仁所製墨,朱戶敞晃,錦囊啓封,玄光溢目,芳香襲左右。上嘉賞之,勅崇文少監臣明理藏於閣,命賜內帑幣帛,景仁拜辭。下臣褧是日進講,亦與觀焉。明年春,景仁將南歸,別造新墨以獻,大夫賦歌詩贈之,予序其事。……景仁,字元德,大名人,世其業於上饒之玉山。至正六年正月,翰林直學士兼經筵官宋褧序。」

又據《讀史方輿紀要》卷八十五:「齊峯山,在(玉山)縣南三十五里,其脈自永豐縣來,形如屏障,元魏元德居此,善製墨,今土人猶傳其業。」迺賢《金臺集》卷一有《江東魏元德進所制齊峯墨於上都慈仁殿賜文縑馬湩以寵之既南歸作詩以贈云》詩。

玉山墨工魏元德名一時贈之以詩

魏郎應得庭珪法,未數松泉與雪堂。
萬杵熟膠香入劑,一螺點漆黑生光。
掄材合致圖書府,留價爭傾翰墨場。
我有詩囊須剩襲,草玄歸去老山房。

(松泉,林嵩號;雪堂,吳宇號。)

年初,迺賢到達大都。

張翥約在此時見到了迺賢,並閱讀了其《三峰山歌》,題跋其後。

迺賢(1309～1368),字易之,號河朔外史、紫雲山人,西域葛邏祿人。幼年隨父居慶元路鄞縣,至正三年、五年兩次北遊京師。至正二十二年(1362)朝廷以布衣徵召迺賢爲翰林編修,翌年,抵達京師,明年,代祀南海、南嶽、南鎮,並假道回家小住。至正二十八年五月,因中風死於桑哥實里軍中,年五十九。有《金臺集》、《河朔訪古記》。陳高華先生《元代詩人迺賢生平事蹟考》考證頗詳。

書迺賢《三峯山歌》後

　　余比修國史，睹三峰之役，金師三十五萬來拒戰，我師不
敵，軍於山之金溝。其軍數重圍三峰，而中夜大雪，金人
戈戰弓矢凍纏莫能施，我師一鼓殲之，自是金人膽落，不復
戰矣。易之作歌，辭豪健激昂，而奕奕有思致，殆與三峰
長雄。置諸樂府鐃歌間，揚厲無前之盛績，良無媿也。晉
寧張翥題。（文淵閣四庫全書《金臺集》卷一）

三月，王晥至京師，見歐陽玄、張翥。

翥作《題文丞相詩帖》。

　　王晥從江浙臨行前，陳基等中吳士大夫作詩送別。

　　《鐵網珊瑚》卷五歐陽玄詩題云：「至正丙戌暮春，亞相王公本
齋之子季境補淮東宣閫奏差，以公事乘傳至京師，訪予玉堂之署，臨
別求贈言，爲賦唐律一首。」

　　陳基《送王季境詩後序》：「今年春，將北上京師，中吳大夫士，
非先公賓客之選，則昆弟交從之彥，咸爲詩爲文以貺季境。」

　題《文丞相詩帖》

　　右文信公遺墨，前參知政事本齋王公所藏。公歿已久，家
人理筐篋，書尺叢積。顧是紙損爛將裂，以拭厄匜。公之子
季境適至，識爲信公書，咄唶驚異，亟命襃池以完。嗚呼！
豈非有神物守護之歟？不然，英靈之氣不泯而致之歟？是詩
之作，念國家之覆敗，痛骨肉之離絕，其情切，其辭哀，
使人至不忍讀。然其竭孤忠於所事，付一死於素定，其志
決，其氣壯，聞者爲之興起，可謂仁至而義盡矣。先賢尺
牘，人尚皆藏弄之，矧信公之精忠偉烈震耀古今，翰墨光
芒垂示臣子者乎？不惟王氏寶之，百世而下，固夫人之所
同寶也。史官河東張翥書。

　　（文淵閣四庫全書《趙氏鐵網珊瑚》卷四）〔註21〕

同月王晥還揚州。

───────────

〔註21〕又見於文淵閣四庫全書《式古堂書畫彙考》卷十五、文淵閣四庫全
　　　書《六藝之一錄》卷三百五十。

著作《送王季境還揚州兼述所懷》詩二首送之。

同時吳全節、趙期頤並有詩。後任淮東元帥府宣差。

《鐵網珊瑚》卷五吳全節詩《季境舍人歸維揚朝中名公各贈以詩看雲八十翁開開吳全節作唐律一首以授之》，詩末自署「至正六年丙戌三月廿又三日」。

送王季境還揚州兼述所懷

> 遠憶淮南后土祠，君歸今已發瓊枝。
> 好尋月下吹簫處，猶及花前把酒時。
> 錦瑟金錢餘舊伴，烏絲紅袖有新詩。
> 故人相見如相問，老盡當年杜牧之。
>
> 公子翩翩英妙時，亹煩訏使到京師。
> 長河春漲魚龍水，別驛風生鳥隼旗。
> 家自烏衣通世譜，人從鳳閣識朝儀。
> 舊遊賓客頭如雪，屬目雲霄未厭遲。

（其二見於《鐵網珊瑚》卷五）

《金縷詞》（送王季境還廣陵）**亦當作於是時。**

案：《金縷詞》：「天上歸來重載酒，惟有舊盟鷗鷺。」歸來，即歸去之意。

金縷詞　送王季境還廣陵

> 西子湖邊路。看依然、水光山色，自宜晴雨。天上歸來重載酒，惟有舊盟鷗鷺。笑鬢影、星星如許。公子華筵涼似水，更綠鬟、窈窕歌《金縷》。留晚醉，看眉嫵。　三生書記真豪舉。把平生、香奩軟語，錦囊佳句。君到淮南明月夜，為問崔娘安否。□翻作、錦箏新譜。只恐驚鴻花外起，趁行雲、直過蒼江去。飛不到，斷腸處。

此年任國子博士（秩正七品）**。**

文津閣《四庫全書》本《燕石集》附錄有張著輓宋裒之詩署「國子博士晉寧張著仲舉」。案：國子博士為國子學高級學官，掌教授生

徒，考較儒人著述，教官所業文字。

又案，作於 1348 年的《戊子正月連雪苦寒答段助教天祐吉甫二首》其二云「三年冗博士（自謂）」，以三年推之，當在此年任博士。此處博士當即爲國子博士，非太常博士。

成廷珪《居竹軒詩集》卷三《張仲舉博士書來言其老健能夜書小字仍飲量不減喜而賦此詩錄上》詩約作於此時：「一秋兩得平安報，讀罷寒暄喜不勝。花底振衣清似鶴，燈前書字小如蠅。蛻仙道骨無人識，博士官銜此日升。江上蓴鱸好時節，豈無清夢到吳興。」

三月，宋褧卒，年五十三。宋褧（1294～1346），字顯夫，宋本之弟，泰定元年進士。曾任國子司業，參與修《宋》、《遼》、《金》三史，拜翰林直學士，兼經筵講官。諡文清。有《燕石集》傳世。生平事蹟見蘇天爵《墓誌銘》。

翥作詩挽之：

> 永念賢昆弟，巍科接武初。聯飛阿閣鳳，繼化北冥魚。
> 挺特俱人傑，淪亡逐鬼虛。官同三品貴，年亦五旬餘。
> 二老深知我，平生每過譽。叨陪國子教，復篼史臣除。
> 公旣當詞筆，時兼纂《宋》書。文章古南董，獻納漢嚴徐。
> 鵠立親經幄，龍光暎直廬。勳名已遠大，身世竟空虛。
> 鼇禁春晝斷，鴒原宿草疎。故人今已矣，諸子喜森如。
> 墓有碑堪述，家無業可居。招魂空悵望，回首重欲噓。
> 往事嗟何及，孤懷黯莫攄，幾番梁月夢，驚起淚沾裾。
>
> （文津閣《四庫全書》本《燕石集》附錄）

翥奉旨至錢塘刊行《宋史》。

《宋史》附錄：「竊照元修史官翰林編修張翥、國子助教吳當二人深知《宋》書事理，如差委賫書前往所指去處，監臨刊刻。至於鋟梓之際，倘或工匠筆畫差訛，就便正是，以爲便宜。……都省除已差史官翰林應奉張翥馳驛賫《宋史》淨槁前去，……就用賫去淨槁，依式鏤板。……右咨浙江等處行中書省。至正六年□月□日。」

　　李祁《雲陽集》卷九《書郝氏紫芝亭卷後》：「至正丁亥，予忝司江浙儒學，仲舉奉朝廷命來鏤《宋》、《金》二史於杭，且命儒司官佐董其事，故予得與仲舉同硯席起處者半年。」案：李祁所記丁亥當為丙戌。又，李祁（1299～？），字一初，別號希蘧，自號海漚道人，茶陵（今屬湖南）人。明代前七子之一李東陽五世祖。元統元年進士，授翰林應奉文字，除婺州同知，遷江浙儒學副提舉，為刊《宋史》之提調官。不仕明朝，年七十餘卒。有《雲陽集》傳世。生平事蹟見《元統元年進士錄》、李東陽《族高祖希蘧先生墓表》。

　　李存《又與張仲舉》：「某頓首再拜仲舉編修尊兄閣下，……中間竊聞使騎暫出錢塘刊書。」

作《有旨羇領宋史刊於江浙次東阿站》詩。

　　十五驛，指由大都出發向南行，經良鄉、涿州、新城、雄州、任丘、河間、獻州、阜城、景州、陵州、平原、高唐、茌平、東阿，將大都計算在內，東阿恰為第15驛。

有旨羇領《宋史》刊於江浙次東阿站

　　南來十五驛，幽絕獨斯亭。下榻月初上，捲簾山更青。
　　干時嗟暮齒，從事厭勞形。寂寞江雲外，誰知有使星。

刊史期間，特別囑託俞和為之校正。

　　徐一夔《始豐稿》卷十三《俞子中墓碣》：「至正初，朝廷修《遼》、《金》、《宋》三史，成書，移文江浙行省，繕寫鏤版，遣翰林應奉張公耆來視工，而行省參知政事秦公從德任程督事。既開局，集儒生繕寫。張公謂秦公曰：『此朝廷盛典，字畫懼不如式，宜得精書法如俞子中者校正。』秦公是之，即日命有司奉幣，請子中入局如式校。」

　　俞和（1307～1382），字子中，號紫芝生，錢塘（今屬浙江）人。能詩，隱居不仕，書法學趙孟頫，得其神韻。洪武十五年三月七日

卒，年七十六。生平事蹟見徐一夔《俞子中墓碣》、《兩浙名賢錄》卷四十四。

作《刊史局雨涼陪韓左丞叔亨小集》詩。

韓澳，字叔亨，延祐二年進士，至正四年任江浙行省參政。

刊史局雨涼陪韓左丞叔亨小集

斷煙跦雨散秋虹，古木高堂納晚風。

青史文章千古上，紫微星象五雲中。

前朝無似於今盛，耆彥難期此會同。

涼思滿簾宜解帶，好懷寧放酒杯空。

九月初一，與楊瑀、施維才、郊韶拜謁福初上人，登蓮花峰。

《六藝之一錄》卷一百十：「楊瑀等題名在翻經臺。至正六年秋九月朔，太史楊瑀、翰林張翥謁福初上人，因登蓮花峰，留名崖石。從遊者施維才、郊韶。正書字徑三寸。摩崖。」案：有東武劉燕庭拓本，現存北京大學圖書館，著錄所在地點「浙江靈隱山三生石」。

九月二十八，作《題鄭氏義門家範後》文。

題《鄭氏義門家範》後

嗚呼！井田壞而民得以去鄉里，宗法廢而族無以相統屬，鄉大夫州長之政弗脩而德行道藝無所興，過惡者無所糾，黨正族師之職弗舉而比伍閭族無所聯，敬敏任恤者無所書，上失其道則民散於下，其所繇來遠矣。成周有國，所以整齊其民，範防周密，教化滲漉，使之常知斯義，守則世有其業，違則刑罰及之而無所自容，當是時，夫孰有以義稱者乎？世衰俗微，生分異居，至相視猶途人，然生不知親而死不知卹矣。於是有一姓數世緦麻同爨，又可不表章風厲，以興起人心，而厚倫敦薄哉？予為太史屬，預脩《宋史》，於《孝義傳》觀浦江鄭綺氏，未嘗不咨嗟賞慕也。暨來江浙宣政，照磨鄭君彥平出示綺後家規五十又八條，今九世莫敢變，諺曰天之報施善人也，亦豈非家法憑藉維

持之力哉？然則鄭氏子孫繩繩厥規而加緝焉，雖百世以傳可也。至正六年秋九月廿八日，河東張耆書於史局。

（四庫存目叢書《麟溪集》已卷）

十月十五，作《題郭天錫畫卷》詩。

題郭天錫畫卷

米家老虎住京口，愛以水墨塗江山。山中之雲殊漫漫，樹木與雲生石間。後來繼者有髯郭，筆力能斷千屬顏。遙汀別渚小布置，便若籃輿衝雨滄江灣。行前石梁橫野渡，近入青林得微路。茅茨小著蘿薜深，知有人家西崦住。想當雪夕揮寫時，已分留我題其詩。後十六年方見之，滿筆元氣渾淋漓。江流茫茫去不返，白鶴未歸劉李遠。眼中彷彿硯山雲，老我空嗟歲年晚。

時至正六年孟冬之望，應奉翰林文字、河東張耆題於武林史局。（《鐵網珊瑚》卷十四）

十月，推薦朴仲剛問學於朱德潤。

朱德潤《密陽朴質夫廬墓圖記》：「至正六年冬十月既閏，密陽朴仲剛持翰林應奉官張仲舉書來訪僕，且稱：『朴生性行淳謹，有志於學，今淮西監憲幹公克莊之門人也。子幸憐其貧，遂其請。』僕頓首曰：『張君以雅道薦友，敢不唯命？』」

此年，耆奉旨刊史之時，在上竺北峰行香。作《天竺北峰行香汎舟湖山堂》詩。

天竺北峰行香汎舟湖山堂

肩輿直過上湖西，決溕晨光遠欲迷。
風起澗松清不暑，雨乾石路淨無泥。
泉分絕壑流邊續，雲到高峰盡處低。
投老寧能數來往，把杯洞口聽猿啼。

與釋來復相識。作《豫章山房為見心復公賦》詩。

《澹游集》卷上《教墨至辱示以佳製五章展玩欽挹輒次高韻首章以僕元韻而置之其四章錄似印可老蛻張翥上蒲菴禪師靜侍》詩釋來復附記：「先生往年嘗奉旨刊《遼》、《金》、《宋》三史，留錢塘。一日詣上竺北峯行香，會僕靈隱，煮茶冷泉亭上，讀歐陽承旨贈僕之文。……繼與僕同登蓮花峯，訪舊所題名處，且爲賦《豫章山房》詩，竟日乃還。臨別謂曰：『吾此行，當乞浙省提學之除，欲營菟裘，爲歸老武康之計，期與師往來山湖間，弟未知能遂此願否？』僕佩服斯言有年矣。」

釋來復（1319～1391），字見心，號蒲菴，又號「竺曇叟」，俗姓黃。早歲遊於大都，後居錢塘。至正十五年左右，住持四明慈溪定水寺，名其室爲「蒲菴」。與虞集、李好文、陳祖仁、歐陽玄、張翥等朝廷名公友善。明初以高僧召至南京，與釋宗泐齊名。洪武二十四年坐胡惟庸案被誅，年七十三。著有《蒲菴集》十卷，編有《澹游集》三卷。

> 豫章山房爲見心復公賦
>
> 　劍江寺裏古樟樹，百尺如蓋青童童。
> 　山靈長此護林壑，雷電不許藏蛇蟲。
> 　掃石僮來秋葉後，談經僧坐晝陰中。
> 　題詩禪房更瀟灑，便與王城祇樹同。

跋《趙孟頫快雪時晴大書》。

> 《趙孟頫快雪時晴大書》跋
>
> 右軍《張侯帖》，唐人硬黃所臨，米南宮定爲神品，並敘其傳者本末，而字多朽闕。趙文敏公爲書於後，帖中「快雪時晴」一語，最爲佳絕。文敏復展，書之，筆勢結密，咄咄逼眞，使南宮復起，見當斂袵。二者俱藏莫景行氏。嗟乎！徑寸之珠，盈尺之璧，小大或殊，皆至寶也。得而合之，是豈偶然也邪？河東張翥敬題於武林史局。
>
> （文淵閣四庫全書《書畫題跋記》卷七）〔註22〕

〔註22〕又見於文淵閣四庫全書《御定佩文齋書畫譜》卷七十九、文淵閣四

作《題朱伯盛所藏吳孟思書三體心經》。

> 題朱伯盛所藏《吳孟思書三體心經》
>
> 褚河南書《心經》石刻，所傳今亦罕得，予嘗一見，可謂倍
> 人者喜，況親御翰墨迹耶？孟思以鐘鼎、篆、隸三體書《心
> 經》，嚴勁清潤，有商、周、秦、漢之遺法。吳朱珪氏，工
> 篆字，故孟思寫此以贈珪，當爲入石傳諸後世，詎不以河
> 南視之也。嗚呼！珪氏爲吾寶之。河東張翥書於武林史局。
>
> （朱珪《名蹟錄》卷六）

與釋宗泐在錢塘見面，或在此時。

> 釋宗泐《蛻菴詩集》跋：「元統甲戌間，余識潞公於金陵，後會
> 於燕都，於錢塘。」

> 案：張翥入大都後之錢塘，文獻記載有兩次，另一次爲代祀天妃還
> 京之過杭州，即至正十年（1350）二月。與釋宗泐見於錢塘，
> 當在此二年間。

此年，李存再次與翥通信《通張仲舉》、《又與張仲舉》，鼓勵其仕進。

> 《通張仲舉》：「王伯衡歸，共審史事畢功，聖恩陞擢，近居玉堂
> 風日不到之地，例用贊慶。」

> 《又與張仲舉》：「竊聞使騎暫出錢塘刊書，度必有期程，不久即
> 還朝也。山居深僻，不逢良便，無由承動靜耳。春深氣和，官況必佳
> 裕。玉堂風日所不到，士君子抱經濟之心，黼黻太平，學與祿位宜俱
> 進矣。」

此年，陶宗儀母趙氏卒。

翥銘趙氏墓。

> 鄭元祐《白雲漫士陶君墓碣》：「配趙氏，□□眞故宋宗室孟本女
> 也，有淑德。先君十二年卒，葬黃巖州□□鄉逍奧之原。今侍講張公

> 庫全書《式古堂書畫彙考》卷五十四、文淵閣四庫全書《六藝之一
> 錄》卷三五五、文淵閣四庫全書《六研齋筆記》二筆卷二。

耉爲應奉時銘其墓。」

案：據楊維楨《東維子文集》卷二十四《白雲漫士陶君墓碣銘》：「(陶煜，案，陶宗儀父)卒於郡都昌坊之寓舍，享年七十有三。戊戌九月二十七日也。配趙氏。」戊戌爲1358年，則其母卒於是年。

陶宗儀《南村輟耕錄》卷九：「惟先妣拳拳於教子，眞有陶母之志。是故今翰林承旨蛻菴張先生耉所撰墓銘有曰：『夫家貧，劬力紡績，以給諸子，無廢學之辭。自顧不肖，不克勉於學，已成令名，罪莫大焉。』謹錄於此，庶亦可以自懼也。」

十月，吳全節卒，年七十八〔註23〕。耉嘗有詩《答謝看雲宗師壽帨綺段之贈》。吳全節(1269～1346)，字成季，號閒閒、看雲道人，饒州安仁(今江西鄱陽)人。大德十一年授玄教嗣師，至治二年(1321)，繼張留孫之後爲玄教大宗師、崇文弘道玄德眞人，總攝江淮荊襄道教、知集賢院道教事，至正六年十月七日卒於大都崇眞萬壽宮承慶堂，年七十八。生平事蹟見許有壬《特進大宗師閒閒吳公挽詩序》、《書史會要》卷七。《元史》卷202有傳。此後不久，張一無卒於京師。鄭元祐《遂昌雜錄》：「吳大宗師每念一無志高潔，爲奏文德先生，降璽書以護之，留一無住京師。會吳宗師老病，繼掌其教者惡一無，痛淩辱之，一無懼甚，遂以病卒京師。」

是歲，四月，頒《至正條格》於天下。

公元1347年（元順帝妥懽帖木兒至正七年 丁亥） 六十一歲

正月初一，作《丁亥元日》詩。此時欲由錢塘返京。

案：《丁亥元日》「還喜驛書催上路，寸心長在日華東」，日華爲唐宋宮殿門名，門東爲尚書省，其職責之一爲教授生徒(弘文館)，此處指回國子學博士之任。

丁亥元日

〔註23〕此從鄧紹基、楊鐮《中國文學家大辭典·元代卷》。《元史》卷202作「八十二」。

梅花院落雨聲中，窗外春寒淰淰風。
臘酒撥醅浮玉蟻，夜燈挑爐落金蟲。
星環甲紀驚身老，雪解寅朝驗歲豐。
還喜驛書催上路，寸心長在日華東。

回京前，與韓伯清置酒宴話別，陳鎰在座。

《午溪集》卷六有《送張仲舉應奉回京師宴韓提舉宅》詩：「主人開酌宴華堂，異果珍羞次第嘗。燕客題詩鄉思遠，吳姬勸酒曲聲長。風吹楊柳依依綠，雨過茶蘪細細香。此會殷勤還繼燭，莫教今夕斷離腸。」

六月，作《春草軒記》文。

春草軒記

華爲毘陵望族，都事君子舉，初以才薦，得宿衛武宗朝，勤敏靖恭，著稱環列，一命爲功德使司都事，居亡何，告病南歸，歸五月而卒，年二十有六。夫人陳，長君二歲而寡，一子幼武，三歲，二女復幼，迺自誓不再適，屏膏沐，躬饋祀。其事舅姑，盡敬養之孝；其待姻族，盡敦睦之愛；其治家業，盡艱難之勞。使都事君之緒有引無替，而是嫠諸孤，教撫成立，爲賢子。子復四孫，皆嶄嶄知讀書。歲時奉觴前爲壽，夫人神清氣強，宴怡以樂。州里父老相與歎美，爲狀其實，有司以聞於朝。後至元二年，中書表其閭，有司因名之曰「旌節里」。

嗚呼！天於貞賢之報，信必至此，而後申之也。惟幼武每痛先人之早世，其嗣續幾絕。微夫人，將無以至於今休。迺構堂曰「貞節」，軒曰「春草」。堂則夫人居之，軒則幼武奉親之所周旋也。於是翰林黃公晉卿爲銘於堂。顧謂是軒不可以無記，來謁予文。

予觀夫天地之間，芒然而生，廡然而滋者，唯草爲多，而爲物固微也。方其土膏脈發，勾坼萌達，孰非春陽之所育，輝光之所被，而一寸之心亦得夫天地之心以生，則是草宜

亦有報春暉之心矣。彼葵藿之傾太陽，君子謂其向之者誠，
而況人乎？況於孝子慈孫乎？昔孟東野發興於慈母之線、
遊子之衣，而致意於「難將寸草心，報得三春暉」之語，
深得古風人之旨。讀是詩者，感孝之心，蓋油然而生矣，然
以規遊子可也。今幼武家居，奉母雍容軒中，而猶有取於
此，則其報親之心無窮期也。無窮期也，心果止是乎哉？
必也孝子潔白如《雅》之《白華》，使其身立、其名揚、其
親顯，所以期於幼武者，又在乎此。不既重且遠與？幼武
起謝曰：「然。」遂為之書。幼武，字彥清。至正七年立夏
日，應奉翰林文字、登仕郎、同知制誥兼國史院編修官河
東張耆記。（續修四庫全書《栖碧先生黃楊集》附錄）〔註24〕

作《瞿霆發墓誌銘》。

兩浙都轉運鹽使瞿霆發墓誌略並銘

皇慶元年二月二十六日，兩浙都轉運鹽使瞿公卒於松江上
海下沙之里第，得年六十二。明年四月二日，葬於祖塋之
東。至正七年，去公之卒三十五年矣，而墓碑無文，子時
舉大懼先德之遂泯，始以故浙東廉訪副使臧夢解所為狀，
屬同僉太史院事楊瑀來請銘。乃為銘曰：

海隅選兵，孰扞以寧。鹽民破業，孰奠以生。公既靖之，
復還定之。我食我衣，歲或薦饑。出粟賑乏，哺餓以糜。
遂肉我瘠，孰不惠懷。廷臣林公，尊之以見。再叩天陛，
渥恩錫羨。皇帝有旨，碑護而家。汝知鹽筴，往乘副車。
海多大風，潮水暴溢。鴻離魚潰，莫保家室。公力拯之，
皇襃以秩。正持使節，有赫其光。浙河以東，天菑扎荒。
公時推擇，出貲散給。拊尫萃逋，歲賦兼集。民有頌言，微
公曷粒。德孔厚矣，神之勞之。宜爾耄期，以衍以傳。公
不少留，廷命來下。夙悟禪理，無怛於化。若堂之壚，龜
崿蟠蟠。追刻穹石，百世永傳。

〔註24〕又見於文淵閣四庫全書《趙氏鐵網珊瑚》卷九、文淵閣四庫全書《式
　　古堂書畫彙考》卷二十一。

應奉翰林文字、登仕郎、同知制誥兼國史院編修官張耆譔。

（書目文獻出版社影印《松江府志》卷四十八）

本年前後，作《題高尚書夜山圖》。

《題高尚書夜山圖》：「昔在童子時，得以筆硯侍諸先生，俛仰五十年。彥方出示《夜山圖》，卷中作者皆耆所嚴事，風流盡矣，典型故在，慨然久之。不敏小子輒題，以志歲月。所未識者李震也。」

二月，張雨作《史局先生示以季境京師贈行卷輒題一絕卷錦》。十月，祝蕃卒，年六十二。案：李存、危素所記祝蕃之卒年有異，李存言：「公竟死藤州客舍，時至正丁亥十月也。生至元丙戌，春秋六十有二。……文剛以明年十有一月甲辰葬。」則祝蕃卒於至正七年十月。危素言：「六年多十月丙寅，疾於藤州客舍，明日愈。……越八日癸酉疾病，起居如常，……其子文中進藥卻不飲。先生曰：『吾不可起矣。』文中亟扶抱，已收足而逝。……以沒之又明年某月某甲子，葬於某鄉某原。」則祝蕃卒於至正六年十月癸酉（二十九）。

是歲，三月庚戌，試國子監。戊午，詔編《六條政類》。六月，太平爲中書平章政事。七月，李孝光爲著作郎。十二月，太平爲中書左丞相。

公元 1348 年（元順帝妥懽帖木兒至正八年　戊子）　六十二歲

正月，作《戊子正月連雪苦寒答段助教天祐吉甫二首》詩。

戊子正月連雪苦寒答段助教天祐吉甫二首

雪寒渾未解，風力更狂吹。強飯憐君瘦，重裘覺我衰。

酒香紅面頰，燈影黑鬚眉。黃鶴山中地，求田已有期。

三年冗博士（自謂），四海老詩人（吉甫）。

同是桑榆日，惟堪麴米春。

清羸元壽相（吉甫），骯髒任長身（自謂）。

微子誰知我，從來懶更眞。

春，以同考身份參與科舉會試，認為王誴《帝車賦》立意殊謬，不應居榜首。又惜熊　不被錄取。

　　《新安文獻志》卷四十八《帝車賦》汪仲魯跋：「右《帝車賦》者，王先生詵伯恂所作也。……戊子春赴京會試，主司黃文獻公潛得其文，甚歡賞之，擬置魁選。而同考歸暘、張翥諸公，謂是賦以匹夫而乘帝車周六合，造語雖工，立意殊謬，宜置第二。……寧棄不復錄。」

　　《宋學士文集》卷六十四《故岐寧衛經歷熊府君墓銘》：「君諱　，字伯穎，姓熊氏。撫之臨川人。……元至正七年，領江西第九名，薦書上燕京，就禮部試，文彩燁然動人，偕試者竊視，執筆不敢下，眾咸以高第期君。有司以君議論奇，竟棄不取。君絕不為意曰：『第不第，命也。命可尤耶？』束書南歸。當時名人若張文穆公起巖、余忠宣公闕、李論德好文、張承旨翥、危左丞素、揭秘書泭、黃助教㫧，皆重惜其去，相率為文辭以餞。」

成遵擢僉淮東肅政廉訪司事，改禮部郎中，奉使山東、淮北，察守令賢否。

翥作《送成禮部誼叔察訪守令河南山東》詩。

　　《元史・成遵傳》：「（至正）八年，擢僉淮東肅政廉訪司事，改禮部郎中，奉使山東、淮北察守令賢否，得循良者九人，貪懦者二十一人奏之。九人者，賜上尊幣帛，仍加顯擢。其二十一人悉黜之。」

　　成遵（？～1359），字誼叔，南陽穰縣（今河南鄧州）人。元統元年進士，官至中書左丞。至正十九年，為皇太子所誣，杖死。二十四年平反。《元史》卷186有傳。

送成禮部誼叔察訪守令河南山東

歷數開千載，明良會一時。朝廷嚴守令，宵旰為黔黎。
南服方多故，東州復阻飢。郎官膺簡拔，使者出詢諮。
此命於今重，如君眾論推。直承廉察往，肯作畏難辭。
靈雨隨華轂，流風度綵旗。草兼驄一色，柳與轡同絲。
梁宋分淮甸，青齊並海涯。政苛嗟虎猛，民散念鴻離。
罷耎寧勝任，姦貪只自私。中牟因雉見，單父得魚知。

或有隳其職，誰能慎所司。張弦從急緩，朗鑒各妍媸。

治道誠先務，皇心實在茲。俱爲良吏選，足慰遠人思。

空闊青雲步，孤高玉樹姿。暫傾冠蓋餞，行赴簡書期。

事業懸鐘鼎，光華映羽儀。歸來前席問，請入史臣詞。

八月，王眈遭誣下獄。鄭元祐《僑吳集》卷九《趙州守平反冤獄記》：「至正八年八月十六日，府同知上任，而眈職掌堂食公宴。當其職所隸所謂茶酒夫翟四者，以蔬胾不謹，令別具鮮潔，翟不從。乃叱直廳軍夫戈占負翟四，令獄卒張全隔衣笞其臀兩下。眈以張笞不力也，奪張手杖自捶之，亦兩下耳。翟方整換蔬胾，終宴，逮暮方散去。翌日，翟復到府署，少頃即歸。時維揚大疫，染者多暴亡，蓋翟已染疫，顧身隸官，其出乃強勉。更四日，翟四者死。府饔人鄧德者，翟疏遠親戚也，嘗以割烹遭眈撻。於是嗾翟妻蕭訟其夫死不以命。先是，揚州路錄判石琪目擊眈由元戎以下，以其名臣子禮遇有加，每詔事眈，恒欲具酒以啗眈，眈拒絕之。兼以驛騎數不足，眈烙琪所乘馬以足之，琪恚無所洩。及見翟妻訟夫遭眈捶死，乃大喜，教蕭以爲翟不死於杖而死於眈用靴腳疊踢其夫臍右，凡兩腳，於是翟殞命。眈既就逮，戈占等証佐不得同。琪爲畫策，別立誣同証佐，而加之榜掠驅捜，且更卷「十六日」字爲「十八日」，所以誣陷眈者，無不至。兼帥府、憲府兩不相干，錄事司不能無觀望，而得以高下其手焉。眈既不勝苦楚，亦自誣服。獄成，上府。凡囚在禁，憲府當以時獻，眈或審異，獨漏眈，不知加省錄。及憲長它除，揚州路及憲府以眈家屬訴冤頻切，乃如選，委泰州知州趙公威鞫之。公即追蕭所告狀，反覆披閱，見擦洗告日，兼証佐皆非當時與見眈捶翟者。撿翟死既在八月廿一日，緣何江都縣繳申屍圖卻在九月十四日？兼訟眈踢翟死，公論：甲舉右足當踢乙身之左，緣何訟眈舉右足踢翟，而踢傷痕反在身之右乎？使誠以臍右致傷，翟當即死，緣何更五日後乃始死乎？凡所以誣眈者，卷紙色不同，墨濃淡亦異，兼眈招辭皆非眈手書。公既洞見底裏，即命吏以此數端立案，駁問該吏莫珍以下誣証、仵作等四十餘人，或首或招，盡發石琪所謀，而琪避罪逃去。於是眈之遭誣乃始平反，而明著於淮甸。」

是歲，正月，詔翰林國史院纂修后妃、功臣列傳，黃溍等爲總裁官。二月，賈魯爲鄆城都水監都水。三月癸卯，廷試進士七十八人，賜阿魯輝帖木兒、王宗哲進士及第，餘出身有差。壬戌，《六條政類》成。台州方國珍爲亂。顧瑛開始新建「玉山佳處」，爲詩人的觴詠之會提供場所。

七、代祀天妃，雅集玉山（元順帝妥懽帖木兒至正九年己
丑～元順帝妥懽帖木兒至正十年庚寅，1349～1350，六
十三歲～六十四歲）

公元 1349 年（元順帝妥懽帖木兒至正九年 己丑）　六十三歲

本年，張翥已任翰林修撰（從六品）。

秋，代皇帝祭祀天妃。

《寄題顧仲瑛玉山詩一百韻》詩序：「至正九年秋，海道糧舶畢
達京師，皇上嘉天妃之靈，封香命祀。中書以翥載直省舍人彰實，偏
禮祠所。」

作《代祀湄州天妃廟次直沽》詩。

> 代祀湄洲天妃廟次直沽
>
> 曉日三叉口，連檣集萬艘。普天均雨露，大海靜波濤。
> 入廟靈風肅，焚香瑞氣高。使臣三奠畢，喜色滿宮袍。

《天妃廟序》或作於此年。

> 天妃廟序
>
> 於戲，天妃之神也，豈易識哉？維天地兩間，凡物皆有神。
> 神匪他，蓋一氣之靈爲人，而神，其至精者。然非形無託，
> 形而後成萬物，故有是形則有是神，神而後能變化，互古
> 今，極運世，是理貫之，則神人同。昧者弗察，而後言神
> 人殊軌，孰知神之爲道哉？
>
> 於戲，天妃，其海嶽之氣，形而至神者乎！故始生而地變
> 紫，幼而通悟祕法，長而席海以行，逝而見夢以祠。至於
> 禱而雨暘應、寇亂殄，發光怪於漲海狰颶間以濟人於阨危
> 者，若虛無縹紗，眩幻譎詭矣。然昔者虞舜二女，處河大
> 澤，光照百里；長陵子子，死爲神君，其來則風肅然；晉
> 江之曹聖姑，生而治疾病、治休咎，死而祠之，嘗卻島寇

之入。卓在傳記，皆此族也。若在若亡，聖人曼謂其非常
而不可易語耳。大抵川嶽之氣，久則消，消則息，而雍靈
儲休，出爲當代之明神，所謂「五百年必有王者興」，其間
必有名世者，亦由此也。是故宋平五季而神始生，去之三
百有餘歲，乃爲吾元衛漕於海，肸蠁恍惚，誠感而靈昭，
功懋而禮備，爲國家無窮之休，以享無窮之祠，其以是夫！
非天所命，孰有巍然卓立如此其著者哉？是爲序。(明弘治
重刊本《興化府志》卷二十九)

十月，為「福建閩海道肅政廉訪司副使中順公去思碑」篆額。

案：《福建閩海道肅政廉訪司副使中順公去思碑》拓片現藏北京大
學圖書館，題「翰林修撰徵事郎同知制誥兼國史編修官河東張
耒篆額」，額題「福建閩海道憲副使中順公去思之碑」。又，此
碑落款「至正九年十月」。

作《次福清宏路站州守林清源邀飲治所》詩。

林泉生（1299～1361），字清源，號謙牧齋。天曆三年進士，授
福清州同知，至正間擢福清知州，後入翰林國史院，謚文敏。生平事
蹟見吳海《故翰林直學士奉議大夫知制誥同修國史林公行狀》、《元故
翰林直學士林公墓誌銘》。

次福清宏路站州守林清源邀飲治所
酒家籬落隔青棕，更在輕煙細雨中。
繞郭好山橫野碧，緣溪芳樹立春紅。
故人雪鬢年年老，太守風謠處處同。
十載相逢又相別，不堪迴首海雲東。

作《瀨溪》詩。

瀨溪 一名猴溪
古渡猴溪外，風煙淡欲無。島人形貌怪，閩圉語言殊。
小店魚蝦市，深林猿鳥都。肩輿看山好，候騎緩前驅。

十二月十五，在興化莆田，得陳旅家藏全稿《安雅堂集》十三卷。應陳籲之請，為陳旅《安雅堂集》作序。

　　《安雅堂集》序

　　　　陳君眾仲為國子丞，而予助教於學，且居官舍相邇也。其日從論議者殆踰年，求君文者屢常接戶外。君雖臥疾，猶操筆呻吟不少置。其卒也，予哭之悲焉。風雅寥闊，追念故人，欲一如疇昔，坐談千古，以發諸識趣之表。既不可得，又竊慮其遺編散失，無以暴白於後也。今年冬，出使閩南，詢其子籲，得家藏全薰曰《安雅堂集》，凡十三卷。

　　　　嗚呼！文章至季世，其敝甚矣。元興以來，光嶽之氣既渾，變雕琢礔裂之習而反諸醇古，故其製作完然一代之雄盛。文人學士直視《史》、《漢》，魏晉以下，蓋不論也。方天曆、至順間，學士蜀郡虞公以其文擅四方，學者仰之，其許予君特厚，君亦得與相薰濡，而法度加密焉。故其所鋪張，若揖讓壇坫，色莊氣肅而辭不汎也；其所援據，若檢校書府，理詳事覈而序不紊也；其思緜麗藻拔，而杼機內綜也；其勢飛騫盼睞，而精神外溢也。此君之所自得，而予常以是觀之。今其已矣，詎意夫履君之鄉，敘君之文，而寓其不已之心乎？炳焉其若存，的焉其遂傳，中山之序柳州、白傅之序江夏，友義之重，古今所同。因籲之請，乃書而冠諸集首。

　　　　至正九年龍集己丑季冬望日，翰林修撰，河東張翥序。(文淵閣四庫全書《安雅堂集》卷首)

見陳中立之文而奇之。

　　宋濂《莆田陳府君墓銘》：「君諱中立，字誠中，姓陳氏，莆田之忠門人。……元至正間，部使者行縣，集經生試，君魁諸生。會張潞公翥以脩撰使莆，見君文，誦而奇之，由是君名益著。」

啟程返京，作《發漳州》詩。

　　發漳州

萬里漳南道，遙連嶺嶠東。山寒冬息瘴，海近晝多風。
廢圃攢筋竹，踈林落刺桐。檳榔新善啖，一解宿醒空。

遊泉州清源洞，自號「蛻菴」。

《雜詩》其二：「我亦清源洞，蛻骨巖下人。」

案：明劉績《霏雪錄》云：「張路公慥一日至武夷，凡所歷，悉如
舊遊，心竊怪之。繼至一石室，見道人坐化其中，形體如生，
因竄其為前身，慟哭而返，故自號為『蛻菴』云。」武夷山亦
有「蛻巖」，《（弘治）八閩通志》卷六：「（武夷山）大王峰，
一名天柱峰，昔有張真人坐逝於此，亦號仙蛻岩。」

在泉州臥疾度歲。

《寄題顧仲瑛玉山詩一百韻》詩序：「至正九年秋，……中書以
慥載直省舍人彰實，偏禮祠所。卒事於漳，還次泉南，臥疾度歲。」

作《鷓鴣天》（玉手琵琶半醉中）詞。

> 鷓鴣天　贈泉南琵琶妓
>
> 玉手琵琶半醉中。從容慢撚復輕攏。青衫司馬情偏感，翠
> 袖紅蓮藝更工。　　花淡佇，月朦朧。歸來無語立東風。
> 汗巾紅漬檳榔液，錯認窗前唾繡絨。

是歲，六月丙子，詔秘書監所掌書畫，皆識「至正珍秘」玉印。
七月壬辰，命太子習學漢人文書，以歸暘為贊善。乙卯，罷中書左
丞太平為翰林學士承旨。閏七月辛酉，脫脫為中書右丞相。庚午，
搠思監為中書右丞。許有壬致仕，回歸相州，「圭塘唱和」即在此後。

公元 1350 年（元順帝妥懽帖木兒至正十年 庚寅） 六十四歲

正月，作《沁園春》（天上玉堂）詞。

> 沁園春　泉南初度，伯時將北歸，諸友宴次，賦此留別
>
> 天上玉堂，海外瀛洲，山中蛻巖。甚六十四歲，出時持節，
> 八千餘里，來駐征驂。香火緣深，功名意薄，夢覺仙家雪

滿簾。桐花社，喜酒邊鶯燕，詩外雲嵐。　錦堂容我清酣。
擁畫燭、金鈎手屢探。怪朗吟御史，笑迴紅粉，送歸司馬，
淚濕青衫。蜀魄春多，塞鴻秋遠，無限離情老不堪。空留
意，在水光山色，江北江南。

二月初一，在泉州作《島夷誌略序》。

《島夷誌畧》序

九海環大瀛海，而中國曰「赤縣神州」，其外爲州者復九，
有裨海環之，人民禽獸莫能相通，如一區中者，乃爲一州，
此騶氏之言也。人多疑其荒唐誕誇，況當時外徼未通於中
國，將何以徵驗其言哉！漢唐而後，於諸島夷，力所可到，
利所可到，班班史傳，固有其名矣。然考於見聞，多襲舊
書，未有身遊目識而能詳其實者，猶未盡之徵也。

西江汪君煥章，當冠年，嘗兩附舶東西洋，所過輒采錄其
山川、風土、物產之詭異，居室、飲食、衣服之好尚，與
夫貿易費用之所宜，非其親見不書，則信乎其可徵也。與予
言，海中自多鉅魚，若蛟龍、鯨鯢之屬，羣出遊，鼓濤拒風，
莫可名數。舟人燔雞毛以觸之，則遠遊而沒。一島嶼間，
或廣袤數千里，島人浩穰。其君長所居，多明珠、麗玉、
犀角、象牙、香木爲飾，橋梁或甃以金銀，若珊瑚、琅玕、
玳瑁，人不以爲奇也。所言尤有可觀，則騶衍皆不誕。焉
知是誌之外，煥章之所未歷，不有瑰怪廣大，又逾此爲國
者歟？

大抵一元之炁，充溢乎天地，其所能融結爲人爲物。惟中國
文明，則得其正氣。環海於外，氣偏於物，而寒燠殊候，
材質異賦，固其理也。今乃以耳目弗逮而盡疑之，可乎？
莊周有言「六合之外，聖人存而不論」。然博古君子，求之
異書，亦所不廢也。泉脩郡乘，既以是誌刊入。煥章將歸，
復刊諸西江，以廣其傳，故予序之。至正十年龍集庚寅二
月朔日，翰林脩撰河東張翥序。（中華書局標點本《島夷志略》

卷首）

還至江西玉山，作《武安塔記》文。

武安塔記

至正十年春，予使還閩中，驛次玉山，有山蒼峭如立筆，其巔有塔，高見數十里外，僧寺塔下，棟宇林立，悠悠然動於目。詢諸郵人，曰：「此武安山塔院也，監縣壽安所重建。是山巖壑深秀，專勝茲邑。今侯作新於久廢，其外壯以崇門，下瞰溪之玉虹橋，誠如長虹臥波。直山之半，爲溪山一覽亭。歲時士女來遊來娛，寧侯之理而同侯之樂，前所未聞也。」予於監縣有同遊之好，聞之快然以懌。既抵縣，侯謁於館中，語間起曰：「武安塔院成，舊無刻文可考見，茲復弗記，恐後將泯，惟先生書之。」按《圖經》，縣本唐砂礫鎮，鎮之望，玉山也，縣因以名。其西南則武安山，山有塔院，故老相傳宋人鄭長者實爲之。迨嘉熙辛亥，忽摧其頂，粵十二年而塔盡圮。後十六年，邑人毛士安合眾力以復之，見於郡士謝禹之賦。若院之廢，當在宋亡。時用兵於閩，縣據南北衝，仍以兵燹，唯塔獨存，而遺趾可辨也。榛莽委翳，狐兔所伏，山川息靈，民庶缺望，過者吁嚱。雖物之興廢有數，苟非其人，則亦孰暇以爲此事乎？侯以有爲之才，來掌斯邑，乃能追古之遺躅，還太平之盛觀。一邑之人，扶老攜幼，往來遊陟，舉欣欣然，有若郵人之言者。侯之所施，先後適宜，故人敏其政而舉廢之功易，樂與民同，而近者之悅眾，俾勝地不終蔽，以發揮溪山於荒寂，因爲之書。不然，民勤於力而土木之役興，乃區區塔院之務，復又何記焉。(文淵閣四庫全書本《江西通志》卷一二七)

二月，還至杭州。

《霏雪錄》卷上：「奉□公爲御史時，居錢塘馨如坊第。張潞公耒以應奉翰林代祠至杭，一日來訪，僅馬甚約，門者易之，不爲通名。

公知之，急策馬追至清河坊，及之，乃延歸，刲羊設席，盡歡而罷。潞公去，奉□公召門者杖之。」

卜山武康。

《寄題顧仲瑛玉山詩一百韻》詩序：「仲春至杭，遂以驛符馳上官，而往卜山於武康，克襄先藏。」

三月十七，跋《趙孟頫雜書》。

跋《趙孟頫雜書》

昇元袁高士次吳興公所，與南谷眞人諸帖爲一卷，筆勢縱橫，遒緊沉著，妙絕當世，信山房之至寶也。然非谷仙之有道，不能北面吳興。非吳興之辭翰流風餘韻，惡能偉然百世哉？山中多密石，勒而傳之，人將爭睹，又奚翅星鳳寶墨也邪？高士其圖之。至正十年季春十又七日，張翥識。

（《石渠寶笈》卷三十）

六月初六，觀孫知微所畫《達摩像》並題跋。

歸去渡江，已葦淹留。面壁九年，試問瞠晴。危坐慈時，卻返西天。至正十年拜觀敬題，時六月六日，大熱，揮汗書。晉寧張翥。（《壬寅銷夏錄》之《孫微之畫達摩像》）

七月，張雨卒於杭州，年六十八。

翥有詩《輓張伯雨宗契》三首。

張雨（1283～1350），亦名張天雨，字伯雨，號貞居子，又號句曲外史，錢塘（今浙江杭州）人。與張翥同學於仇遠。年二十棄家入道，三十登茅山受大洞經籙。後至元丙子築馬塍新居。至正十年七月卒，年六十八。生平事蹟見虞集《崇壽觀碑》、黃溍《師友集序》、劉基《句曲外史張伯雨墓誌銘》。

輓張伯雨宗契

一夕星壇蛻羽衣，山林何許散靈輝。

書留《眞誥》陶弘景，名在丹臺馬子微。

海上青蠃應遠去，鑪中白兔想潛飛。

風篁後夜還成韻，猶似簫聲月下歸。

鹿巾曾入紫宸朝，歸向名山駐綠軿。

龜脫生筒無俗累，鶴存瘦骨有仙標。

三元飢飯杯猶在，五色香煙火已消。

應復神遊易遷館，人間楚夢若爲招。

童稚情親到白紛，眞香幾向鵲爐焚。

丹成自浣天壇天，劍解空埋月磧魂。

山友分將石刻帖，門人唱得錦飛裿。

他時會續君前傳，刊作青瓊板上文。（月磧，墓所。）

至蘇州謁見李祁。

李祁《雲陽集》卷九《書郝氏紫芝亭卷後》:「至正丁亥……後三年，予憂居姑蘇，而仲舉再奉旨祭神海上，來唁予，留宿而別。」

八月十五，過望亭驛。作《中秋望亭驛對月代祀北還》詩。

中秋望亭驛對月代祀北還

月色滄波共渺茫，驛亭雜坐看湖光。

仙家刻玉青蟾兔，帝子吹笙白鳳凰。

蘆葉好風生晚思，桂花清露濕空涼。

回槎使者秋懷闊，倒瀉銀河入酒觴。

八月十九，過顧瑛玉山草堂。此時翥與顧瑛相識。將自己的詩集呈給顧瑛。此年顧瑛四十一歲。

景元刊本《草堂雅集》卷六張翥小傳:「至正己丑，函香祀天妃，過予草堂，分題賦詩，且示以此集，敬刊如左。」

《寄題顧仲瑛玉山詩一百韻》:「老我張承吉，新知顧辟疆。」

顧瑛（1310～1369），字仲瑛，號金粟道人、玉山處士，平江崑山（今江蘇太倉）人。年四十，以家產付其子，築亭館 36 處，總名

爲「玉山名勝」。至正十六年，張士誠兵陷平江，顧瑛奉母避吳興之商溪，後歸崑山。以子顧元臣恩封武畧將軍，水軍正千戶，飛騎尉，錢塘縣男。明洪武元年徙臨濠，二年三月十四日卒，年六十。有《玉山璞稿》傳世。亦將四方名士往來題詠草堂之作編爲《玉山名勝集》，將來往草堂詩人之作編爲《草堂雅集》。生平事蹟見其至正十八年自傳之《金粟道人顧君墓誌銘》、殷奎《故武略將軍錢塘縣男顧府君墓誌銘》。

作《分題詩引》、《題釣月軒》（玉山山下水滿池）詩〔註25〕。《芝雲堂詩》（鳳丘三秀曇華蓋）亦應作於此時。

分題詩引

至正十年，蒼龍庚寅之歲，秋仲十九日，予以代祀歸至姑蘇，顧君仲瑛延於玉山。時鄭君明德、李君廷璧、于君彥成、郯君九成、華君伯翔、草堂主人方外友本元、元璞二公，酒半歡甚，即席以玉山亭館分題者九人。予以過賓，屬爲小引，未知昔賢梓澤、蘭亭，如今之會也耶？

是日，以玉山亭館分題賦詩。詩成者九人。

（中華書局標點本《玉山名勝集》卷上）

題釣月軒

玉山山下水滿池，池水秋雨深生漪。
夜深明月出滄海，照見池邊巖桂枝。
華陰故人嫩如玉，獨坐蒼苔垂釣絲。
一絲涵影秋嫋嫋，待到月來花上時。
苦吟忘卻魚與我，但覺兩袖風颼颼。
引竿釣破廣寒碧，乘興攪碎青玻璃。
不知今夕草堂醉，笑領洛神張水嬉。
明朝回首越來道，獨看月華多所思。

（中華書局點校本《玉山名勝集》卷上）

〔註25〕《分題詩引》、《釣月軒詩》（並序）原本無題，據《全元文》。

芝雲堂詩

　　鳳丘三秀曇華蓋，何年遺得自茅君。

　　未試仙家煮石法，置之銅盤生紫雲。

　（中華書局點校本《玉山名勝集》卷上）

鄭元祐《簡張仲舉待制》詩當作於是年：

宵占兩兩使星東。川后迎恩啓閟宮。

海上天燈懸寶月，帷中神語颯冷風。

雲團芝蓋香煙直，春入衢尊酒味同。

況是詞臣工致祝，鯨波永息歲恒豐。

　　鄭元祐（1292～1364），字明德，遂昌（今浙江麗水）人。年十五爲詩賦，語出驚人。父死，僑居吳中幾四十年，至正十七年除平江路儒學教授，後爲江浙儒學提舉，僅九月以病卒，年七十三。有《僑吳集》、《遂昌雜錄》傳世。生平事蹟見蘇大年《遂昌先生鄭君墓誌銘》。

離開草堂後，在毗陵舟中作《釣月軒詩》（明月出滄海）（並序）。

釣月軒詩（並序）

　　至正十年八月十九日，予以代祀海上，還抵吳門。仲瑛宴於草堂行窩，時坐客能詩者九人，以玉山佳處之亭館分題賦詩。予得釣月軒，廼爲記小引，並賦長句以別。後夜毗陵倚舟，望姑蘇有玉氣如虹，熊然上騰者，必吾草堂諸詩之光燄也。復賦五言十韻以寄。他日過玉山，當爲一亭一館賦之。

　　明月出滄海，照見玉山東。山人美良夜，雅集草堂中。飛觴泛零露，妍唱引流風。秋聲度蓮葉，幽光涵桂叢。側聞界溪上，有室迥馮空。水花拂竿縷，波影濛窗櫳。委金忽零亂，沉魄更沖融。沙禽驚欲起，漁燈爵復紅。夫君豈釣者，樂與在濠同。予懷寄遐賞，清吟殊未終。

　（中華書局點校本《玉山名勝集》卷上）

十月十五，在京師寓舍書《寄題顧仲瑛玉山詩一百韻》詩。

案：《寄題顧仲瑛玉山詩一百韻》詩序：「至正九年秋，……（明年）
秋過吳門，顧君仲瑛留讌草堂之墅，……盡歡而別。舟中筆硯
少暇，因敘事述懷，累成百韻。語繁則易疵，聊以記行役耳，
錄寄仲瑛泊席上諸君子。他日或遊崑墅，當爲一亭一館賦之
也。」又，《玉山名勝集》卷上詩末署：「孟冬望日張耆寫於京
師寓舍。」故《寄題顧仲瑛玉山詩一百韻》詩爲耆自玉山之京
師途中已經草創，回京之後，寫下寄與顧瑛。

寄題顧仲瑛玉山詩一百韻

至正九年秋，海道糧舶畢達京師，皇上嘉天妃之靈，封香
命祀。中書以耆載直省舍人彰實，徧禮祠所，卒事於漳，還
次泉南，臥疾度歲。乃仲春至杭，遂以驛符馳上官，而往
卜山於武康，克襄先藏。秋過吳門，顧君仲瑛留讌草堂之
墅，宴賓十又二人，分題玉山諸景，詩皆十韻，盡歡而別。
舟中筆硯少暇，因敘事述懷，累成百韻。語繁則易疵，聊
以記行役耳，錄寄仲瑛泊席上諸君子。他日或遊崑墅，當
爲一亭一館賦之也。

治理逢熙運，欽明仰聖皇。至仁侔覆載，上德配軒唐。
大業勤弘濟，元臣協贊襄。賢科收俊造，庭實粲珪璋。
入貢徠符拔，儀詔下鳳凰。普天均雨露，絕域總梯航。
每念京師食，遙需漕府糧。神妃所庇護，颶母敢飛揚。
前隊貔貅發，先驅罔象藏。冷飈鼓萬檣，朱火耀連檣。
帝敕申嘉惠，祠官按典常。賞勞兼湛瀊，（時賜省臣漕臣酒
幣。）旌烈特巍煌。
僕本中林士，久陪東觀郎。遂叨乘驛傳，徧與禮靈場。
蕩節雕龍飾，華旗畫隼翔。衝流度甌越，陟險過泉漳。
緬彼湄洲嶼，嶄然鉅海洋。蛟穿崖破碎，鯨蹴浪撞搪。
震鼓轟空闊，奔帆截渺茫。島衣迎使舸，瘴霧避天香。
嘉薦歆芬苾，陰功助翕張。精誠致工祝，景貺答禎祥。

貫舶傾諸國，輿圖奄八荒。身雖距閩嶠，志已略扶桑。
裴洞三生夢，溫陵十月涼。茲遊平昔冠，夙願一朝償。
女髻皆殊製，蠻音各異鄉。地偏宜荔子，人最貴檳榔。
釀鹿肥漂酒，蟯蠔液滿房。招賢簇車騎，揮掃積縑緗。
窮臘纔竣事，暄春始趣裝。劍津傳警急，汀賊起狓猖。
獠砦旋戡定，藩垣愼扞防。思親彌切切，行役更遑遑。
狐死嗟奚首，龜占喜允臧。封崇宴塢内，木拱計峰旁。（仲春至杭，卜山於武康，克襄先藏。塢在計籌山下，即子新墳。）
薄宦秪牽率，孤蹤易感傷。暫爲江左客，誰灑墓頭漿。
逝矣川途阻，淒其涕淚滂。南轅恰啼鴂，北路復鳴螿。
粤若婁東邑，由來漢太倉。機雲存故宅，吳會晝雄疆。
遯迹晞高士，（謂有梁鴻山。）遺風挹讓王。厥田尤沃衍，比歲適豐穰。
老我張承吉，新知顧辟彊。聞君占形勝，築室恣徜徉。
鐵笛留嚴客，青錢乞泰娘。杏韉紅叱撥，蘭柱繡鴛鴦。
闢徑通佳處，栽桃帶柳塘。脩梧羽葆蓋，美竹碧琳琅。
列岫濃螺色，澄湖淨鏡光。鳥邊嵐漠漠，魚外水泱泱。
鶴駐遊仙館，鸞鳴種玉岡。投竿釣月檻，隱几讀書牀。
雲結芝英秀，花團桂樹蒼。舫齋青篠箔，漁舍綠苔牆。
棟宇環相屬，園池鬱在望。直疑金谷墅，還似輞川莊。
未獲窺詩境，相邀到草堂。開樽羅綺饌，侑席出紅妝。
婉態隨歌板，齊容綴舞行。新聲綠水曲，穠豔大隄倡。
宛轉纏頭錦，淋漓蘸甲觴。弦鬆調寶柱，笙咽炙銀簧。
倚策驂聯轡，鉤簾燭遶廊。僰僮供紫蟹，庖吏進黃麞。
卜晝寧辭醉，留歡正未央。分司莫驚坐，刺史欲無腸。
是集俱才彥，虛懷共頡頏。珠璣散欬唾，律呂應宮商。
鄭老經術富，于仙詞翰長。琦初燈並照，郯華驥同驤。
壁也牋毫健，吟篇綵繪彰。拈題爭點筆，得句倏盈箱。
勁敵千鈞彀，精逾百鍊鋼。語奇淩鮑謝，體變失盧楊。

瑛甫蚤有譽，亨衢那可量。搏扶看怒翼，騰達待蜚黃。
既篤朋情重，仍持雅道昌。披襟視肝膽，刻琰播文章。
永契欣依託，衰蹤頓激昂。盍簪承偉餞，授簡藉餘芳。
自鄙冥搜拙，徒令屬對忙。端如享敝帚，何異貯羮囊。
談笑聊堪接，賡酬曷足當。吾猶鄶以下，公等楚之良。
孤落渾無用，艱難實備嘗。擬爲要駕馬，竟作觸藩羊。
筋力頻馳騖，功名幾慨慷。不嫌成晚合，深幸際時康。
邂逅因斯會，暌違又一方。匆匆把別袂，眷眷賦河梁。
鴻雁清秋日，蒹葭昨夜霜。關山凝朔氣，星斗麗寒芒。
疾病家多難，歸休歲亦陽。苦心甘寂寞，短髮任蒼浪。
漏屋愁荷蓋，塵衣惜蕙纕。杜陵非固懶，賀監豈眞狂。
迴首長追憶，緘詩遠寄將。乾坤浩今古，此意詎能忘。
孟冬望日張翥寫於京師寓舍

詩序，原無，據《草堂雅集》卷六補。「孟冬望日張翥寫於京師寓舍」，
十二字原無，據《玉山名勝集》卷首補。

歲末，作《陌上花》（關山夢裏）詞。

陌上花　使歸閩浙，歲暮有懷

關山夢裏，歸來還又、歲華催晚。馬影雞聲，諳盡倦郵荒
館。綠牋密記多情事，一看一迴腸斷。待殷勤寄與，舊遊
鶯燕，水流雲散。　滿羅衫是酒，香痕凝處，唾碧啼紅相
半。只恐梅花，瘦倚夜寒誰暖。不成便沒相逢日，重整釵
鸞箏雁。但何郎，縱有春風詞筆，病懷渾懶。

詞序，原無，汪本、鮑刻本同，據曹溶看本、北大藏本補。

作《蘇武慢》（凍雨跳空）、（歲晚江空）二詞。

蘇武慢　對雪

凍雨跳空，朔雲屯地，陡覺夜寒無賴。誰從藁闕，宴罷羣仙，
一樣珮零珠解。應喚馮夷，起舞迴風，攪碎渺茫銀海。倚
南窗清思，盈襟看盡，整容斜態。　君試問、白羽鳴弦，
青貂束錦，千騎獵歸煙塞。何如倦客，蠟屐枝筇，乘興竹

邊梅外。隨處堪尋，賣酒人家，春渚水香挑菜。趁湖山晴
曉，吟魂飛上，玉峰瑤界。

又　歲晚再雪，仍用前韻

歲晚江空，雪飛風起，老境若爲聊賴。家人解事，準備深
尊，旋遣夜窗寒解。萍梗孤蹤，幻影浮空，萬里喜還閩海。
但囊中留得，詩篇爛寫，水情山態。　眞比似、一箇冥鴻，
南來北去，閱盡幾重關塞。名韁利鎖，絆殺英雄，都付醉
鄉之外。惟不能忘，一舸吳淞，鱸鱠豉羹蓴菜。且今宵還
我，冰壺天地，眼空塵界。

此年稍後，張翥代釋來復請歐陽玄為《蒲菴集》作序。

《善本書室藏書志》：「《蒲菴集》六卷，正統刊本。門人曇鍠法
住編次。釋來復見心撰。前有廬陵歐陽玄序云：『翰林修撰張翥彙示
豫章見心復公所爲文一巨帙，且屬爲序。靜閱數過，啓沃老懷，見心
以敏悟之資，超卓之才，於禪學之暇發於文辭，其敘事簡而明，其造
理深而奧，其吐辭博而贍，其寓意幽而婉』云云。」

二月，王昈獲平反。中吳大夫相率爲詩讚美趙儼之德。陳基《趙泰
州平反冤獄詩序》：「至正十年二月，泰州尹眞定趙公子威平反王昈冤獄，事聞中吳，士大
夫皆曰：『偉哉，趙使君眞長者也！』因相率著爲聲詩以美之。」 陳基《夷白齋稿》卷六
有《烏夜啼引》詩。八月丙戌，杜本卒，年七十五。危素《元故徵君杜公伯原父
墓碑》：「至正十年八月丙戌，徵君杜公伯原父卒於武夷山中，十月乙酉，葬諸崇安縣南
郭。……公生至元十三年十二月，卒時年七十有五。」

是歲，正月丙辰朔，搠思監爲中書平章政事。十二月乙酉，方
國珍攻溫州。顧瑛編輯《草堂雅集》。黃公望《富春山居圖》基本成
型。

八、八轉承旨，欲隱不遂（元順帝妥懽帖木兒至正十一年 辛卯～元順帝妥懽帖木兒至正二十三年癸卯，1351～ 1363，六十五歲～七十七歲）

公元 1351 年（元順帝妥懽帖木兒至正十一年 辛卯） 六十五歲

二月，張翥以翰林修撰身份參與會試。作《春闈和周伯溫韻呈同院》詩。

周伯琦《近光集》卷三「鳳皇銜詔下亨衢」詩題《至正十一年歲辛卯二月一日，天下貢士及國子生會試京師，凡三百七十三人。中書承詔校文，取合格者百人，充廷對進士。先二日鎖院，凡三試，每試間一日。十有二日揭牓。時參政韓公伯高知貢舉，尚書趙君伯器同知貢舉，予與左司李君孟颺考試，博士楊君士傑、修撰張君仲舉同考試，收掌試卷則典籍毛君文在也。諸公皆翰苑舊遊，誠盛會也。紀事四首，奉呈。》

周伯琦（1298～1369），字伯溫，饒州（今屬江西）人。至正十六年，任江浙行省參知政事，官至江浙行省左丞。明洪武二年卒，年七十二。有《近光集》、《扈從詩》。生平事蹟見宋濂《元故資政大夫江南諸道行御史臺侍御史周府君墓銘》。《元史》卷 187 有傳。

> 春闈和周伯溫韻呈同院
> 鼓角聲中漏未終，衣寒官燭屢銷紅。
> 百年海嶽回元氣，一代文章有古風。
> 仙掌露溥金沆瀣，觚稜雪散玉玲瓏。
> 祗慚白首河汾客，得與羣賢此會同。

遷太常博士（正七品）。**危素同遷。**

《元史》本傳：「史成，歷應奉、修撰，遷太常博士。」

案：迺賢《金臺集》卷二《張仲舉危太樸二翰林同擢太常博士》詩：

「南宮夜直擁青綾，二妙容臺喜共登。瑚璉久知清廟器，階銜
聯署玉壺冰。後來博士如公少，今日先生自此升。見說圓丘將
大饗，百年禮樂正當興。」又，危素《說學齋稿》卷二《賑郵
樂戶記辛卯》：「（至正）十一年春，……會遷太常博士。」宋
濂《故翰林侍講學士中順大夫知制誥同脩國史危公新墓碑銘》
亦云：「（至正）十一年遷儒林郎，太常博士。」

　　宋濂《故翰林侍講學士中順大夫知制誥同脩國史危公新墓碑
銘》：「其在太常也，請親祀南郊，築北郊以斥合祭之非，謹謚法，
嚴祀典，以祛謬妄。時翰林承旨張公翥爲博士，禮文有闕者，同補
正之，人稱爲『雙璧』。」

　　危素（1303～1372），字太僕，號雲林，金溪（今屬江西）人。
至正二年，四十歲時用大臣交薦，入經筵爲檢討。至正十一年，任太
常博士，累官至階陞資政大夫，俄除翰林學士承旨，榮祿大夫，知制
誥兼脩國史。孛羅帖木兒入相，出爲嶺北行省平章政事，次年隱居房
山。明洪武二年，授翰林學士，終被貶官和州，看守余闕廟。洪武五
年春正月二十三日卒，年七十。有《文集》五十卷，《奏議》二卷，《宋
史稿》五十卷，《元史稿》若干篇，均未見。今存詩集《雲林集》、文
集《說學齋稿》。生平事蹟見宋濂《故翰林侍講學士中順大夫知制誥
同脩國史危公新墓碑銘》。

《瀕農歎》約作於是年。

　　案：「王師征淮蔡」與本年時事相合，參見本年時事。

瀕農歎

　　瀕南有農者，家僅一兩車。王師征淮蔡，官遣給軍儲。
　　翁無應門兒，老身當一夫。勞勞千里役，泥雨半道途。
　　到軍遭焚烹，翁脫走故閭。車牛力既盡，戶籍名不除。
　　府帖星火下，爾乘仍往輸。破產不重置，笞箠無完膚。
　　翁復徒手歸，涕洟滿散襦。問家墻屋在，榆柳餘殘株。

野雉雛梁間，狐狸穴階隅。老妻出備食，四顧筐簏無。

有司更著役，我實骨髓枯。仰天哭欲死，醉吏方歌呼。

「歡」，草堂雅集本作「歌」。「農」，補遺本、四部叢刊本、汪本同，曹溶看本、陸本作「耕」。「老身當一夫」，原作「一身老當夫」，補遺本、汪本同，據四部叢刊本改。「洟」，四部叢刊本作「淚」。

是歲，正月庚申，命江浙行省左丞孛羅帖木兒討方國珍。三月丙辰，廷試進士八十三人，賜朵烈圖、文允中進士及第。四月壬午，命賈魯以工部尚書開黃河故道。五月辛亥，劉福通以紅巾為號，據潁州為亂。六月，劉福通攻下諸縣。孛羅帖木兒為方國珍所敗。八月丙戌，芝麻李等攻陷徐州。徐壽輝以紅巾為號作亂。九月，劉福通陷汝寧府等地，徐壽輝陷蘄水縣、黃州路。十月，徐壽輝據蘄水為都，國號天完，改元治平。十一月甲戌，江西妖人鄧南仁作亂被斬。立《河平碑》。十二月，也先帖木兒復上蔡縣，韓咬兒等被誅。八月，迺賢與危素等遊大都南城，寫出《南城詠古十六首》。

公元 1352 年（元順帝妥懽帖木兒至正十二年 壬辰）　六十六歲

二月乙酉，徐壽輝兵陷江州，李黼戰死。

翥以太常博士之身份作《贈左丞忠文公李黼諡議》文。

《元史·順帝紀》：「（至正十二年二月）乙酉，徐壽輝兵陷江州，總管李黼死之。」

題左丞忠文公李黼諡議

夫死生利害，在人為甚重，而不以少動其心者，非偉然真見之士，鮮弗能無惑也。一有惑焉，則淺於計慮之私，而有逃蹟苟全者矣。惟君子乃能安乎此，由其義命素明諸中。雖尋常造次之必是，況於事君而可食，焉以避其難哉？若江西行省參政、依前兼江州路總管李黼，以進士魁天下，以才良躋侍從，以政事知要郡，匪躬之節，蹇蹇自將。一旦暴賊起鄰境，陷武昌，省憲諸臣竄死弗暇，毒焰肆灼，

正當其衝，守無完城，敵無簡師。鼎獨能開倉庫，募土兵，以忠義激人心，再戰再尅，威聲甚張。方將防禦上游，聯兵旁郡，而賊鋒轉逼，總戎先奔，與孤城以俱亡，蹈壯節而弗奪，手劍罵賊，力盡乃殞。其英風景烈，足以炳耀乎國史，而砥礪乎人臣矣！夫殺身報國曰忠，德美才秀曰文。揆諸二法，允稱所褒，請以「忠文」諡之。太常博士張翥撰。

（《永樂大典》卷六六九七）

三月，作《送福上人無際南歸》詩。

案：詩題爲「南歸」，知張翥已在大都。據陳垣《二十史朔閏表》，張翥至大都爲官後，至正四年（1344，閏二月）、至正十二年（1352，閏三月）、至正十五年（1355，閏正月）、至正二十三年（1363，閏三月）四年春季閏月，此詩當作於此四年間。據詩中所描述之山寺、野人，則此詩必不作於至正二十三年，應作於至正早期。暫繫於是年。

送福上人無際南歸

歲閏春來早，師行且過寒。問程山寺遠，乞食野人難。
空性元無際，禪鋒豈有端。遇余方外友，一爲問平安。

夏至，作《長至日》詩。

長至日　壬辰

至節得休暇，閉關宜燕居。孤懷愁易切，遠信語多虛。
壽酒教兒勸，祥雲聽史書。親知半湖海，無地問何如。

七月，脫脫請親出師討徐壽輝。八月，出師。歐陽玄擬詔書：《命相出師詔》、《再命出師詔》。

翥作《送太傅丞相出師平徐方》詩。

《元史·順帝紀》：「詔：『脫脫以答剌罕、太傅、中書右丞相分省於外，督制諸處軍馬，討徐州。……』是日發京師。」

送太傅丞相出師平徐方

南征諸將久無功，丞相親勞出總戎。

虎士嚴兵屯玉帳，龍庭大宴賜彤弓。

萬年社稷收長算，百戰旌旗得勝風。

幕府如雲盡才彥，荊徐指日捷書同。

《送崔讓士良都事江淮行省》詩約作於此年。

案：《送崔讓士良都事江淮行省》「紅巾直來據武昌，催城破壁官吏
走，九江太守能死守」與《元史·順帝紀》「（至正十二年正月）
己未，徐壽輝遣鄒普勝陷武昌，威順王寬徹普化、湖廣行省平
章政事和尚棄城走。……（二月）乙酉，徐壽輝兵陷江州，總
管李黼死之」記載之事合。

送崔讓士良都事江淮行省

時平久不修武備，一旦盜賊起跳踉。

南闖荊鄧北徐汝，紅巾直來據武昌。

摧城破壁官吏走，九江太守能死守。

赤眉銅馬終殄除，此賊游魂那得久。

天兵勢若風雨來，直掃四野無氛埃。

廟謨最先擇元帥，國計莫重完江淮。

堂堂中書開外省，幕府人材倚公等。

崔侯如刃新發硎，鋒銳所當無肯綮。

金湯表裏元有捷，正藉前籌資薄伐。

草茅有芟可采用，義士多方須教閱。

酒酣客起征馬鳴，壯氣滿髯肝膽傾。

浩歌把劍徒激烈，老矣莫賦《從軍行》。

作《陽曲義士薛氏旌表詩卷》詩。

陽曲義士薛氏旌表詩卷　至正二年事，十二年，其里人趙時
照求題

上天久無雨，南風日吹沙。旱氣彌憧憧，六月稻不花。

晉土素磽瘠，如此歲食何。上官方勸分，輔也（薛義士名）

起歎嗟。

發帑捐積鍰，糶粟來連車。吾鄉忍溝壑，哺爾萬口呀。

厚澤田里被，頌聲父老誇。具備世弗務，征斂惟紛挐。

遂令活人功，乃出一士家。不知時有司，視此無愧邪。

我作義糶詩，好德良可嘉。願言講荒政，生意當無涯。

三月，脫因任海道都漕運萬戶府達魯花赤，陳景初亦赴漕府任職。陳基《送陳景初序》：「今海道都萬戶明善公之政，揔漕臺也。……此陳君景初所以得事賢公卿之道。景初瑰瑋闓達，雅有器局，起家憲曹，由蘇杭二大府史遷漕府。……於其行也，吳之大夫士咸賦以餞之，屬余爲之序。」又，陳基《海道都漕運萬戶府達魯花赤脫因公紀績頌》：「初，海道之失利也，聖天子圖新漕政而難其人。廷議奏曰：『今樞密院斷事官臣脫因，俶儻喜事，忠謹絕人，讀書知古今，達事變，曩執法御史府，讜論不回，天下偉之。臣等敢昧死請以漕事屬脫因。』詔曰『可』。時至正十二年三月也。」三月庚子，泰不華戰死，年四十九。《元史・泰不華傳》：「時國珍戚黨陳仲達往來計議，陳其可降狀。泰不華率部眾，張受降旗，乘潮而前，船觸沙不能行，垂與國珍遇，呼仲達申前議，仲達自動氣索，泰不華覺其心異，手斬之。即前搏賊船，射死五人。賊躍入船，復斫死二人。賊舉槳來刺，輒斫折之。賊羣至，欲抱持過國珍船，泰不華瞋目叱之，脫起，奪賊刀，又殺二人。賊攢槳刺之，中頸死，猶植立不仆，投其屍海中，年四十九。時十二年三月庚子也。僮名抱琴，及臨海尉李輔德、千戶徹辰、義士張君璧皆死之。泰不華既沒，除江浙行省參知政事、行台州路達魯花赤事，不及聞命。後三年，追贈榮祿大夫、江浙行省平章政事、柱國，封魏國公，諡忠介。立廟台州，賜額崇節。」案，楊維楨有《挽達兼善御史》詩注云：「辛卯八月歿於南洋。」辛卯爲至正十一年，與《元史》記載異。

是歲，正月乙未，徐壽輝部陷武昌，守將和尚等棄城逃走。辛酉，安陸府知府醜驢與徐壽輝部戰敗死。二月乙酉，徐壽輝兵陷江州，李黼死。四月甲辰，搠思監爲中書平章政事。甲子，歐陽玄致仕，給全俸終其身。七月庚辰，杭州路陷。八月，脫脫親出師討徐州。荊門州知州晶炳死。九月辛卯，脫脫復徐州，屠城，芝麻李等遁走。庚子，脫脫班師。十二月辛亥，杭、常、湖、信、廣德諸路

皆克復。是歲，海運不通。以察罕帖木兒起義兵，授汝寧府達魯花赤。

公元 1353 年（元順帝妥懽帖木兒至正十三年　癸巳）　六十七歲

正月初一，作《癸巳元日即事》詩。

> 癸巳元日即事
>
> 禁苑朝珂集，宮樓畫刻傳。雲開黃道日，春麗紫微天。
> 進虎蠻如畫，儀鸞仗類仙。晨觀淨氛氣，即是偃兵年。

「氣」，補遺本、汪本同，四部叢刊本作「渾」。

春，偰元魯代祀南海。

着作《送偰元魯降香南嶽南海》詩。

> 黃鎮成《秋聲集》卷九《偰元魯代祀南海序》：「至正十三年春，偰君元魯以翰林應奉承命攝祠焉。」〔註26〕

> 送偰元魯降香南嶽南海
>
> 天開朱嶽奠炎方，地入南溟接大荒。
> 使者肅脩時典祀，神明宜護國封疆。
> 仙臺雲散峰巒碧，瘴嶺春回草木香。
> 珍重詞臣致誠禱，願消昏瘴降休祥。

着以太學博士，主持大都鄉試。九月初二，作《九月二日揭曉僕以朔旦始得聞復成二詩錄奉泰甫侍郎思齊御史本中都事道明敏文伯崇有志諸寮友》詩。

> 《六藝綱目序》：「至正癸巳，予以太學博士，考試大都。」

> 九月二日揭曉僕以朔旦始得聞復成二詩錄奉泰甫侍郎思齊御
> 史本中都事道明敏文伯崇有志諸寮友
>
> 解送推君藻鑑分，棘圍明發喜開門。

〔註26〕見《秋聲集》，北京圖書館古籍珍本叢刊，第 96 冊，第 642 頁。案：文淵閣全書文淵閣本《秋聲集》僅四卷。

荊人自許山多玉，莊叟虛談海有鯤。
過雁風高秋索索，護霜雲薄曉昏昏。
鄉來曾預春闈考，猶記君王賜上尊。

西風漸急早寒嚴，曉露俄晞日在簷。
滿鼎松聲烹活火，半鈎花影卷踈簾。
菊黃又報秋期近，髮白空驚老態添。
未得山中覓茅屋，去修丹竈養紅鹽。

《試院泰甫兵部既答和拙作且示以佳章僕以汩於校文遂稽貂續仍韻見趣所考既就格輒綴四首錄奉一笑》詩亦應作於是時。

案：據《元史・貢師泰傳》，貢師泰於至正十四年由吏部侍郎「遷兵部侍郎」，至正十五年「擢江西廉防副史，未行，遷福建廉防史」。題稱「泰甫兵部」，則詩應作於至正十四年（1354）。然詩題，四部叢刊本作「試院」，金本、曹溶看本、陸本、汪本均作「會試院」，會試當在二月舉行，與詩中所言「樓頭疊鼓已三嚴，起聽秋聲滿四簷。山葉落頻風繞樹，露蛩吟苦月當簾」諸語不合，亦與貢師泰和詩「歸心已逐南湖雁」相違。故「會試院」當誤，《元史》記載亦或有誤。

貢師泰（1298～1362），字泰甫，寧國之宣城（今屬安徽）人。官至戶部尚書、秘書卿。有《玩齋集》。生平事蹟見《玩齋集》所附《年譜》、朱鑲《紀年錄》等。《元史》卷187有傳。

試院泰甫兵部既答和拙作且示以佳章僕以汩於校文遂稽貂續
仍韻見趣所考既就格輒綴四首錄奉一笑
堆牀朱卷考初分，衛士傳呼夜鎖門。
變駕已多東野馬，摶扶應有北溟鯤。
熟衣乍換寒猶薄，倦枕纔憑睡易昏。
願向斯文求俊乂，大廷行對帝王尊。

樓頭疊鼓已三嚴，起聽秋聲滿四簷。
山葉落頻風繞樹，露蛩吟苦月當簾。

煙寒銅獸催香換，漏促金徒報箭添。

笑我元無食肉相，只思尊鱠薦吳鹽。

勘眼空花漫不分，偶隨羣彥集金門。

扁舟只擬追張翰，一壑還相置謝鯤。

楓葉舊詩多冷落，梅花歸夢幾黃昏。

與君此去如休暇，莫厭相過共酒尊。

詩律輸君敢鬭嚴，強摩老眼傍風簷。

鵲袍夜散遙持燭，席舍朝開盡撤簾。

久悟物機忘出入，時存神火驗抽添。

明當喚取彈箏手，與唱新聲《阿鵲鹽》。

「金徒」，補遺本、四部叢刊本、汪本、《詩淵》本同，曹溶看本、陸本作「金壺」。「還相」，補遺本、曹溶看本、汪本同，四部叢刊本、陸本、《詩淵》本作「還須」。

貢師泰《玩齋集》卷四《南城試院和張仲舉博士》云：「紅燭搖光坐夜分，學宮魚鑰鎖重門。歸心已逐南湖雁，壯志空慚北海鯤。傍几香添霜漸冷，隔簾燈過月微昏。校文歸向西曹日，會送夔龍謁至尊。」

翥女生。

案：據作於至正二十三年的《蒲菴記》附記「今惟一女，甫十一歲」推之。

本年，表夏永慶之門爲「孝義之門」。

翥《哀孝子夏永慶》詩約作於此時。

《續文獻通考》卷七十二：「至正十三年，表曰『孝義之門』。」案：《（成化）寧波府簡要志》作「至正三年」。

戴良《夏孝子詩序》：「予讀《夏孝子詩》，於是知《南陔》、《白華》諸作未嘗亡，而先王之遺澤至於永久而不泯矣。……人皆嗒嗒驚歎，稱之曰『夏孝子』。厥後三弟追痛其兄之死孝也，益以孝義維其家，居同室而食同爨。有司上之朝旌其門曰『孝義之門』。而東南之

言孝者歸夏氏矣。於是一時大夫士相率賦詩，以歌美之。孝子之子禋將銓次以傳，請予爲之序。」案：戴良之詩序作於旌表之後，則稱美之詩當作於是時左右。

> **哀孝子夏永慶　沒海救父，父出，慶死，年二十**
>
> 翁已生全兒隕軀，投文我欲詰天吳。
>
> 一時肝膽寧知死，萬頃波濤視若無。
>
> 骨葬夜泉鯨穴冷，魂歸故國蜃雲孤。
>
> 自今孝子流風在，直與扶桑水到枯。

詩題，《元音》卷九作「夏孝子」，下有注「名永慶，定海人」。「沒」，補遺本、四部叢刊本、曹溶看本、汪本同，陸本作「投」。「二十」，補遺本、曹溶看本、汪本同，四部叢刊本、陸本作「二十一」。

李齊卒。

作《高沙失守哭知府李齊公平》詩。

《元史・忠義二・李齊傳》：「（至正十三年）（張）士誠怒，扼之跪，齊立而詬之，乃曳倒，搥碎其膝而咼之。」又，「李齊字公平，廣平人。……元統元年進士第一，……移知高郵府，有政聲。」

> **高沙失守哭知府李齊公平**
>
> 高郵自昔號銅城，一旦東門委賊兵。
>
> 殺氣倉皇迷野色，怨魂嗚咽泣江聲。
>
> 廣陵瓊樹春仍在，覽社珠光夜不明。
>
> 白首故人悲趙李，臨風惟有淚縱橫。（參政趙伯器死泰州）

是歲，正月丙子，方國珍復降。五月乙未，張士誠兄弟爲亂，陷泰州，據高郵，僭國號大周，建元天祐。十月庚戌，授方國珍、國璋、國瑛兄弟治中職，方國珍疑懼不受命。董摶霄爲水軍都萬戶府副萬戶，治崑山州。十二月，合兵討徐壽輝，徐壽輝遁走。

公元 1354 年（元順帝妥懽帖木兒至正十四年　甲午）　**六十八歲**

禮部會試，耒主文衡。作《甲午禮闈》詩。

甲午禮闈

　　白雪青天映日紅，樓臺高下瑞光中。

　　佳城正際新春晦，薄冷猶吹向曉風。

　　萬國衣冠朝北闕，一時文獻集南宮。

　　吾皇方此求賢俊，載筆寧慙奉至公。

「瑞」，補遺本、曹溶看本、陸本、汪本同，四部叢刊本、《詩淵》本作「玉」。「城」，原作「成」，補遺本、汪本同，據四部叢刊本、曹溶看本、陸本改。

　　此年，蘇伯衡參加會試，其文深受翥之喜愛，然其同事以為言語「切直」，未被錄取。

　　蘇伯衡《張潞國詩集序》：「伯衡之會試禮部也，公實同知貢舉，得所對策，歎賞不寘。同事者以其言切直，黜之，公爭之不得，每與歐陽文公言之以為恨。而文公以語伯衡。雖不獲綴公門生之末，而公亦伯衡之知己者矣。執筆序公之詩於改土之後，俯仰今昔，泫然久之。」

　　蘇伯衡《跋陳子上書》（《不繫舟漁集》卷十六）：「子上，余友也。同薦於鄉，同試於禮部。」據陳高《與張仲舉祭酒書》，陳高本年中進士，則蘇伯衡亦在此年參加會試。

三月己巳，廷試進士。

翥作《殿試翥與讀卷官》。

　　《元史·順帝紀》：「（至正十四年三月）己巳，廷試進士六十二人，賜薛朝吾、牛繼志進士及第，餘授官出身有差。」

殿試翥與讀卷官

　　老臣載筆侍金鑾，自愧三叨讀卷官。

　　進士擢科從古盛，大臣考策得才難。

　　芳年荏苒聞鵙鳩，花事從容到牡丹。

　　明發禁扃當徹鎖，文光高動五雲端。

約於此年，四月十四，翥陞為禮儀院判官（正五品）。此後七年

間，又遷翰林，歷直學士，侍講學士。

　　《元史》本傳：「史成，歷應奉、修撰，遷太常博士，陞禮儀院判官，又遷翰林，歷直學士，侍講學士，乃以侍讀兼祭酒。」

作《四月十四日習儀白塔寺有旨者升院判》詩。

　　　　四月十四日習儀白塔寺有旨者升院判
　　　　乍換朝衣紫，祇憐客鬢華。才知無補世，官喜不離家。
　　　　海燕雛方乳，戎葵蕊未花。歸來北窗臥，塵污滿烏紗。

「十四」，補遺本、四部叢刊本、汪本同，曹溶看本、陸本作「十三」。
「衣」，補遺本、曹溶看本、陸本、汪本同，四部叢刊本作「衫」。

此年前後或為翰林待制（正五品）。

　　景元刊本《草堂雅集》卷六張翥小傳：「由國子助教起家，仕至翰林待制。」

作《讀瀛海喜其絕句清遠因口號數詩示九成皆實意也》十首。

　　顧瑛有和詩十首《張仲舉待制以京中海上口號十絕附郊九成見寄瑛以吳下時事復韻答之》。

　　案：顧瑛詩題言「張仲舉待制」，則張翥詩及顧瑛和詩當作於張翥
　　　　任翰林待制或稍後。

　　　　讀瀛海喜其絕句清遠因口號數詩示九成皆實意也
　　　　一日糧船到直沽，吳罷越布滿街衢。
　　　　新詩將作如干首，爲問郊郎有買無。
　　　　接糧御史性情眞，斷事官來苦怒嗔。
　　　　索酒索錢橫生事，遭風遭浪肯知人。
　　　　客窗昨夜北風高，猶似乘船海上濤。
　　　　明發先宜覓貂鼠，喚人來作禦寒袍。
　　　　虎賁坐甲夜傳更，千步廊街鼓柝聲。
　　　　未許離人眠得熟，馬蹄車鐸又天明。

拂郎之馬走千里，獨立長嘶凡馬空。
昔在江南看圖畫，今來天廄識眞龍。

賽娘十五解新聲，楊柳腰肢怯囀鶯。
好寫潘郎胡十八，教伊傳唱滿京城。

長川妓子蚤晨來，戴笠騎驢帕擁腮。
總在狹斜坊裏住，教坊日日聽差回。

杖履尋花虎丘寺，壺觴按曲館娃臺。
阿成殿受吳中樂，請入風沙海浪來。

結束黃騮粉畫韉，更投西市買長鞭。
知儂已有南歸日，戶部來催助燕錢。

大風塵土漲天飛，遮眼烏紗拍馬歸。
還是洞庭湖水好，待郎來浣舊征衣。

「作」，補遺本、曹溶看本、陸本、汪本同，四部叢刊本、《詩淵》本作「得」。「臺」，原作「宮」，補遺本、曹溶看本、汪本同，據四部叢刊本、陸本改。「差」，曹溶看本、汪本同，四部叢刊本、陸本、《詩淵》本作「羌」。「來」，原作「中」，補遺本、汪本同，據四部叢刊本、曹溶看本、陸本改。

作《寄韓文璵與玉》詩。

寄韓文璵與玉

自驚六十八年身，老病蹉跎又見春。
京國歲寒稀雨雪，江淮兵久尚風塵。
鄉書屢絕親知遠，官俸常空僕馬貧。
只憶練溪韓與玉，封書寄與重傷神。

「寒」，補遺本、汪本同，四部叢刊本作「歲」，曹溶看本、陸本作「闌」，《永樂大典》卷一四三八三、《詩淵》本作「殘」。

此年前後，作《七憶》之《憶維陽》詩。

案：《憶維陽》「十五年前爛漫遊」，翥於 1340 年初在維陽，之後到達京師，於此年已經十六年，詩中稱「十五年前」，庶幾合矣。

又案：鄧紹基先生《元代文學史》認為：「《七憶》未必寫於一時，
　　　這首詩是在張士誠起義軍攻打揚州後寫的。」又，《七憶》
　　　之七《憶閩中》，在五卷本中又以《懷清源洞遊》之題重收，
　　　可知《七憶》乃追加之題。

七憶

憶錢塘

　平湖十里碧漪風，歌舫漁舟遠近同。
　天竺雨餘山撲翠，海門潮上日蒸紅。
　傷心花月隨年換，回首闤闠委地空。
　白髮故人零落盡，浮生悵望夢魂中。

憶姑蘇

　讓王城外暮雲黃，忍使行人哭戰場。
　臺上麇遊香徑冷，陵頭虎去劍池荒。
　竹枝夜月歌仍怨，蓴菜秋風興漫長。
　不是不歸歸未得，五湖煙水正茫茫。

憶會稽

　千巖秋色徹曾霄，憶昔來乘使者軺。
　翠袖屢扶蓬閣醉，籃輿時赴寶林招。
　山陰客已無春會，溪上風猶送暮樵。
　此恨古今銷不盡，西陵寂寞又回潮。

憶維揚

　蜀岡東畔竹西樓，十五年前爛熳遊。
　豈意繁華今劫火，空懷歌吹古揚州。
　親朋未報何人在，戰伐寧知幾日休。
　惟有滿襟狼籍淚，何時歸灑大江流。

憶金陵

　昔年曾上鳳凰臺，二水三山眼界開。
　六代繁華春草歇，千年興廢暮潮哀。
　燈窗禪坐時聯句，山館仙遊幾引杯。

最是令人愁絕處，夕陽雙燕自歸來。

憶吳興

憶汎苕華溪上船，故人爲我重留連。

半山塔寺藏雲樹，繞郭樓臺住水天。

白榜載歌明月裏，青簾沽酒畫橋邊。

計籌山下先塋在，欲往澆松定幾年。

憶閩中

漫漫際海漲天涯，萬里曾乘使者槎。

梓澤重尋仙客洞，草堂頻醉故侯家。

人多熟酒燒紅葉，市有生蠻賣象牙。

安得夢中眞化蝶，翩然飛上刺桐花。

至遲此年，鄭昍任赤那思山大斡耳朵儒學教授。

作《送鄭喧宣伯赴赤那思山大斡耳朵儒學教授四首》詩。

案：《元史・順帝紀》：「（至正十五年正月）辛未，太陰犯鬼宿。

大斡耳朵儒學教授鄭昍建言：『蒙古乃國家本族，宜教以禮，

而猶循本俗，不行三年之喪，又收繼庶母、叔嬸、兄嫂，恐

貽笑後世，必宜改革，繩以禮法。』不報。」十五年正月，

鄭昍已作爲大斡耳朵儒學教授進言，則其任職最遲在至正十

四年。

送鄭喧宣伯赴赤那思山大斡爾朵儒學教授四首

聖祖興王地，風雲護大營。天垂紫塞闊，星戴赤山明。

人俗殊淳古，皇文易化成。君行當勸學，無愧魯諸生。

絕漠同文軌，提封振古稀。大牙開武帳，元老秉天威。

白馬紫馳酒，青貂銀鼠衣。那思山下水，曾覰六龍飛。

野散千軍帳，雲橫萬里川。寒多雨是雪，日近海爲天。

黑黍甘供釀，黃羊飽割鮮。廣文但少客，寧慮坐無氈。

晨發戒行裝，風沙磧路長。油轤白鼻馬，藍綬赤銅章。

文學重新命，故人嗟異方。時時有北使，書簡慰相望。

「大牙」，原作「犬牙」，據補遺本、四部叢刊本、曹溶看本、陸本、汪本、《草堂雅集》卷六改。「故人嗟異方。時時有北使，書箚慰相望」，十五字原缺，補遺本同，據四部叢刊本、陸本補。

約在此時，耆作《宮中舞隊歌詞》詩三首。

《元史・順帝紀》：「時帝怠於政事，荒於遊宴，以宮女三聖奴、妙樂奴、文殊奴等一十六人按舞，名為『十六天魔』。」

又，《庚申外史》卷下：「（至正十七年）先是……帝方與倚納十人行大喜樂法，帽帶金玉佛，手執數珠，又有美女百人衣纓絡、品樂器，列隊唱歌金字經，舞雁兒舞，其預選者名『十六天魔』。」「（至正二十年）又酷嗜天魔舞女，恐宰臣以舊例言，乃掘地道，盛餚其中，從地道數往就天魔舞女，以夜作晝，外人初不知也。帝又造龍舟，巧其機栝，能使龍尾鬣皆動，而龍爪自撥水中。帝每登龍舟，用采女盛妝，兩岸挽之。一時意興所屬，輒呼而幸之。又令諸妃嬪三十餘人，皆受大喜樂佛戒。諸倉積粟盡入女寵家，百官俸則祗支以茶物雜紙類。」

宮中舞隊歌詞

十六天魔女，分行錦繡圍。千花織步障，百寶貼仙衣。
回雪紛難定，行雲不肯歸。舞心挑轉急，一一欲空飛。

鑿海行龍舸，憑山起鵠臺。天池神馬出，月殿舞鸞來。
六合妖氛靜，羣生壽域開。吾皇樂民樂，願上萬年杯。

白玉琱釵燕，黃金鑿步蓮。簫吹鳳臺女，花獻蕊宮仙。
香霧團銀燭，歌雲撲錦筵。請將供奉曲，同賀太平年。

「霧」，四部叢刊本、曹溶看本、陸本、汪本同，補遺本作「靄」。

三月，陳高中進士，時年四十歲。陳高《與張仲舉祭酒書》：「甲午歲，先生主文衡，辱不以高之愚不肖，舉而措注進士之列。」又，危素《不繫舟漁者序》：「陳子名高，字子上，至正十四年封策大廷，賜同進士出身。為政清潔自持，而謹於奉法云。」七月，李存卒於臨川縣大山寓舍，年七十四。危素《元故番易李先生墓誌銘》：

「至正十四年七月，番易李先生仲公甫，卒於撫之臨川縣大山寓舍。」

是歲，四月，討方國珍。六月，高郵張士誠寇揚州，達識帖睦邇討之，敗績。九月庚申，呂思誠為中書左丞。十一月丁卯，脫脫領大兵至高郵，辛未，大敗賊眾。十二月丁酉，以脫脫勞師費財，削其官爵，安置淮安路。是歲，京師大饑，且有疫癘，民有父子相食者。順帝於內苑造龍船，自制其樣，極盡奢華；又荒於遊宴，有「十六天魔舞」。

公元 1355 年（元順帝妥懽帖木兒至正十五年 乙未） 六十九歲

正月初一，作《乙未元日》詩。

> 乙未元日
>
> 稍稍鐘鼓動，紛紛車馬朝。張燈照白髮，把酒送寒宵。
> 黃石終歸漢，洪崖及見堯。芻言忻見採，拭目望新條。

作《憶廣陵舊事》詩。

> 憶廣陵舊事　乙未
>
> 君王昔在鎮南年，賓客風流日滿筵。
> 上國旌旗分一半，層臺歌舞宿三千。
> 豪華邈盡悲離黍，形勝空存慘暮煙。
> 多少楚魂歸未得，江流無際海連天。

正月，許有壬任集賢大學士。後任左丞。九月又任集賢學士。《元史·順帝紀》：「（至正）十五年春正月戊午朔，以……河南行省左丞許有壬為集賢大學士。」又，《元史·許有壬傳》：「（至正）十五年，遷集賢大學士，尋改樞密副使。復拜中書左丞，……轉集賢大學士，兼太子左諭德，階至光祿大夫。」

約在此年或稍後，作《壽許集賢可用》詩。

> 壽許集賢可用　予同年，少七月
>
> 圭塘諭德真壽星，斑衣戲舞滿中庭。
> 同年笑我雌為甲，上壽看君老復丁。

壺有仙公新授藥，廚留長史舊傳經。

他時若許相依住，願割西山一半青。

> 案：原詩題下另有「看君才氣夐無雙」一首，據四部叢刊本、曹溶
> 看本、陸本，當爲《送崑山強仲賢照磨之南海元帥府》。

九月，已經受詔的張士誠，攻破揚州。

作《寄成居竹》詩。

寄成居竹　時張寇已受詔，而陰襲揚州

戰骨塡溝塵滿城，尚書歸說使人驚。

方期渤海民沾化，豈意平涼賊畔盟。

何日皇天知悔禍，中原故老望休兵。

傷心揚子洲邊月，忍聽江流是哭聲。

本年，釋來復由會稽山前往慈谿，住持定水寺。定水寺逐漸成爲南北方文人交往的集散地。宋濂《蒲菴禪師畫像贊》：「浙省左丞相達公九成慕師精進，起住蘇之虎丘，辭不赴。會兵起，避地會稽山中。慈谿與會稽鄰壤，中有定水院，直東海之濱，幽閒遼夐，可以縛禪，復延師出主之。」案：達九成，即達識帖木邇，字九成。據《元史·達識帖木兒傳》：「（至正）十五年，入爲中書平章政事。時中書庶務多爲吏胥遷留，至則責委提控、掾史二人分督左右曹，悉爲剖決。出爲江浙行省左丞相，尋兼知行樞密院事，許以便宜行事。」達九成至正十五年爲江浙行省左丞，故此年或稍後，釋來復爲定水寺住持。六月，韓文璵卒。《子淵詩集》卷四有詩題《武林韓與玉名璵，雅與易之在京師交至密。至正十五年乙未，歸武林病亡。六月聞訃。余雖未獲締交，以易之之故，數有翰墨附。余是年冬十月朔，偕易之暨武林楊彥常、鄉中蔣伯威、葉孔昭、應成立，祭於鄮江義塾，約賦詩以挽之》。

是歲，正月戊午朔，許有壬爲集賢大學士。二月己未，劉福通迎韓林兒，立爲皇帝，號小明王，國號宋。六月，朱元璋起兵。是歲，察罕帖木兒戰於河南北，以功除中書刑部侍郎。

公元 1356 年（元順帝妥懽帖木兒至正十六年 丙申）　七十歲

七月，張士誠陷落杭州。《中秋望月》詩或作於此時。

案：《元史·順帝紀七》：「（至正十六年秋七月）張士誠遣兵陷杭州，
江浙行省平章政事左答納失里戰死，丞相達識帖睦邇遁，楊完
者及萬戶普賢奴擊敗之。」又，《順帝紀十》：「（至正二十六年
十一月）丙申，大明兵取杭州路及紹興路。……時湖州、杭
州……皆張士誠所據。」由是可知，在至正十六年後，張士誠
再據杭州，張翥此詩言「錢塘破」，當指張士誠初佔杭州路一
事，故此詩約作於本年或稍後。

中秋望月

當年見明月，不飲亦清歡。詎意有今夕，照此長恨端。
近聞錢塘破，流血城市丹。官軍雖殺賊，斯民已多殘。
不知親與故，零落幾家完。攬回庭中影，對酒起長歎。
死生兩莫測，欲往書問難。仰視雲中雁，安得託羽翰。
淒其衰謝蹤，有淚徒闌干。山中松筠地，棄置誰與看。
河漢變夜色，西風生早寒。累觴不能醉，百念摧肺肝。

「當」，補遺本同，四部叢刊本、曹溶看本、陸本、汪本作「常」。
「能」，補遺本、曹溶看本、陸本、汪本同，四部叢刊本作「成」。

九月庚辰，述律傑戰死。

作《潼關失守哭參政述律傑存道》詩。

《元史·順帝紀》：「（至正十六年）九月庚辰，汝潁賊李武、崔
德等破潼關，參知政事述律傑戰死。」

述律傑（？～1356），字存道，亦稱蕭存道，號鶴野，契丹人。
祖上居太原陽曲，從成吉思汗征戰有功，授蜀之世襲保寧萬戶，述律
傑襲職。元文宗時受命安撫晉冀關陝，又從平雲南大理，元順帝即位，
授雲南宣慰司都元帥。至正十五年，以陝西參政防守潼關，次年（1356）
潼關失陷時戰死。王德毅《元人傳記資料索引》、方齡貴《元述律傑
事蹟輯考》敘述考辯甚明。

潼關失守哭參政述律傑存道

十月三日天地昏，將軍拒賊死轅門。

火飛華嶽三關破，血浸秦川萬馬奔。

望越伍胥方抉目，戰箕先軫不歸元。

北風吹盡英雄淚，倚劍悲歌一愴魂。

案：《元史・順帝紀》所載述律傑陣亡為「九月庚辰」，據陳垣《二
十史朔閏表》為九月初三，張詩言十月初三，待考 [註27]。

除夕，作《歲除日》詩。

歲除日

七十古稀有，欣然歲更新。換衣癡女喜，分粟故人貧。

軟飽須官釀，奇溫愛絮巾。明當候雲物，載筆紀王春。

作《遣興》詩。

遣興

七十蛻翁衰病餘，一室儼若維摩居。

孔方無神可使鬼，毛穎已禿不中書。

江湖天遠道途斷，鼓枻衝寒風雪初。

糠粃明年恐未飽，欲求何地託吾廬。

「衝」，補遺本、曹溶看本、陸本、汪本同，四部叢刊本作「街」。

本年前後，陳景初押糧至成山遇風，失糧六萬石，至京師。還平江時。

翥贈詩《送陳景初漕史還平江各賦一詩寄吳下諸友》。

案：其四云「近報崑岡亦被兵，知君撫劍氣崢嶸」，可知此詩作於
張士誠陷落平江前後。

送陳景初漕史還平江各賦一詩寄吳下諸友

怒浪蹙天摧漕舟，疾風吹雨黑中流。

海神躍馬火明滅，龍伯連鰲山蕩浮。

〔註27〕 見方齡貴《元述律傑事蹟輯考》，《元史叢考》，民族出版社，2004 年，
第 267 頁。

安得靈查通漢使，斷無奇藥採瀛洲。

丈夫政事經艱險，不負平生亦壯遊。

（景初押糧，至成山遭風，既沉米六萬石，得小舟以免。）

我憶括山老徵士，卷霧飛談那可當。

高致何如漆園吏，幽居眞是鄭公鄉。

未能即去楚氛惡，每一相思雲樹長。

欲覓雙魚問消息，越來溪遠水茫茫。（鄭明德。）

匡山道士軀幹小，豪氣直厭香爐峯。

池邊呪劍出金虎，峽頂放船飛白龍。

老我每推詩俊逸，何時相見話從容。

散仙萬一煙塵外，爲報巢雲若箇松。（于彥成。）

近報崑岡亦被兵，知君撫劍氣崢嶸。

夫差強弩風生海，姑蔑戰旗雲繞城。

天詔屢傳寬宥下，王師行見掃除平。

草堂無恙玉山好，我欲南轅尋舊盟。（顧仲瑛。）

「政事」，補遺本、曹溶看本、陸本、汪本同，四部叢刊本、《詩淵》本作「政要」。「鄭明德」，原作「鄭德明」，補遺本、汪本同，據四部叢刊本、曹溶看本、陸本改。

此年或稍後（至遲在 1359 年），**翥奉旨詣中書，得丞相搠思監賞識，除集賢學士**（正二品）。

《元史》本傳：「嘗奉旨詣中書，集議時政，眾論蜂起，翥獨默然。丞相搠思監曰：『張先生平日好論事，今一語不出，何耶？』翥對曰：『諸人之議皆是也，但事勢有緩急，施行有先後，在丞相所決耳。』搠思監善之。明日，除集賢學士。」

案：搠思監於 1356 年任左丞相，1357～1364 任右丞相。故上引本傳之對話必發生在此數年間。又，由《澹游集》卷上張翥小傳「由國子助教起家，歷仕至集賢學士、國子祭酒、翰林承旨」可知，任「集賢學士」在「國子祭酒」之前。

在任集賢學士期間，作《安童都事字鼎新號太虛徵余賦之集賢院》詩。

安童都事字鼎新號太虛徵余賦之集賢院

太虛本無象，何有倪與端。至理妙自然，萬化孰控搏。

天地亦一物，而在虛空間。所以豪傑士，不受世網干。

脫迹形氣表，出入凌汗漫。鷺鵠爲我導，雲飈作之翰。

仰攀霄衢彎，俯濯龍池瀾。綠文粲瑤軌，高詠瀛洲山。

冥心合玄想，坐以空洞觀。琳腴薦朝食，紫金咀神丹。

無待無窮外，浩然與之還。

「妙自然」、「世網干」、「攀霄衢」，九字原缺，汪本同，據補遺本、四部叢刊本、曹溶看本、陸本補。「氣」，補遺本、曹溶看本、陸本、汪本同，四部叢刊本作「器」。「龍」，補遺本、汪本同，四部叢刊本、曹溶看本、陸本作「鳳」。「坐以空」，三字原缺，汪本同，陸本作「坐以宜」，據補遺本、四部叢刊本、曹溶看本補。

正月，玉山草堂被亂兵佔據，顧瑛奉母避難於商溪。顧瑛自撰《金粟道人顧君墓誌銘》：「丙申歲，兵入草堂，奉母契累寓吳興之商溪，母喪於斯，會葬者以萬計，是歲，函骨歸瘞於綽墩墳壠。」顧瑛《秋日海棠花開序》、鄭元祐《白雲海記》亦記此事。案，盧昭《來龜軒記》：「至正十六年三月廿日，玉山顧君仲瑛自避地吳興復歸故第。」

二月，陳謙葬於天平山。謙嘗爲翥作瓊花賦。翥作《陳子平寄所作瓊花賦答謝》詩。陳基《陳隱君墓誌銘》：「爲文章出入古今，尤善詞賦，詭麗舂容，機鋒軼世。故內翰蜀郡虞公、金華黃公、今晉寧張公與諸老之在朝者，交口論薦隱君宜在朝廷，宣揚太平之盛。隱君辭謝，乃僅承制。行省署思敬由掾吏陞照磨，佐分省軍事於常之無錫間。謁告歸里第，會郡事蹴，語妻曰：『吾分必死矣。』謂隱君：『汝無官守，宜自爲計。』隱君曰：『兄在，吾何所之。』少頃，兵突至，追思敬。隱君以身翌護之，兵怒，斥引出。隱君復求入，見思敬已殪，即匍匐伏屍，哭甚哀，遂並遇害。思敬妻王氏與老奴王乙亦經死。且旦，門人范文綱訪知隱君兄弟皆死狀，因泣求屍，得之篠橋下水中，猶兄弟相倚而立。故人成元章白其事於府，爲具棺斂，且求其子詒屬陳氏。於時隱君年六

十七矣。文綱奉二君柩，葬吳縣天平山先隴側，至正丙申二月癸亥也。」陳謙（1290～
1356），字子平，吳郡（今江蘇蘇州）人。性篤孝悌，不求仕進，張翥、虞集、黃溍皆曾
薦其為著作郎，力辭不就，至正十六年被張士誠所害。擅古賦及古今體詩。生平事蹟見
陳基《陳隱君墓誌銘》。

　　此年，周伯琦任江浙行省參知政事。案：明郎瑛《七修類稿》卷
三十七「理公巖碑」條：「至正十六年嘗為吾浙之參知政事，《杭志》
失收，《元史》作十七年，訛也。」潘純卒。潘純（1292～1356），字
子素，廬州（今屬江西）人。少有俊才，遊京師，一時文學貴介爭延
致之，嘗著輥卦以諷切當世，文宗目為滑稽士，欲繫治之，亡走江湖
間，於是挈妻子居吳中。至正丙申（1356）為納麟之子安安所害，年
六十五。生平事蹟見《吳中人物志》卷十、《堯山堂外記》卷七十六。

　　是歲，正月，倪文俊迎徐壽輝據漢陽。二月，張士誠陷平江路。
三月，朱元璋取集慶路、鎮江路。戊申，方國珍復降。四月，搠思監
為左丞相。七月，張士誠陷杭州，尋復城。九月庚辰，述律傑戰死。
察罕帖木兒以軍功由兵部尚書陞僉河北行樞密院事。

公元 1357 年（元順帝妥懽帖木兒至正十七年　丁酉）　七十一歲

九月初九，作《九日書似北山上人》詩。

　　案：據陳垣《二十史朔閏表》，元朝僅泰定四年（1327）、至正十
　　　　年（1357）閏九月，又據「還鄉夢」一語，則此詩作於是年。

　　九日書似北山上人　先夜雷雨
　　　老年尤惜過芳時，籬下黃花值閏遲。
　　　夜雨有愁如濕絮，秋風無髮可吹絲。
　　　勞魂數數還鄉夢，往事茫茫感興詩。
　　　滿腹精神渾減盡，一杯誰與共襟期。

作《寄副樞董摶霄孟起》詩。

　　《元史・董摶霄傳》：「（至正）十七年，毛貴陷益都、般陽等路。

有旨命搏霄從知樞密院事卜蘭溪討之，而濟南又告急，搏霄乃提兵援
濟南。」

寄副樞董搏霄孟起　時屯濟南

王師前後厭瀛河，萬里風雲入盪摩。
晉帥先宜謀郤縠，趙人思欲用廉頗。
枚銜突騎宵傳令，鼓發轅門曉擁戈。
共待將軍白羽扇，歸來幕府上功多。

小序，原無，補遺本、汪本同，據四部叢刊本、曹溶看本、陸本補。
「思」，原缺，補遺本、汪本同，據四部叢刊本、曹溶看本、陸本補。
「轅」，補遺本、曹溶看本、陸本、汪本同，四部叢刊本、《詩淵》本
作「縣」。

　　許有壬以老病乞致其事，久之始得請，給奉終身。《元史·許有壬傳》：
「（至正）十七年，以老病力乞致仕，久之，始得請，詔給俸賜以終其身。」三月十七，
呂思誠卒，年六十五。呂思誠（1293～1357），字仲實，平定州（今屬山西）人。
官至中書左丞。《元史》卷 185 有傳。六月甲辰，釋悟光卒，年六十六。危素《有
元阿育王山廣利禪寺住持兼住天童景德寺佛日圓明普濟禪師光公塔銘》：「語竟而逝，至正
十七年六月甲辰朔也。世壽六十有六，僧臘五十有三。」七月二十二，釋善繼卒，
年七十二。宋濂《故文明海慧法師塔銘》：「遂索筆書偈，端坐而逝，時丁酉歲七月二
十二日也，世壽七十有二，僧臘六十又三。」十二月戊戌，歐陽玄卒（1283～
1358），年七十五。危素《大元故翰林學士承旨光祿大夫知制誥兼修國史圭齋先生歐
陽公行狀》：「公生於至元二十年五月，……（至正十七年）十二月戊戌，薨於崇教里寓舍。」
〔註28〕

　　是歲，三月七日，廷試進士五十一人。五月丙申，搠思監為中

―――――――――

〔註28〕《元史·歐陽玄傳》：「（至正十七年）十二月戊戌，卒於崇教里之
　　　　寓舍，年八十五。中書以聞，帝賜賻甚厚，贈崇仁昭德推忠守正功
　　　　臣、大司徒、柱國，追封楚國公，諡曰文。」「八十五」，誤。見魏
　　　　崇武點校《歐陽玄集》前言，吉林文史出版社，2009 年，第 15 頁，
　　　　注釋4。案：至正十七年十二月戊戌，為公曆 1358 年 2 月 7 日，今
　　　　依舊曆，繫於此。

書右丞相，太平爲左丞相。六月，劉福通取汴梁，分兵三路，聲勢大振。八月，余闕爲淮南行省左丞。是月，張士誠請降，江浙行省參知政事周伯琦招諭之。九月，倪文俊謀殺其主徐壽輝未遂，遭陳友諒殺，陳友諒自稱平章。

公元 1358 年（元順帝妥懽帖木兒至正十八年 戊戌）七十二歲

七月，作《書所見》詩。

> 書所見　戊戌七月
>
> 溝中人啖屍，道上母拋兒。有眼何曾見，無方能療飢。
> 干戈未解日，風雪正寒時。歸向妻孥説，毋嫌朝食糜。
> 城南官掘穴，日見委屍盈。終朝烏鳥下，薄暮狼狐鳴。
> 冰裂人劓骨，風悲鬼哭聲。茫茫死生理，眞宰豈無情。

案：詩中「風雪」、「冰裂」，均爲嚴冬之景，與農曆七月不合。

十月十五，作《十月望夜月食既》詩。

> 十月望夜月食既　戊戌歲
>
> 翳翳冰輪漸欲無，滿城鐘鼓競喧呼。
> 明銷魚腦渾應減，蝕盡蠶腸正可刳。
> 后羿藥靈知不死，臣全心切望全蘇。
> 夜闌失喜清光滿，一片霜風凍玉壺。

詩題「月」字，原無，補遺本、汪本同，據四部叢刊本、曹溶看本、陸本補。「漸」，四部叢刊本、曹溶看本、陸本、汪本同，補遺本作「斷」。

十一月初一，作《翰林三朝御容戊戌仲冬朔把香前宮》詩。

> 翰林三朝御容戊戌仲冬朔把香前宮
>
> 嘉禧殿前初日高，瑞光先暎赭黃袍。
> 雲間瑞露收金掌，仗外微風颭彩旄。
> 黃鶴仙人周子晉，碧雞使者漢王襃。
> 禁園尚覺餘寒在，未放春紅上小桃。

董摶霄、董昂霄兄弟戰死。

作《聞董孟起副樞乃弟鄂霄院判凶訃哭之二首》詩。

《元史·董摶霄傳》：「（至正）十八年，……使者奉詔拜摶霄河南行省右丞，甫拜命，毛貴兵已至，而營壘猶未完。諸將謂摶霄曰：『賊至，當如何？』摶霄曰：『我受命至此，當以死報國耳。』因拔劍督兵以戰。而賊眾，突至摶霄前，捽而問曰：『汝為誰？』摶霄曰：『我董老爺也。』眾刺殺之，無血，惟見其有白光衝天。是日，昂霄亦死之。事聞，贈宣忠守正保節功臣、榮祿大夫、河南行省平章政事、柱國，追封魏國公，諡忠定。昂霄贈推誠孝節功臣、嘉議大夫、禮部尚書、上輕車都尉，追封隴西郡侯，諡忠毅。」

聞董孟起副樞乃弟鄂霄院判凶訃哭之二首

天狗忽墮地，兵生牙帳中。寧為仗劍死，不作倒戈攻。
故國魂歸黑，平原血濺紅。驚心激此變，誰謂貴元戎。

羣盜猶銅馬，將軍真虎牙。死當為厲鬼，生不負皇家。
野色含沉日，河聲怒捲沙。征東失名將，朝野共驚嗟。

「仗」，四部叢刊本、陸本作「伏」。「謂」，四部叢刊本、陸本作「為」。「貴」，四部叢刊本作「責」。

歸暘此年乞骸骨。

作《聞歸集賢遠引奉簡一章》詩。

此後歸暘輾轉來到夏縣。

翥亦有《寄歸學士彥溫時寓夏縣》詩。

《元史·歸暘傳》：「十七年，授集賢學士兼國子祭酒。……十一月，以集賢學士資德大夫致仕，給半俸終身，辭不受。明年乞骸骨，僑居弘州，徙蔚州，又徙宣德，皆間關避兵，尋抵大同，及關陝小寧，來居解之夏縣。皇太子出冀寧，強起之，居數月，復還夏縣。二十七年卒，年六十三。」

聞歸集賢遠引奉簡一章　時呂左丞、歐承旨、司尚書繼亡

故舊相看逐逝波，思歸無路欲如何。

將軍每歎檀公策，朝士徒悲穆氏歌。

南海明珠來貢少，中原健馬出征多。

先生自說將高舉，不遣冥鴻到蔚羅。

「舊」，補遺本、曹溶看本、陸本、汪本同，四部叢刊本作「亡」。「歎」，補遺本、汪本同，四部叢刊本、曹溶看本、陸本作「笑」。「自」，補遺本、曹溶看本、陸本、汪本同，四部叢刊本作「似」。

是歲，正月，陳友諒陷安慶路，守將余闕死之。孛羅帖木兒爲河南行省平章政事。九月丁酉朔，詔旌觀音奴其門。十二月癸酉，上都宮闕被關先生、破頭潘所焚。

公元 1359 年（元順帝妥懽帖木兒至正十九年 己亥）七十三歲

至遲在本年，翥任翰林侍讀（從二品）兼國子祭酒（從三品）。

《元史》本傳：「乃以侍讀兼祭酒。」

案：據《元史·順帝紀》下年正月，有翥作爲國子祭酒上書之事。

本年前後，八月十五，翥與季京通信，即《與季京札》。

案：《與季京札》：「區區備員翰讀，近又承乏冑監，昏瞶日侵，告歸未允，其貧而無子，猶故吾也。」翰讀當爲翰林侍讀，冑監爲國子監，故此札作於任國子祭酒後不久。

翥頓首上記：

季京郎中相公契友閣下，奉違晤言，已閱數歲。比聞使馭上三山，尋又聞在武林，而一皆平安之報，良用自慰。區區備員翰讀，近又承乏冑監，昏瞶日侵，告歸未允，其貧而無子，猶故吾也。僕滿意季德之迴，豈意有此凶變，爲之痛心。況手足至親，其終天之恨，當何如也？尚在以人生有數，少自寬解爲禱。季野令兄，相公如會，萬萬叱名，不及顓狀。燕吳相望，海航來往，動以年期，惟珍護自強，前即遠大。不宣。中秋日，老蜕張翥頓首上記。

（東京國立博物館藏《致季京郎中尺牘》）〔註29〕

案，此札題目，均爲後人加。《珊瑚木難》卷八題作《張潞公一帖》、《鐵網珊瑚》卷五爲《史局先生示以季境京師贈行卷輒題一絕卷錦》題後、《式古堂書畫彙攷》卷十九題作《張蛻菴與季京札》、《六藝之一錄》卷三九七題作《張仲舉與季京札》。《珊瑚木難》所題《張潞公一帖》誤，此時耆未曾被封「潞國公」。

王畛（1314～？），字季野，王都中長子。曾以世家子入備宿衛，任成都路判官。至正間，與弟王畦留寓吳中。事略見陳基《貞白室銘（並序）》、《飛雲樓詩（並序）》。

案：札中之「季京」、「季德」，黃溍《正奉大夫江浙等處行中書省參知政事王公墓誌銘》云：「子男八人：長曰畛，以公廕當補官，未命；次曰曬，已卒；曰畦，以國學生爲江浙等處行中書省宣使；曰昀，浙東道宣慰使司都元帥府奏差；曰昈；曰畋；曰畸，亦卒；曰睌。」據「至正元年十有一月□□日，江浙等處行中書省參知政事王公薨於平江里第，諸孤以二年正月□□日，襄大事於吳縣長洲鄉陽山金井塢，奉知宿州葉大中之狀以授溍曰：『墓宜有銘，君其執筆，毋讓。』」諸語可知此《墓誌銘》作於至正二年，時曬、畸二人已卒。據相關文獻記載畛字季野；畦字季耕；昈字季境。則季京、季德當爲昀、畋、睌三人中之二人字。

又，歐陽玄《與王季野書》：「玄頓首再拜季野府判相公仁友：玄於左右雖疎，而英譽稔甚。矧於先清獻公實有一日之雅，向歆克肖，契誼不殊。相望千里之遙，情親對晤，有以也。夫近者承季道盛雅，以清獻神道碑見屬，既而傳旨下諭，不敢以病憊控辭。已繕寫付季德，今聞託張德常轉達。第愧兵後罹憂，百感交集，何能發潛光之萬一？

〔註29〕張耆此札手稿現藏日本東京國立博物館，此札縱 26.3cm，橫 51.6cm，見《海外藏中國法書集·日本卷》，浙江大學出版社，2008 年，第 190～191 頁。

太湖多善碑材，刻成，以拓本見寄爲幸。德常附海艎行，匆匆函奉。
起居草略，併干臺照。客京歐陽玄頓首再拜。　季耕照磨同致再三意。
玄又白。」此札應作於至正十一年以後，應季道之請，爲王都中作《神
道碑》，並已交季德。此時顯然季德在京，與張翥《與季京札》「僕滿
意季德之迴」恰好相印證。綜合此書與黃溍《墓誌銘》所記，季京、
季德、季道當爲昀、畋、畹三人字。

作《監中暮歸》詩。

> 監中暮歸　時廣帥進鱷魚，放之潞河，滿林木皆梟鳴，日夜
> 不止，己亥歲也
>
> > 扶桑銅柱若爲標，南望兵氣久未銷。
> > 秋水漲河初放鱷，晚煙籠樹盡鳴梟。
> > 枕戈未睹棲於越，舞羽曾聞格有苗。
> > 河北諸侯總戎翰，好宣忠力佐皇朝。

「皇」，補遺本、汪本同，四部叢刊本、曹溶看本、陸本作「王」。

正月，王冕（1287～1359）卒，年七十三。十二月，成遵卒。
黃中玉（？～1359）遇害。貝瓊《清江文集》卷八《江山尉中玉先生黃公哀辭》：
「橋李黃公中玉者，平山先生之子，比玉先生之弟也。博學強記，東南之士咸推之。以
父蔭授江山縣尉。時海內鼎沸，詔徙行臺於紹興，以控制閩越。至正丁酉，大夫擢公爲
參謀，統鄉兵，守衢婺。越二年，城陷，遇害，一門十三人俱沒。長子孟輔出而僅免。
嗚呼！先生之忠烈固無愧於古矣。余於先生爲鄉人，且早從其叔父次山公遊，故述辭而
哀之。」

是歲，二月，詔孛羅帖木兒鎮大同，領大都督兵農司，民不勝
其擾。三月壬戌，定科舉流寓人員名額。五月，察罕帖木兒請八月
鄉試河南舉人及避兵儒士。八月，察罕帖木兒爲河南行省平章政事。
九月，以御酒、龍衣賜張士誠，徵海運糧。十二月，成遵、趙中爲
太子誣以贓罪，杖殺之。陳友諒自稱漢王。是歲起，兩都巡幸結束。

公元 1360 年（元順帝妥懽帖木兒至正二十年　庚子）　**七十四歲**

元日，作《庚子元日早朝大明殿小飲自述》詩。

> 庚子元日早朝大明殿小飲自述
>
> 　玉殿齊班對正衙，退朝冠蓋滿京華。
>
> 　青天徹曉無雲氣，黃道回春轉日車。
>
> 　閒染綵毫題帖子，喜將綠酒泛椒花。
>
> 　老身只待承平了，攜取來書問故家。

「京」，補遺本、曹溶看本、陸本、汪本同，四部叢刊本作「東」，亦通。

正月乙卯，耒作為考試官國子祭酒與眾官上奏會試舉人之事，添五會試名額。

　　《元史・順帝紀》：「（至正二十年正月）乙卯，會試舉人，知貢舉平章政事八都麻失里、同知貢舉翰林學士承旨李好文、禮部尚書許從宗、考試官國子祭酒張耒、同考官太常博士傅亨等奏：『舊例，各處鄉試舉人，三年一次，取三百名，會試取一百名。今歲鄉試所取，比前數少，止有八十八名，會試三分內取一分，合取三十名，如於三十名之外，添取五名為誼。』從之。」

作《至正庚子國子監貢試題名記》。

> 至正庚□國子□貢試□名記　張耒撰　當是至正二十年庚子
>
> 蒙古
>
> 　五兒字達道　虎都帖木兒字文博，乃蠻　脫穎溥化字元善，阿羅納
>
> 　脫歡字□顏，乃蠻　溥顏帖木兒字仲淵，亦乞列　必禮圖字善道，乃
>
> 蠻
>
> 色目
>
> 　仲保字□□，畏兀　當閭字存善，康里　普顏不花字□□，唐兀　康
>
> 　□□□□，□□　壽山字□□，畏兀　伯顏字希古，哈□
>
> 漢人
>
> 　郭永錫□□□□□　張鳴鶴□□□□□　王德芳□□□□□　楚

　　□□□□□□　李志仁□□□□　孔□□□□□□

蒙古

李羅帖木兒□□□□　關奴字視遠，□里吉歹　定住字□□，□□
兒多　布鷥吉歹字□□，□烈歹

色目

□□理字□□，□□　同同字□□，唐兀　□□□□□□　法達
忽剌字彥德，賽易

漢人

余植字士文，寧州　蒙大舉字子高，□安　□□□□□□　李
以約字景升，鄢陵　□□□□□□　王宗仁□□□□　劉興□
□□□□　王升□□□□

　　案：此記存清抄本，現藏中國國家圖書館。後被影印收入《北京圖
　　　　書館古籍珍本叢刊》，惜缺字過多。

歲末，作《蛻菴歲晏百憂薰心排遣以詩乃作五首》詩。

　　蛻菴歲晏百憂薰心排遣以詩乃作五首

　　　開歲七十五，故園猶未歸。看從今以後，知復是邪非。
　　　星斗天垂象，龍蛇地發機。邊聲近稍息，一醉典春衣。

　　　小小新齋閣，溫溫舊罷甊。精神全藉酒，筋力半支藤。
　　　蟄豸深坯戶，冥鴻巧避矰。蒙頭衲被底，何異在家僧。

　　　世路正如棘，吾生猶繫鞄。詩人歌蟋蟀，軍士歎蟓蛸。
　　　無地營家食，何心解客嘲。山林徒在眼，難覓一枝巢。

　　　書舍如僧舍，心閒與靜宜。寫多禿兔穎，藏久蚨貂皮。
　　　宦蹟年勞見，生涯日曆知。未應同與俊，肯負沃洲期。

　　　久悟無生法，從容與化遷。機忘樽俯仰，道悟蜜中邊。
　　　宇縣猶多壘，干戈已十年。吾惟待其定，歸種故山田。

　　「薰心」，《草堂雅集》卷六作「薰心」。「作」，補遺本、汪本同，四
部叢刊本、曹溶看本、陸本作「得」。「看從今」，補遺本、四部叢刊
本、汪本同，曹溶看本、陸本作「自從今」。「與俊」，補遺本、四部

叢刊本、汪本同，曹溶看本、陸本作「俗役」。「無生法」，補遺本、曹溶看本、陸本、汪本同，四部叢刊本作「無生說」。

是歲，正月壬子，危素爲參知政事。乙卯，會試舉人。三月甲午，廷試進士三十五人，賜買住、魏元禮進士及第。壬子，搠思監爲中書右丞相。五月，陳友諒殺徐壽輝，自立爲皇帝，國號大漢。張士誠海運糧十一萬石至京師。六月，詔察罕帖木兒與孛羅帖木兒部將不得互相越境。此後，二人爭奪冀寧等地內鬥。

公元 1361 年（元順帝妥懽帖木兒至正二十一年　辛丑）**七十五歲**

以太常博士身份，與危素上議朱松（朱熹之父）**謚號。**

明鄭眞《滎陽外史集》卷四十五有《宋故光祿大夫建安郡開國朱公神道碑銘》：「有至正辛丑，閩憲請謚南宮。太常博士河東張耒、臨川危素議曰：『立人之朝，風節彌高，晚安祠祿，不慕浮榮。篤生令子，爲千萬世儒學之宗，宜褒贈以宣文化，請謚曰獻靖。』而天官定爲公爵，遂封越國公。」

此年之前，已任翰林侍講學士（從二品）**。**

《式古堂書畫彙考》卷十：「文忠公墨蹟多散落人世，然此卷題識觀玩者亦多先輩，皆物故殆盡。今存者特張君仲舉，官至侍講。蓋侍講嘗學於仇仁近先生，而此卷則先生舊藏也，展卷之際，感念存歿，爲之慨然。至正二十一年冬十有一月，遂昌鄭元祐識。行書。」

至遲此年，為翰林學士承旨（從一品）**。**

作《授鉞》詩。

《南村輟耕錄》卷十五：「此至正辛丑間，張蛻菴承旨耒在都下，寄浙省周玉坡參政伯琦詩也。夫翰苑詞臣而寓言如此，則感時之意，從可知矣。」《西湖遊覽志餘》卷六亦載此事。

授鉞

　　　天子臨軒授鉞頻，東南何處不紅巾。

　　　鐵衣遠道三軍老，白骨中原萬鬼新。

　　　烈士精靈虹貫日，仙家談笑海揚塵。

　　　只將滿眼淒涼淚，哭盡平生幾故人。

詩題，《元詩體要》卷十一作「述時事」。「精靈」，《元詩體要》卷十
一作「精誠」。

《善惠之碑》或作於此年。

　　　《元史·宦者·朴不花傳》：「至正十八年，京師大饑疫。……至
二十年四月，……（朴不花）又於大悲寺修水陸大會三晝夜，凡居民
病者與之藥，不能喪者給之棺。翰林學士承旨張翥爲文頌其事，曰《善
惠之碑》。」又，清徐乾學《資治通鑑後編》卷一百七十八亦有記載。

　　　十月，林泉生卒，年六十三。其家人欲往京師向翥乞作《墓誌
銘》，不成行。吳海《聞過齋集》卷五《元故翰林直學士林公墓誌銘》：「至正二十一
年冬十月丙申以疾終，年六十有三。……先公歿時，子瑚兄弟圖葬事，將走京師，乞銘
於中書潞國張公，今既不及。」

　　　是歲，四月，察罕帖木兒遣其子往京師貢糧，皇太子親與定約。
十月，察罕帖木兒爲中書平章政事。十月，在大都的曾堅、危素爲
《四明洞天丹山圖詠集》作序。

公元 1362 年（元順帝妥懽帖木兒至正二十二年　壬寅）七十六歲

元日，作《元日靈臺官以初四日己酉時享遂以歲除日受誓於中書乃免朝賀紀詩八韻》詩。

　　案：詩云「扈鳴更曆正，龍集轉寅杓」，至正時期僅至正十年、二
　　　　十二年爲寅年，又云「有待寬書下，行看戰甲銷」，當爲至正
　　　　十一年以後作。又，至正十年春，張翥正在泉州「臥疾度歲」，
　　　　故此詩作於是年無疑。

　　　元日靈臺官以初四日己酉時享遂以歲除日受誓於中書乃免朝
　　　賀紀詩八韻

清廟當春享，彤庭放早朝。鳥鳴更曆正，龍集轉寅杓。
瑞日開黃道，卿雲映絳霄。八方周象譯，九奏舜簫韶。
爐燠香生術，杯紅酒泛椒。新符鬱壘換，候琯女夷調。
有待寬書下，行看戰甲銷。衰年今可引，歸老故山樵。

「享」，補遺本、四部叢刊本、陸本、汪本同，曹溶看本作「富」。
六月，忠襄王察罕帖木兒被刺。

作《寄野菴察罕平章》詩。

《元史·順帝紀》：「（至正二十二年六月）田豐及王士誠刺殺察
罕帖木兒。……追封忠襄王。」又，《元史·察罕帖木兒傳》：「（至正
二十一年）八月，……攻圍濟南三月，城乃下。召拜中書平章政事、
知河南山東河南行樞密院事，陝西行臺中丞如故。」

又，據《元史·察罕帖木兒傳》，至正二十二年，山東唯有益都
未平。據《元史·地理志》，臨淄在至正十五年以前隸屬益都，此時
不在益都之屬，故在至正二十二年，臨淄已平。此詩約作於此時。

寄野菴察罕平章　時攻淄鄲
聖主中興大業難，元戎報國寸心丹。
軍中諸將驚韓信，天下蒼生望謝安。
露布北來兵氣盛，樓船南渡海波寒。
擬將舊直詞林筆，細傳成功後世看。

「露布」，《元詩體要》卷十二作「羽檄」。「盛」，《元詩體要》卷十
二作「肅」。「渡」，《元詩體要》卷十二作「下」。「擬將舊直詞林筆」，
《元詩體要》卷十二作「老臣擬直詞林筆」。案：此詩《元詩選》題
作《挽忠襄王》，本集均題作《寄野菴察罕平章》且題下注「時攻淄
鄲」。

《大軍下濟南》詩或作於此時。

《元史·察罕帖木兒傳》：「（至正）十九年，察罕帖木兒圖復汴
梁，……不旬日，河南悉定，獻捷京師。」

大軍下濟南

總戎十萬鐵鶻子，殲賊一雙金僕姑。

白日照開華不注，亂雲飛盡大明湖。

數年父老回生氣，千里山川復舊圖。

已喜武威平汴克，可傾東海洗兵無。

同時，朝廷復起察罕帖木兒之甥擴廓帖木兒爲中書平章政事、皇太子詹事，仍便宜行事，襲總其父兵。

《元史‧察罕帖木兒傳》：「於是復起擴廓帖木兒，拜銀青榮祿大夫、太尉、中書平章政事、知樞密院事、皇太子詹事、仍便宜行事，襲總其父兵。……擴廓帖木兒本察罕帖木兒之甥，自幼養以爲子。」

秋，廉子祐回金陵探家，並參加本年秋金陵鄉試。

翥作《廉子祐歸省金陵且就秋試作三絕句贈別》詩三首。

廉子祐歸省金陵且就秋試作三絕句贈別

故園歸思浩無涯，更聽啼鵑惱客懷。

後夜月明應有夢，先隨潮水過秦淮。

陌上吹衣柳絮風，憑君莫放酒杯空。

歸舟總是傷情處，一路殘山剩水中。

自昔高科取俊英，布衣徒步到公卿。

廟堂今日求材切，正待諸君策治平。

九月二十九，作《寄四明定水見心復禪師》詩，請廉子祐帶給釋來復。

寄四明定水見心復禪師

聞公近住慈谿寺，今是璘師第幾鐙。

笑我在前圖作佛，只今投老欲依僧。

瓶中舍利藏來長，窗外獼猴喚得膺。

會拂塵衣上方去，天香樹底乞花蒸。

詩題，《蛻游集》卷上作「奉寄定水見心禪師方丈」。

翥頓首上記

見心堂頭大禪師靜侍：別來恍不憶歲月，清遠乞天香詩，方審主席定水，因斯觸也，便令馳想不能忘。僕耄矣，紅塵之緣，綺語之業，一得結局，仍還黃虀之債。興懷湖山，載飢載渴，來歲成歸，即附海舶矣。《蒲安》之文，適在病中，姑寬懶者，憲詩一首，先用展限，少間當捉筆也。歲行暮，山風多寒，禪餘千萬爲宗門珍重。不宣。九月廿九日，方內張鶄頓首上記。(續脩四庫全書《滄游集》卷上)

鶄妻卒。鶄有《悼亡日》詩。

案：作於至正二十三年《蒲菴記》附記：「區區衰年近八十，去歲山妻去逝。」

悼亡日　是早題畫梅一幅，夜夢梅花盛開有感

剪水裁雲聚作花，直教顏色冠芳菲。

一雙仙子玉條脫，三尺天家香辟邪。

南國好音將過鴈，西牖殘夢已啼鴉。

年年此日傷春思，忍把歸心賦落霞。

《題高彥敬山邨隱居圖》作於此年前後。

案：《題高彥敬山邨隱居圖》署「至正昭陽赤奮若夏五月之望」，「昭陽」爲十天干之「癸」的別稱，「赤奮若」爲丑、寅之別稱，然至正無「癸丑」之年。

又案：《題高彥敬山邨隱居圖》：「先生鶄師也。大德初元，年甫十有一，常從先生出入諸公間，今逾再世矣。」大德初元（1297），再世當爲1357年，又考之干支，則此文當作於此年前後。

本年，薛毅夫至京師，請危素作《有元故薛君思永配倪夫人墓銘》，

鶄作《藏經銘》。

危素《有元故薛君思永配倪夫人墓銘》（《鐵網珊瑚》卷九）：「至正十年夏，玄儒薛毅夫葬其太夫人倪氏於信之貴溪縣同耕原，其友

臨川危素方在史館，屬其外兄桂孟書其世出言行，欲來求銘。居亡何，汝潁盜起，道路隔絕。後一紀，始克航海至京師，以請於素，不敢辭也。」

又，周伯琦《贈鶴齋詩序》：「鶴齋隱居，浮海至京師，爲其母夫人請銘於中書參政危君。既得之，復來吳謁予，求篆題，並以翰林承旨張君所作《藏經銘》求予古篆，恐難其書，賦三絕句以請。」

藏經銘

《北斗道經》一卷，故太史清江范檉所書。貴溪薛毅夫奉而藏諸禹穴，承母命也。母倪姓，諱瑞眞，世大族，生於至元之庚寅。生之日，父母睹北斗光燭於庭，故長而事斗極虔，日誦其經。年十九，歸薛昶氏。昶蚤卒，時甫三十，孀居卓偉，訓毅夫詩、禮，爲名士。毅夫一旦過清江，謁太史，告以故，太史爲書《經》。俾之歸，遺母。母得之，喜曰：「比夜夢汝軹經我側，今致此，非偶然也。吾百年後，可藏諸名山，愼勿忘。」曁毅夫太母喪，乃上會稽詣禹穴藏經，已而屬太史氏襄陽張養爲之銘。銘曰：

禹陵之洞陽明虛，中闟玉匱遁甲圖。孰敢窺之神所徂，有孝子毅精誠孚。斗七宿經史檉書，玄默攝提月在如。養也作銘古作模，歷厥世百文弗渝，後有道者其微且。

（文淵閣四庫全書《珊瑚木難》卷七）〔註30〕

三月，詔迺賢任翰林國史院編修官赴大都。明朱右《白雲稿》卷五《送郭囉洛易之赴國史編修序》：「至正二十二年三月七日，中書省臣上奏，以處士布達等四人爲翰林國史院編修官，郭囉洛氏納新易之寔在第三。」

是歲，三月，孛羅帖木兒爲中書平章政事，位第一。五月辛未，明玉珍自稱隴蜀王。六月，察罕帖木兒被刺，其子擴廓帖木兒爲總兵。

〔註30〕又見於文淵閣四庫全書《趙氏鐵網珊瑚》卷九、文淵閣四庫全書《式古堂書畫彙考》卷十九。

公元 1363 年（元順帝妥懽帖木兒至正二十三年 癸卯）**七十七歲**

三月，廉子祐經過漂流耽羅幾近半年後，經太倉至杭州，將張翥之詩與信轉交釋來復。

五月十五，釋來復覆信張翥並簡危素。信中除和張翥詩一首外，另作四首表達久別的思念，同時以詩注的形式回憶了張翥至正六年來錢塘刊史時二人的交往，及廉子祐由京南返的波折。

《滄游集》卷上《詩五章寄上蛻菴承旨先生，首章奉達來詩之貺，其四章少寓久別之懷，並簡太僕中書先生一笑》：

> 白頭儺校居天祿，喜有青藜代夜燈。
> 玉撿每留蓬島客，貝書時問竺乾僧。
> 醉傾竹葉愁還破，夢熟梅花喚莫膺。
> 見說鰲峰最高處，人間三伏少炎蒸。
>
> 東觀蓬萊紫翠間，五雲飛遠珮珊珊。
> 宮中夜賜金蓮炬，天上晨超玉筍班。
> 老去乞身思故里，閒來隨意宿禪關。
> 苕花溪水春如酒，何日誅茅傍碧灣。
>
> 使者南歸海上城，遠煩慰藉見交情。
> 書來於越知強健，詩到耽羅識姓名。
> 綺語紅塵忘結習，黃麻紫誥被恩榮。
> 傳經更憶危夫子，一代斯文屬老成。
>
> 至正壬寅秋，友人廉子祐自京南還，蒙先生惠書與詩。適海舶爲風所漂，留耽羅國幾半載，好事者多發槭傳誦之。癸卯春，又三月，舟還自吳之太倉，始領來書。有所謂「紅塵之緣，綺語之業，一得結局，仍還黃蘗之債」，讀之令人慨然。
>
> 聞說天兵動朔方，中興諸將總賢良。
> 光依日月瞻黃道，陣擁風雲接太行。
> 滄海無虞通餽餉，清河有頌見禎祥。
> 太平補袞須公等，老我山中薜荔裳。

靈鷲峯前憶共遊，天香滿樹桂花秋。
磨崖每讀新題字，買地曾爲舊隱謀。
薜荔涼雲依古寺，夫容明月放行舟。
湖山會有重來約，白石青松老一丘。

先生往年嘗奉旨刊《遼》、《金》、《宋》三史，留錢塘。一
日詣上竺北峯行香，會僕靈隱，煮茶冷泉亭上，讀歐陽承
旨贈僕之文。因謂僕曰：「吾與歐陽公同朝，相知最厚。公
嘗議事館閣，吾辨拆甚至。公大喜，執吾手曰：『斯文屬諸
子矣！斯文屬諸子矣！』」繼與僕同登蓮花峯，訪舊所題名
處，且爲賦《豫章山房》詩，竟日乃還。臨別謂曰：「吾此
行，當乞浙省提學之除，欲營菟裘，爲歸老武康之計，期
與師往來山湖間，弟未知能遂此願否？」僕佩服斯言有年
矣。兵興以來，南北梗絕，山雲海月，不能無感今懷昔之
私也，故繫諸篇末云。至正癸卯五月望日來復識。

五月，迺賢到達大都，爲翰林國史院編修官。爲釋來復求《蒲菴記》
〔註31〕。

《贈馬易之》詩或作於此時。

《滄游集》卷下《蒲菴記》附記：「易之編修來承索《蒲菴記》。」

贈馬易之

萬里征帆度越江，茲遊奇觀世無雙。
海中蓬島金銀闕，天上玉堂雲霧窗。
吾道政須求柱石，詩壇從此避旌幢。
青林白谷歸休地，懷抱因君得暫降。

九月九日之前，翥以翰林學士承旨致仕。階榮祿大夫。依舊帶職參與朝政。

《蒲菴記》附記：「區區衰年近八十，……雖與致仕而帶職仍故，
凡製作典章，大事論議，獨許以聞。」又，《元史》本傳：「以翰林學

〔註31〕據楊鐮《元代文學編年史》、陳高華《元代詩人迺賢生平事蹟考》。

士承旨致仕，階榮祿大夫。」

　　案：據《元史》本傳可知，這是翥第一次致仕，此次致仕發生在孛
　　　　羅帖木兒入京師前。

九月九日，作《蒲菴記》文，隨文有書信一封。

蒲菴記

　　予性澹夷，樂山林水石之勝，故喜與禪僧道人遊，至其館輒
　　如歸，人亦弗我厭也。自去淮海，居燕代，雖僕僕車轍馬
　　足間，退則蕭然若忘，不知年歲之不足。回思方外，故人
　　亦辟亂遠引，莫得而詢焉。益知雲鶴之所如，非塵人之能
　　物色蹤迹也。

　　見心復公自慈谿定水寺遺我以書，且微記其所住蒲菴。一
　　老道人，歲晏得菴數椽，吾意其簾以蒲，席以蒲，覆以蒲，
　　不啻足矣，而復名菴以蒲，不幾贅耶？且蒲生陂澤間，根
　　荄泥淤，水鳥攸居，春茁可葅，秋乾可芴，其在植物亦賤
　　而污者也。師乃珍重如此，抑又奚歟？大氐佛法萬通，何
　　往非道？結蒲禪坐，何事非學？一草之微，何物非寓？彼
　　梗楠之材，可以構廈。芝蘭之芳，可以服玩。顧不取彼，
　　若曰把茅可以蓋頭，枝竹可爲精藍，則此蒲菴含容法界爲
　　有餘矣。姚江越溪，蒲生漫漫，風敗雨漏，隨補其處，我
　　伐易獲，用莫勝。既視夫崇飾土木，眩曜丹臒，爲世假觀
　　者，惡足與談蒲之妙用耶？至正廿又三年九月九日，蛻菴
　　退叟張翥書於京居之虛遊軒。（續脩四庫全書《蛻游集》卷下）

翥頓首上記

　　見心堂頭大禪師靜侍：易之編修來，承索《蒲菴記》，竊料
　　必非陳睦州織屨養親案，故別撰一說納去，可，則用之，
　　謬，請示旨發回，別作一通，庶不爲山中識者誚耳。佳製
　　五首，和拙韻者置之，和後四首。非言詩也，特以申謝焉。
　　《蛻》蕙多佳語，足見禪餘游意，不無清羨。區區以爲，方
　　外高潔，尋常仕宦皆可鄙棄。集中覺送人之官之作頗多，

下意似欲撥去此等數篇，但登高望遠，水邊林下，高僧亞
視，追逐雲月，視功利爲何等物，而可污吾齒舌哉？妄意
及此，未審定見謂何如也，是以未敢僭序。圓相讚語描畫
非眞，有污繪素。區區衰年近八十，去歲山妻去世，今惟
一女，甫十一歲，形影零丁，雖與致仕而帶職仍故。凡制
作、典章、大事、議論，獨許與聞，乃不得飄然南歸首業
山中。虛名絆人，不滿，公一笑也。未卜晤對，不敢以塵
俗起居爲禱。無任傾企之至。不宣。張翥頓首上記。（續脩
四庫全書《澹游集》卷下）

和來復之四詩，即《教墨至辱示以佳製五章展玩欽挹輒次高韻首章以僕元韻而置之其四章錄似印可老蛻張翥上蒲菴禪師靜侍》詩四首。

案：此四詩《蛻菴集》題作《寄見心上人次韻》、《答復見心見寄》
　　二題四首。

寄見心上人次韻

　　自入赤墀青瑣間，舊遊禪侶亦闌珊。
　　青山只憶招提境，白首初辭供奉班。
　　馬爲空羣猶蹻蹻，鳥能求友自關關。
　　終期一舸相尋去，知在姚溪第幾灣。

　　見說錢塘別築城，淒涼風景若爲情。
　　湖堤柳盡曾遊路，石壁苔荒舊刻名。
　　老我無能如燭武，何人可飲勝公榮。
　　沃洲勝會還容續，即擬山中隱計成。

　　古刹鐘魚振一方，山中禪伯法中良。
　　蒲編金地菴十笏，墨寫石厓詩數行。
　　龍公聽講能變化，魔鬼避呪無災祥。
　　遙知定起佛鐙外，童子蒸花香滿裳。

答復見心見寄　時居定水天香室

　　蓮花峰下天香樹，吹老西風幾度秋。

僧寶師真洪覺範，詩窮我亦孟參謀。

文章宇宙千年事，身世江湖萬里舟。

甚欲相期石橋路，更須同訪羽人丘。

作《余京居廿稔始置屋靈椿坊衰老畏寒始製青鼠袍且久乏馬始作一車出入皆賦詩自志》詩三首。

予京居廿稔始置屋靈椿坊衰老畏寒始製青鼠袍且久乏馬始作一車出入皆賦詩自志

五槐濃綠陰門前，東宇西房數十椽。

不是衰翁買屋住，歸時留作顧船錢。

青鼠毛衣可禦寒，禿衿空襄放身寬。

遮頭更著狐皮帽，好箇儂家老契丹。

淺淺輕車穩便休，何須高蓋與華輈。

短轅不作王丞相，下澤聊為馬少游。

「空襄」，補遺本、曹溶看本、汪本同，四部叢刊本、陸本作「窄襄」。

《圭塘小藁序》約作於是年。

案：《圭塘小藁序》署：「契生翰林學士承旨、榮祿大夫、知制誥兼修國史張耒書。」止言承旨、榮祿大夫，不言潞國，當是在致仕以後，封潞國公之前。

《圭塘小藁》序

昔人論文章，貴有館閣之氣。所謂館閣，非必掞藻於青瑣石渠之上，揮翰於高文大冊之間，在於爾雅深厚、金渾玉潤，儼若聲色之不動，而薰然以和，油然以長。視夫滯澀怪僻，枯寒褊迫，至於刻畫而細，放逸而豪，以為能事者，徑庭殊矣。故識者往往以是驗觀其人之所到，有足徵焉。

本朝自至元、大德以訖於今，諸公輩出，文體一變，掃除儷偶迂腐之語，不復置舌端。作者非簡古不措筆，學者非簡古不取法，讀者非簡古不屬目，此其風聲氣習，豈特起前代之衰？而國紀世教維持悠久，以化成天下者，實有係

乎此也。集賢大學士兼太子左諭德安陽許公，自進士高等，
接武而上，歷侍從，膺藩宣，典內制，佐政府，出入中外
四十有餘年，其牢籠萬象，漱滌芳潤，總攬山川之勝，與夫
推之經濟當世者，何莫非學？其所取數多，其用物弘，故
其所發筆力，有莫窺其倪，而邐迤曲折，且不它蹈，則夫
冠冕佩玉之氣象，信得而徵之矣。公大全集凡若干卷，簡
而出之，為詩、文、樂府若干，公題曰《圭塘小藁》。圭塘，
安陽別業也，公之所休逸也，花竹、泉石、超然林壑，故
以命編云。契生翰林學士承旨、榮祿大夫、知制誥兼修國
史張翥書。(文淵閣四庫全書本《中州名賢文表》卷二十二)

太平卒，年六十三。

作《悼太平公》詩。

《元史·太平傳》：「皇太子惡其既去而復留也。二十三年，令御
史大夫普化劾太平故違上命，當正其罪。詔乃悉拘所授宣命及所賜
物，俾往陝西之西居焉。搠思監因誣奏之，安置土蕃，尋遣使者逼令
自裁。太平至東勝，賦詩一篇，自殺，年六十三。二十七年，監察御
史辯其非辜，請加褒贈。」

悼太平公

晨起灑杯酒，北風吹淚痕。豈徒歌楚些，端欲叫天閽。
碧化萇弘血，春歸杜宇魂。千秋一史筆，誰辨逐臣冤。

應陶宗儒之請，作《陶府君墓誌銘》。

《宋學士文集》卷十八《陶府君墓誌銘跋尾》：「右上虞典史《陶
府君墓誌銘》一通。翰林學士承旨河東張翥仲舉造、集賢大學士滕國
公保定張壎公弁篆題。蓋府君之子、江浙行樞密院管勾漢生之所請，
其時則至正二十三年。」案：陶宗儒，字漢生，為陶宗儀弟。

是歲，正月壬寅朔，明玉珍僭號稱帝，建國號曰大夏。三月丁未，
廷試進士六十二人，賜寶寶、楊輗進士及第。六月甲寅，詔受江南下

第及後期舉人爲路、府、州儒學教授。八月丁酉朔，蓬州守將劉遄大敗日本賊寇，延續六年之久的倭人連寇瀕海郡縣至是遂平。陳友諒爲朱元璋所敗，死。九月，張士誠自稱吳王，不與元廷海運。十月乙酉，安置太平於陝西之西，拘收宣命御賜等物。孛羅帖木兒將爲擴廓帖木兒所擒，其軍由是不振。是歲，御史大夫老的沙等得罪皇太子，皆奔大同孛羅帖木兒軍中。迺賢《河朔訪古記》成編。

九、君臣大義，身死國亡（元順帝妥懽帖木兒至正二十四年甲辰～元順帝妥懽帖木兒至正二十八年戊申，1364～1368，七十八歲～八十二歲）

公元 1364 年（元順帝妥懽帖木兒至正二十四年　甲辰）**七十八歲**

三月，皇太子與丞相搠思監謀削奪孛羅帖木兒官爵，分其兵。令翥草詔。

翥不從，言「此大事，非見主上不敢為」。

後危素爲之草詔，險失性命。

　　權衡《庚申外史》卷二：「初，削孛羅帖木兒兵權時，搠思監召承旨張翥草詔。辭曰：『此大事，非見主上不敢爲之。』乃更召參政危素就相府客位草之。」

　　《新元史》卷二百十一《張翥傳》：「丞相搠思監削奪孛羅帖木兒兵權，使翥草詔，翥曰：『此大事，非親見主上不能筆。』左右或勸之，翥曰：『吾臂可斷，筆不能操也。』乃命危素就相府草之。及孛羅帖木兒至京師，召素責之曰：『詔從天子出，相府豈草詔地乎？』素不能答。孛羅帖木兒欲斬之，左右營救，始免焉。」清徐乾學《資治通鑑後編》、清畢沅《續資治通鑑》同。

四月二十一，已經是慶元錄事的陳高因不慣官場風氣，辭官還家，自號「不繫舟漁」，邀翥作詩或文，並請翥代其向危素索文。

翥作《不繫舟漁者陳子上自號》詩。

危素作《不繫舟漁者序》。

　　陳高《與張仲舉祭酒書》：「四月廿一日，門生陳高……今五十矣，……因自號『不繫舟漁』。……閣下倘取其志而略其迂，賜以詩若文以張大其說，得以稱其名焉，幸甚！幸甚！參政危公不敢以書請，願假閣下之重，並求一文。」

陳高（1315～1367），字子上，自號不繫舟漁者，溫州（今屬浙江）人。至正十四年進士，與危素、歐陽玄諸人均有交往。有《不繫舟漁集》傳世。生平事蹟見揭汯《陳子上先生墓誌銘》。

> 不繫舟漁者陳子上自號
>
> 本來無繫亦無舟，隨意江湖可漫游。
> 縱遣西風吹水外，不妨明月爛沙頭。
> 人情平地波瀾起，身世虛空日夜浮。
> 安得從君歸把釣，只將吾道付滄洲。

七月，孛羅帖木兒入京師。危素以草詔之故，出爲嶺北行省左丞。《元史·逆臣·孛羅帖木兒傳》：「(至正二十四年) 七月，孛羅帖木兒率兵，與禿堅帖木兒、老的沙等犯闕，京師震駭。」宋濂《故翰林侍講學士中順大夫知制誥同脩國史危公新墓碑銘》：「孛羅帖木兒入相，出爲嶺北等處行中書省左丞。明年，棄官，居房山。」案：《元史》本傳：「孛羅帖木兒入京師也，令素草詔，削奪擴廓帖木兒官爵，且發兵討之，素毅然不從。左右或勸之，素曰：『吾臂可斷，筆不能操也。』天子知其意不可奪，乃命他學士爲之。孛羅帖木兒雖知之，亦不以爲怨也。」誤。

作《自誓》詩。

> 案：顧嗣立認爲此首詩與《七月廿九日》詩是一時之作，考其文意，此首當是孛羅帖木兒初入京師之辭，《七月廿九日》則是孛羅帖木兒被誅殺之後之辭。

> 自誓
>
> 此醜行當殛，吾身敢顧危。要看奪笏處，正是結纓時。
> 萬古千秋在，皇天后土知。寸心三尺簡，肯愧史臣詞。

江浙行省杜參政之京師，將張耒《蒲菴記》帶給來復。

秋，迺賢祭祀奉旨祭祀南鎭、南嶽、南海。

耒請迺賢將《詩四韻寄簡定水見心禪師寶林別峯法師》、《近詩三首紙尾有餘因以附上》詩帶給釋來復，並請釋來復爲釋大梓

作《衡山福嚴寺二十詠》。蒼亦有《衡山福嚴寺二十三題為梓上人賦》。

林弼《林登州集》卷九《馬翰林易之使歸序》：「馬君易之，自弱冠知名胄監中，為詩有法，善以長篇述事，誠所謂詩史者。中歲隱四明山，朝廷以翰林編修官起之。至正甲辰，天子以天下多故，懼嶽鎮海瀆之祀久曠厥典，遣使函香四出，代致其敬。君實銜命祀南鎮、南嶽、南海。」

案：《詩四韻寄簡定水見心禪師寶林別峯法師》，《蛻菴集》題為《寄寶林同別峰定水復見心》；《近詩三首紙尾有餘因以附上》詩，為《寄題寬雲海愛松軒二首》二首及《野望》一首。其中《寄題寬雲海愛松軒二首》其二《蛻菴集》作《愛松亭為嘉禾三塔寺寬雲海賦》；其一及《野望》，《蛻菴集》失收。

寄寶林同別峰定水復見心
　　寶林老子虎耽耽，定水道人蒲作菴。
　　歸老尚須游越絕，尋師先儳到精藍。
　　娥江碑在當重讀，禹穴書藏會一探。
　　我亦三生學環者，定從佳處結禪龕。

寄題寬雲海愛松軒二首（其一）
　　何年禪伯呪降籠，遣作庭前數十松。
　　根來厚地石穿裂，聲落太湖風唱喁。
　　時到游僧常挂笠，慣栖野鶴不驚鍾。
　　知師見月多詩思，吟繞踈陰獨倚筇。

（其二）愛松亭為嘉禾三塔寺寬雲海賦
　　橋李灣頭窣堵波，種來松樹繞庭多。
　　碧粘老甲渾苔蘚，黑入秋陰半薜蘿。
　　古剎每聞龍捨宅，神僧常似鳥為窠。
　　無人倣得韋侯筆，與作山堂障子歌。

野望

南城久不到,聊暇復幽尋。野日荒荒晚,終風曀曀陰。

燒延逃屋盡,雨陷坏墳深。惟有傷時淚,因之又滿襟。

壽頓首上記

定水見心堂頭大禪師靜侍:杜大參來,辱書既,無任愧感,已撰《蒲安銘》呈上。僕以虛名受實,苦太樸遠邇後,一切文債皆當役,不無靠損,堆几積床,送迎兼之,故所作多不精專,此可發大方家一笑也。杜公戒行,始遣人送到,五會要語亦未及徧閱。此等文字,又不容率爾下筆,姑用展限。此間不時有南使,當奉納也。前書曾及《天鏡》詩,換第五六句作「烏巢老樹生雛久,猿下空岩嘯侶遲。」庶於天衣殊,切望公寫去,此公換之,乃幸。衡嶽釋北山大梓,清才苦行而喜詩,有《福嚴寺》諸題,馬易之行,並題已寄上,乞大手詠之,將入山刊板,僕爲申請,便風希付下爲禱。北山,亦方外勝緣也。草此,惟心亮不備。壽頓首上記。(續脩四庫全書《滄游集》卷上)

此後,壽作《答馬易之編脩病中作》詩。

答馬易之編脩病中作

喜君近疾已平安,楮帳縣衾且避寒。

飯顆任嘲詩骨瘦,糟丘能遣客懷寬。

天街鐘動朝初罷,海國書回歲又殘。

忽訝衰翁不相問,北風吹雪正漫漫。

約於此年,壽被封爲「潞國公」。

《六藝綱目序》署:「至正甲辰冬仲月望日,翰林學士承旨、榮祿大夫、知制誥兼修國史、潞國張壽序。」

十一月十五,作《六藝綱目序》。

《六藝綱目》序

古者教人之法,六藝而已。周官大司徒掌之,六藝通習,故士皆可用。公卿大夫,居則冠冕佩玉,以理朝政。一有

戎事，則出爲將帥，介胄行陳，文武兼舉，而無不得其任者，由教之有方而學之有其素也。六藝今惟書、算是用，人亦罕習。朱文公著《小學》，書特表焉，徒名存爾。四明舒君，隱儒也，纂爲《綱目》，子恭注之，條陳詳解，不啻折旋於儀文之間，詠蹈於音樂之所，司容於賓卿之次，爲範於驅馳之地，可謂明且備矣。

至正癸巳，予以太學博士，考試大都。至秋闈發策，漢人問以六藝，眾皆茫然。叩簾語之，尚弗達，所答遺五得一，舉二外四，終場無全策，第曰「試官困我舉人」而已。蓋以爲兒童之學而易之，不知此成德達材之先務也。

鄞令陳止善橐此乞序，刊行以惠學者，學者能致意此書，按古禮以參今禮，而知其數度損益之宜；按古樂以證今樂，而知律呂旋生之妙；按古書以校今書，而知聲形訓詁之文。射雖禁而弧矢有其方，御雖廢而驂駕有其法，亦所當知也。數則古今一爾。果善乎此，豈非博物之通儒哉！舒君諱天民，號藝風子。恭字自謙，號說齋。至正甲辰冬仲月望日，翰林學士承旨、榮祿大夫、知制誥兼修國史潞國張耆序。

（文淵閣四庫全書本《六藝綱目》卷首）

作《大元贈銀青榮祿大夫江淛等處行中書省平章政事上柱國追封越國公諡榮愍方公神道碑銘》。

大元贈銀青榮祿大夫江淛等處行中書省平章政事上柱國追封越國公諡榮愍方公神道碑銘有序

　　翰林學士承　旨榮祿大夫知　制誥兼脩國史張　耆　撰

　　通奉大夫中書參知政事同知　經筵事提調四方獻言詳定司事危　素　書

　　集賢大學士光祿大夫滕國公張　瓁　篆題

　　至正二十二年二月二十一日，榮祿大夫、江淛等處行中書省右丞方公沒於師。其年六月，江淛行省以事聞於朝，贈銀青榮祿大夫、江淛等處行中書省平章政事、上柱國，追

封越國公，諡榮愍。其幕僚蕭德吉狀公行事，越海來請爲碑表於神道。

惟方氏其先家台之仙居，後徙黃巖靈山鄉塘下里。曾祖天成，贈資善大夫、江淛等處行中書省左丞、上護軍，追封河南郡公；祖宙，贈榮祿大夫、江西等處行中書省平章政事、柱國，追封越國公；考伯奇，贈銀青榮祿大夫、福建等處行中書省平章政事、上柱國，追封越國公。越公通陰陽曆數之說，樂善好施，家隸嘗以小斗出米以予人，公聞，立剖而譴之，人以貧投者必周之。嘗道遇群龜，蹣跚穢坎中，延頸仰望，公巫以版度之出，是夕，夢玄衣人來謝，其潛德多類此。有五子，公其次也，諱國璋，字國璋。生而穎異，越國每捬之，語人曰：「是兒必興吾宗。」既長，狀貌魁偉，力學彊記，有才識。時公上徵須繁且急，越公春秋高，不能任勞事，黃巖爲望州，有司饕沓，苟弗及，苛責不旋踵，公酬應趣辦，未嘗使越公聞也。家素約，乃致力著逐，生業日厚，中外族黨濟其乏，存其孤，歲饑，振其鄉里。而媢公者多嘛之。有王復囚邏卒，夜帥其徒，斧闈入，盡掠公貲而入海。邊海運舟，遇復掠之，千戶德流于實見執。公之弟，今江淛行省平章國珍，乃合族人、鄉丁數百人，斂兵治械，逐而擊之，王就禽，奉德流于實歸。參政朵兒只班以聞，授公仙居丞，人賞各有差。公夙負其才，又官鄉邑，民間利病所素習，剖牒讞獄，聽決精審，民悅吏服。里有貲家失物，疑其宗人，誣告之。公廉得其情，抵告者罪。俗多訟訐，或殺其子指仇家，累歲不能結其案，公博以耳目，得佐謀者一二人，痛治之，嚴示教條，風以衰息。部使者歲再至，諉公錄囚，援律評事，咸適厥宜，人莫敢謁以私。

公既官守，諸弟得服田里，業益富，仇公者憾益深，公躬往諭撫之。比至，則謀者執益逼，度不容居，舉宗入海避之。仇者得計，遂擠公益力。有司來逐公，公得其逐者，

輒禮而歸之，囚以狀籲冤。朝廷遣左丞帖里鐵木爾尉安公，公帥諸弟謝罪，自陳願畢力海漕報朝廷。乃爲立巡防千戶所，即授公兄弟千戶，賜五品服。至正十五年，公護漕抵直沽，號令嚴明，糧舶悉集。有旨升千戶所爲萬戶府，授亞中大夫、上萬戶，佩金符，賜金繫帶一，宴勞以遣之，仍下詔禁止人無得造釁紊漕事。十六年，平江陷，丞相達識貼睦邇檄公總舟師往討之，屆崑山，接戰數十，殺獲甚眾。既而平江來歸歟，乃罷兵還，錄其功，升萬戶府爲防禦運糧義兵都元帥府，即進公通奉大夫，爲都元帥。十七年，有旨錫公襲衣、寶刀、御馬，公倍感激，乃分兵扼溫、台、慶元三郡，以保障海隅。明年，江東畔，兵陷建德，瞰紹興，勢殊鴟張，時南臺移置紹興，內外震動，省臺馳檄旁午，公捍禦多方，寇莫能犯。中原道閉，使臣之往來，海以爲陸，公每具資糧，送迎無闕，凡海舟唯公號是視。前此海道中斷，公遣官從淛省，計未決，而戶部尚書伯顏帖木兒來，命公帥諸弟發船裝糧於平江，公罄力董其役，朝廷賞公，升福建行省參知政事。十八年，升資善大夫、同知行樞密院事，明年，升榮祿大夫、江淛行省右丞。朱□璋侵衢、婺，公計可使招來之，二年始得其情。於是，朝廷遣尚書張昶等來與公會議。至台，將由婺以趨集慶，時苗軍據婺州，其將王保等殺渠帥出奔，過仙居，所□縱剽，昶急與公謀，公曰：「今招安之事垂成，而苗軍忽變，必入吾境，則吾民必見害，而彼聞之，將疑我，懷去就，我請往諭保等，庶亂可弭。」乃引百餘騎至仙居，遣屬僚餽保等酒牢金幣。保陽諾，請約束其軍，□縱剽自如，公重遣人往戒之。是夜二月二十一日也，迨四鼓，保軍圍公營數帀，矢石雨注。公不意其變，帥麾下起力鬭，手殺十數人，而矛中折，遂遇害，同死者若干人。公子明鞏、明敏聞難，起兵來，未至而保等間道出新昌，竟遁免，我軍追弗及。事聞，贈諡褒崇，優於常典。卜以至正二十三年十月二十一

日，葬公湧泉之原。

娶同邑於氏，封越國夫人。子三人，長明鞏，今資善大夫、江淛等處行中書省參知政事，□讀書通兵濃，恭以下士。次明敏，今奉政大夫、江淛等處行樞密院判官，知學有勇力，善騎射。次明偉，今奉議大夫、淛東道宣慰副使、簽都元帥。女三人。庶男二人，德忠、德慶。庶女三人。孫男二人，麟、鳳。

公性□□而慮事縝密，拊士卒皆得其懽心，每議論，必俟群言畢乃擇可否從之。雖貴，登三事於鄉閭，謙抑無矜志，仇者有悔罪來謝，待之如初，此功名之士所以爲公惜也。

乃誌以銘曰：

> 方古受氏，爰自姬周。輒宣中興，方叔壯猷。
> 叔也流澤，覃及後裔。代爲名人，□美厥世。
> 章安之胤，曠墜罔究。肇自越公，實大以茂。
> 篤生榮懋，恢弘英發。鱟拔山聳，鵬摶風烈。
> 大艦千艘，公董漕輸。聲威奮揚，掃跡天吳。
> 皇嘉錫之，重圭疊爵。暨於諸弟，犀聯玉錯。
> 新定陷逆，公護海邦。詔使協謀，致其來降。
> 禓氛忽驚，變作於婺。公仁弗揃，往以善諭。
> 疇謂狡譪，□□我師。倉卒搏戰，身以徇之。
> 功雖不卒，名則不沒。公有令子，克繼其伐。
> 湧泉之原，靈歸孔安。歸若隧碑，過者軾旆。

至正二十四年歲在甲辰，　□　月　□　日建。(一九一六年嘉業堂《台州金石錄》卷十三)

十月二十，劉鶚卒，年七十五。劉玉汝《元故中順大夫海北廣東道肅政廉訪副使劉公墓誌銘》：「(至正)二十四年甲辰九月，詔洞獠作亂。公分兵討之，而贛寇乘間猝至，公自將乘城，命軍將李如璋率兵力戰一月餘，竟以兵少無援而城陷。公被執拘囚至，贛賊將義公所爲，幽於慈雲寺，惟仲子述侍側。公曰：『吾平生志在忠孝，不幸遇執，不能報國，死不瞑目。』公書曰：『生爲元朝臣，死作元朝鬼。忠節既無虧，清風自千古。』公

不食，六日而卒。時十月二十日庚戌也。」劉鶚（1290～1364），字楚奇，永豐（今屬江西）人。官至江西行省參政，守韶州，城陷被俘，絕食而死。有《惟實集》。生平事蹟見劉玉汝《元故中順大夫海北廣東道肅政廉訪副使劉公墓誌銘》、《秘書監志》卷十。

翥作詩挽之：

> 豈爲先生慟，深爲世道哀。衣冠人物盡，鄉國棟梁摧。
> 疑事誰堪質，頹風孰與迴。扁舟丹旐遠，愁上鬱孤臺。
>
> （《惟實集》附錄）

案：詩題，中國國家圖書館藏清勞格校補本《蛻菴集》二卷作《湖海翁天全臨卷傷悼成哀些十章輓者當爲歌之》。

九月二十一，許有壬卒，年七十八。《元史·許有壬傳》：「（至正）二十四年九月二十一日卒，年七十八。」許有壬（1287～1364），字可用，湯陰（今屬河南）人。延祐二年進士，至正二十四年九月二十一卒，年七十八。有《至正集》、《圭塘小稿》、《圭塘欸乃集》。《元史》卷182有傳。十一月二十九，鄭元祐卒，年七十三。蘇大年《遂昌先生鄭君墓誌銘》：「君生於至元二十九年壬辰閏六月六日午時，卒於至正二十四年甲辰十一月二十九日未時，壽七十有三。」唐棣卒，年六十九。

是歲，正月，朱元璋滅陳友諒餘部。三月辛卯，詔削奪孛羅帖木兒官爵，孛羅帖木兒拒命不受。夏四月甲午朔，命擴廓帖木兒討孛羅帖木兒，孛羅帖木兒起兵向闕。搠思監爲孛羅帖木兒所殺。復孛羅帖木兒官爵。七月戊子，孛羅帖木兒等入見帝於宣文閣。八月壬寅，以孛羅帖木兒爲中書右丞相。十月己未，詔皇太子還京師。

公元 1365 年（元順帝妥懽帖木兒至正二十五年 乙巳）七十九歲

正月，作《乙巳初度日自壽》詩。

> 乙巳初度日自壽
>
> 今日吾生日，開尊向竹齋。家人更上壽，凡事且寬懷。
> 學道精神淡，匡時志願乖。百年原上土，自有一抔埋。

「日自壽」，三字原無，補遺本、汪本同，據四部叢刊本、曹溶看本、

陸本、《詩淵》本補。「且」，補遺本、曹溶看本、陸本、汪本同，四
部叢刊本、《詩淵》本作「請」。

七月二十九，孛羅帖木兒被誅。

作《七月廿九日》詩。

《元史·逆臣·孛羅帖木兒傳》：「（至正二十五年）七月乙酉，……
伯顏達兒自眾中奮出，斫孛羅帖木兒，中其腦，上都馬及金那海等競
前斫死。」案：據陳垣《二十史朔閏表》，至正二十五年七月乙酉，
恰爲二十九日。

> **七月廿九日**
>
> 此醜今方殛，京城喋血新。也知天悔禍，誰謂國無人。
> 勝氣騰龍虎，沉機動鬼神。大庭親命詔，終夜在延春。

十月十六，作《難經本義序》。

> **《難經本義》序**
>
> 醫之爲道聖矣。自神農氏，凡草木、金石可濟夫夭死札瘥，
> 悉列諸經。而八十一難，自秦越人推本軒、岐、鬼臾區之
> 書，發難析疑，論辯精詣，鬼神無遁情，爲萬世法，其道
> 與天地並立，功豈小補也哉！且夫以人七尺之軀，五藏百
> 骸受病六氣之沴，乃繫於三指點按之下，一呼一吸之間，
> 無有形影，特切其洪細濡伏若一髮，苟或謬誤，則脈生而藥
> 死之矣，而可輕以談醫，而可易以習醫邪？
>
> 寓鄞滑伯仁，故家許，許去東垣近，蚤爲李氏之學，遂名
> 於醫。予雅聞之，未識也。今年秋來遺所譔《難經本義》，
> 閱之使人起敬，有是哉！君之精意於醫也，條釋圖陳脈絡
> 尺寸、部候虛實，繭而通，決而明。予雖未嘗學，而思亦過
> 半矣。嗚呼！醫之道，生道也，道行則生意充宇宙、澤流
> 無窮。人以壽死，是則徃聖之心也。世之學者能各置一通
> 於側，而深求力討之，不爲良醫也者幾希。嗚呼！越人，
> 我師也。伯仁不爲我而刊諸梓，與天下之人共之，是則伯

　　仁之心也。故舉其大指為序。至正二十五年龍集甲辰十月
　　既望，翰林學士承旨、榮祿大夫、知制誥國史張翥序。
　　（文淵閣四庫全書本《難經本義》卷首）

為河南行省平章政事。以翰林學士承旨致仕，給奉終身。

　　《元史》本傳：「及孛羅帖木兒既誅，詔乃以翥為河南行省平章
政事，仍翰林學士承旨致仕，給全俸終其身。」
本年或稍前，危素作《虛遊說》，是瞭解張翥晚年心態的重要文獻。

　　危素《虛遊說》：「漆園令書《山水》篇曰：『人能虛己以遊於世，
其孰能害之？』《列禦寇》篇曰：『汎若不繫之舟，虛而遨遊。』襄陵
蛻叟，別號虛遊子。石戶之農邂逅於蘇門，聞而歎曰：『信乎！漆園
令之言。叟其善涉世者歟？叟能蛻，故能虛；惟虛，故能遊。叟家於
晉，長於吳，宦於楚，仕於燕，年幾八十，遊於世者久，朔南之公卿
大夫士莫不與交，高論宏議，嘻笑怒罵，出入經史百氏，莫不各得其
歡心，非其已之能虛，虛而能遊，其能然耶？』石戶之農進而問曰：
『先生善遊世，知先生之能虛；先生之能虛，故知先生之能蛻。敢問
蛻亦有道乎？』先生曰：『有。吾少而耽玩載籍，既得其精華，吾蛻
於書矣；吾少而攻習文詞，既通於制作，吾蛻於文矣；吾且老而身縻
爵祿，既辭其寵榮，吾蛻於仕矣。蛻於書，聖賢與為徒；蛻於文，神
明之與居；蛻於仕，可混於樵漁。』故先生之出處，尚焉往而不自得
哉？若僕者翦翦焉，規規焉，縛於禮法，勞於案牘，如膠漆而不解，
吾不知何時而可蛻，又何時而能遊。」

　　此文當是危素被貶之後作，仿賦體主客問答之形式。勾吳，據有
今江蘇、上海之大部及安徽、浙江一部份；楚國疆域亦擴展到安徽、
江蘇、浙江、江西一帶，故吳、楚，皆言江浙、江西一帶。張翥中青
年時長期在江浙一帶遊歷，並曾在杭州、撫州任學官，故曰「長於吳，
宦於楚」。此文似是為張翥不得南歸，「大隱隱於朝」的寬慰。

　　是歲，七月乙酉，孛羅帖木兒伏誅。丙戌，遣使函孛羅帖木兒首

往冀寧，召皇太子還京師。九月，擴廓帖木兒扈從皇太子至京師。釋克新《金玉編》成編。夏文彥《圖繪寶鑒》成稿。約於夏秋之際，釋來復《澹游集》第二次成書〔註32〕。

公元 1366 年（元順帝妥懽帖木兒至正二十六年 丙午） 八十歲

春，釋大梓取翥手稿選次刊行，並請釋來復作序。

釋來復《潞國公張蛻菴詩集序》：「至正丙午春，其方外友廬陵北山杼禪師，以公手稿選次而刊行之，來徵言爲序。」

四月十五，作《四月望觀帝師發思拔影堂慶讚立碑》詩。

案：四部叢刊本《張蛻菴詩集》卷一《四月望觀帝師發思拔影堂慶讚立碑》詩題注「丙午」。翥平生歷二「丙午」年，另一年爲1306年，暫繫於此年。又，「發思拔」即「八思巴」。

　四月望觀帝師發思跋影堂慶贊立碑　丙午

　佛子來西竺，巍然南面尊。法筵花散漫，香殿玉溫麐。

　龍象諸天下，鐘螺竟日喧。朝觀立隨喜，如在給孤園。

「慶贊立碑丙午」，六字原無，補遺本、汪本同，曹溶看本、陸本作「慶賀立碑」，據四部叢刊本補。

本年，作《運司題名記》文。

　運司題名記

　熙朝列聖相承，龍奮朔土，奄定中夏，財賦殷興，眡鹽政課，尤爲重焉，以其不漁於民，取天地自然之利故也。聿循古制，爰於山東、河南、河閒各設都轉運鹽使司，仍遴選名望清愼之臣，俾提轉運，歲供國課，不乏其責，任之重不爲輕矣。比年多故，山東鹽賦不通，官府廢弛，凡數載。賴今總兵承相河南王能繼前齊王恢復之志，削平山東，

〔註32〕關於《澹游集》成書，詳見楊鐮《元代文學編年史》「至正二十四年甲辰」條下。

乃復設轉運。於時以舊運司公廨改建齊王廟祠，其西密邇
之地，別刱公廨，煥然一新，若官若吏，俱有次所。逮至
正二十六年，以前海北廣東道廉訪副使萬公公義、中書右
司員外郎虎公仲亨、中書戶部侍郎王公景鎔，偕遷選爲轉
運使。三公協同心力，咯盡其誠，務多轉運之方，恢辦大
課，以紓財用，厥功偉矣。忽暇日闔司議之曰：「亂則治矣，
廢復興矣，宜勒石以題名，因記一時之盛，且使將來指其
名而議之曰：『某官之清望如此，某官之廉幹如此，某官之
貪墨如此。』」噫！後之視今，亦猶今之視昔，爲國爲民各
知所警云。（清道光二十年刻本《濟南府志》卷六五）

此年前，成廷珪卒。

是歲，三月乙未，廷試進士七十二人，賜赫德溥化、張棟進士及
第。九月丙戌，方國珍爲江浙行省左丞相。十月，擴廓帖木兒控制山
東。陶宗儀《南村輟耕錄》三十卷成書。

公元 1367 年（元順帝妥懽帖木兒至正二十七年　丁未）八十一歲

正月，作《懷先隴》詩。

懷先隴

京國留家久，餘生只自憐。一單如老衲，八十又新年。

義士心唯血，讒夫舌謾涎。何時抱尊酒，哭向計峯前。

「哭向計峯前」，補遺本、曹溶看本、陸本、汪本同，四部叢刊本、《詩
淵》本作「笑向計峯前」。

作《初度日》詩。

初度日

八十一翁烏角巾，尊前才放自由身。

病須善藥休離手，衰借佳醪可養神。

誰謂仲連爲俠士，或傳方朔是仙人。

行當小築西洋墅，種杏栽桃作好春。

「佳」，補遺本同，四部叢刊本、曹溶看本、陸本、汪本作「嘉」。

作《家居九日》詩。

> 家居九日　時余祝子頭，值酒禁，丁未歲也
>
> 病餘瘦骨不勝秋，早起驚寒已索裘。
> 安得酒酬佳節醉，從教花爲老人羞。
> 螟蛉有子寧嫌祝，蛺蝶無知底用愁。
> 卻笑江湖舊詩客，淒涼猶憶少年遊。

作《病起偶題》詩。

> 病起偶題　丁未
>
> 閱世悠悠八十餘，此身天地一蘧廬。
> 季鷹只愛生前酒，司馬空留後世書。
> 野散未歸鳴澤雁，水煩徒喝在淵魚。
> 可堪濩落風塵裏，兩鬢霜毛頓覺踈。

十二月，耒爲西夏楊氏書院題詩。詩由程徐書寫。

《述善集》卷一此詩後署：「至正丁未臘月，四明程徐呵凍書，八十二翁河東張耒題。」

楊崇喜（1300～1372 以後），原名唐兀崇喜，漢姓楊，西夏人。在家鄉創建書院，朝廷賜名「崇義書院」，並名居室爲「亦樂堂」。《述善集》爲與時人交往之總集，甘肅人民出版社有標點本。

> 大樸久已散，民風日澆漓。比屋昔可封，於今思見之。英英西夏賢，好古敦民彝。幾世家濮陽，樂茲風土宜。同鄉餘百年，桑梓聯陰翳，禮讓庶已興。居人聿來歸，父老乃申約。交脩著明規，三時敍情會。孝悌無怨違，況復拓寰宇。訓迪資名師，匪直守望義。眞將返雍熙，風塵澒洞中，志業竟已隳。緬懷此古道，千載曾歔欷。王烈法廷地，田疇甘息機。天運諒循環，思治惟其時。願言終相依，歲寒以爲期。（《述善集》卷一）

作《平章政事闊闊墓誌銘》文。

> 平章政事闊闊墓誌銘

公諱關，字文祖，少沉鷙，有材勇，喜遊獵，閑騎射。所居沈邱，介汴蔡，公往來，熟其豪傑，以意氣相期。至正辛卯，盜發汝潁，官軍不習戰，風靡敗去。於是齊忠武王興師衛鄉里，公募義勇萬餘人來附。賊柵羅山，首尾險隘相聯絡，以扼衝要，公襲破之，授招討上百戶，佩金字銀符。尋取諸壘，破大賊韓皺兒，連克襄、信、新蔡。壬辰，忠武攻，下汝寧、鈞、許，取大碗、羅砦、魯各城，公每先驅。癸巳，賊犯河南府，公救之。賊聞公名，棄輜重，渡河，屯於溫。公復破之，河北平，進上千戶。甲午，賊據滎陽，公破，去之。賊復屯兵八角。時賊豎韓林兒僭都汴梁，分眾四掠，忠武委公守要害。丁酉，定陝、虢，以功進潁息招討五萬戶。賊敗，入關中，勢頗張。公追襲，抵鳳翔、陝西，乃移軍守高平，轉河東宣慰司副使。賊方跳踉汾晉，公乃移軍狐嶺。賊間道出絳州，邏我，懼而遁，進河南行樞密院判。汴賊聲勢猖獗，兩河震動，忠武力攻，平之，論功進公本院同僉，以所部守懷慶，至，則大修城隍，綏輯流散，務屯種。遷定遠大將軍，尋改河南行省參知政事。辛卯，討山東，公下高唐、虞城，擒偽張知院王達兒等，皆驍賊也。次灤口，奪賊二百餘舫，絕賊糧道，進左丞。攻齊河，偽劉平章、陳平章等以眾三萬來救，公乃伏銳，示弱以啖之。賊爭前，無行列，公鼓，伏兵橫擊之，俘馘無算，取齊河，直抵濟南，進右丞，賜金帶一，賞平益都之功也。壬寅，復懷慶。少暇，乃捐己資，起義塾，來學者，延師教之，士風以興，僉知河南行樞密院事。乙巳秋，儲皇撫軍還都，覃恩，進河南行省平章政事。軍中方以宿將期公於南討，而以疾告薨矣，春秋五十有三，葬於溫五里院。追封攄忠協義宣力功臣，諡康定。

（清乾隆五十四年《新修懷慶府志》卷二十七）

八月十八，陳高卒，年五十三。揭汯《陳子上先生墓誌銘》：「（至正）二十六年冬，東西浙陷。明年春，先生走中州。夏，謁河南王太傅中書右丞相於懷慶，論江

南之虛實，陳天下之安危，當何以弭已至之禍，何以消未來之憂。適關陝多故，未之用。士大夫聞其至，皆願與友。丞相亦喜，即欲官之，知其非志，亦不強。數月而疾，以八月十八日卒於邸，以是月二十日葬於懷慶城南。」

是歲，八月，黜擴廓帖木兒兵權。九月辛巳，張士誠爲朱元璋所執。十月，擴廓帖木兒仍河南王，居河南府。十二月，方國珍歸於朱元璋。魏壽延《敦交集》成書。

公元 1368 年（元順帝妥懽帖木兒至正二十八年 明太祖朱元璋洪武元年戊申） 八十二歲

本年三月之前，其女夭折，不超過十七歲。翥有《七月望日徐勉自武林來得兩訃音》詩。

蘇伯衡《張潞國詩集序》：「公無子，一女亦先卒。」徐勉，字公遠，吳郡人。曾爲慈湖書院山長，與陳高、戴良、姚澆、黃溍、釋大訢均有往來。生平事蹟見陳基《夷白齋稿》卷八《送徐勉之西湖書院山長》、卷十五《徐公遠字序》。

詩云：

外來喪逝訃音來，女嫁桐陵亦告哀。

老眼今朝方是哭，百年心事總成灰。

三月，翥卒。年八十二。釋大梓葬於燕京城南。

《元史》本傳：「（至正）二十八年三月卒，年八十二。」

又，蘇伯衡《張潞國詩集序》：「其薨也，卜地燕京城南而安厝之，北山之力居多。」

《（雍正）襄陵縣志》：「張潞公墓，在京安鎮，有古柏四十餘株。」又，《（嘉慶）大清一統志》：「張翥墓，在襄陵縣南三十八里。」

案：都穆《都公譚纂》卷上：「張潞公仲舉沒至正末，無子，一女嫁民間。洪武中，其人充陝西軍，攜女自隨。潞公妻吳夫人尚在，年已八十，瞽雙目，無人供養，寄食北平軍營中，病甚。

軍卒惡之，移置風簷之下，遂死，然無棺以斂。時僧道衍居北
平，素與潞公友善。人或告之，衍匍匐往視，其敝篋中有詩一
紙，乃潞公筆。衍曰：『此真吳夫人也。』為買棺葬之。（衍有
和潞公詩二十首）」此與張羽《蒲菴記》附記及蘇伯衡《張潞
國詩集序》記載相異，待考。

五月十一，廼賢卒，年五十九。鄭真《滎陽外史集》卷九十八：「初，易
之以代祀海嶽復命於京。……已病風，不能言矣。蓋醫者不識症，誤為傷寒，以承氣湯下
之，大小便不知所出。後易之有著作之除，含糊微笑而已。……至死迄無一言，戊申五月
十一日也。次日棺殮，葬於靜明寺棲霞亭松林中。」

是歲，正月乙亥，朱元璋即皇帝位，建號曰「明」。正月，陳有
定為朱元璋所執。二月壬寅朔，詔削擴廓帖木兒爵邑，命李思齊等討
之。閏七月丙寅夜半，順帝開建德門北奔。閏七月，張昱開始撰寫《北
巡私記》。八月己巳，朱元璋以應天為南京，開封為北京。庚午，明
兵入京城，元亡。

主要參考文獻

一、原始文獻

（一）別　集

1. 〔元〕張翥，蛻菴詩四卷〔Z〕，明初刻本，十三行二十四字黑口四周雙邊，北京：國家圖書館藏。

2. 〔元〕張翥，蛻菴詩四卷蛻巖詞二卷〔Z〕，清初抄本，北京：國家圖書館藏。

3. 〔元〕張翥，蛻菴詩四卷〔Z〕，清康熙陸漻家抄本，清王聞遠、黃美鏐校並跋，黃丕烈校跋並錄，計心宸題識，十二行二十四字，北京：國家圖書館藏。

4. 〔元〕張翥，蛻菴詩四卷集外詩一卷蛻巖詞二卷附錄一卷〔Z〕，清汪氏摛藻堂抄本，十行二十一字，細黑口左右雙邊，北京：國家圖書館藏。

5. 〔元〕張翥，蛻庵詩四卷蛻巖詞一卷〔Z〕，清抄本，九行二十字無格，北京：國家圖書館藏。

6. 〔元〕張翥，蛻菴詩四卷〔Z〕，清嘉慶八年鮑正言抄本，清鮑廷博校並跋，鮑正言丁丙跋，南京：南京圖書館藏。

7. 〔元〕張翥，蛻菴詩四卷〔Z〕，釋大杼編，清抄本，傅增湘題跋，十三行二十四字白口四周單邊，北京：北京大學圖書館藏。

8. 〔元〕張翥，蛻菴詩五卷〔Z〕，清抄本（四庫底本）十行二十字無格，北京：國家圖書館藏。

9. 〔元〕張翥，蛻菴詩五卷蛻巖詞二卷附錄一卷〔Z〕，清康熙金侃抄

本，鄭文焯校，吳昌綬校跋並錄屬題識 十一行二十一字，北京：
國家圖書館藏。

10. 〔元〕張翥，蛻菴詩五卷蛻巖詞二卷〔Z〕，清抄本，南京：南京圖
書館藏。

11. 〔元〕張翥，蛻菴詩五卷〔Z〕，清鮑氏知不足齋抄本，清鮑廷博校
八行二十一字，上海：上海圖書館藏。

12. 〔元〕張翥，蛻菴詩五卷補遺一卷附錄一卷〔Z〕，清鮑氏知不足齋
抄本，清岡補佚詩，十行二十一字左右雙邊，上海：上海圖書館藏。

13. 〔元〕張翥，蛻菴詩五卷蛻巖詞二卷〔Z〕，清鮑氏知不足齋抄本（卷
四至五蛻巖詞配清抄本），南京：南京圖書館藏。

14. 〔元〕張翥，蛻菴詩五卷蛻巖詞二卷〔Z〕，清抄本，清丁丙跋，南
京：南京圖書館藏。

15. 〔元〕張翥，蛻菴集二卷〔Z〕，清抄本，清勞權校補，補遺一卷，
清勞權輯稿本，八行二十一字無格補遺十行二十一字無格，北京：
國家圖書館藏。

16. 〔元〕張翥，蛻庵詩不分卷蛻巖詞一卷〔Z〕，清鈔本，九行二十字，
北京：國家圖書館藏。

17. 〔元〕張翥，張蛻庵詩集〔Z〕，四部叢刊續編本，上海：上海書店，
1985 年。

18. 〔元〕張翥，蛻菴集〔Z〕，文淵閣四庫全書本，上海：上海古籍出
版社，1987 年。

19. 〔元〕張翥，蛻菴集〔Z〕，文津閣四庫全書本，北京：商務印書館，
2003 年。

20. 〔元〕張翥，蛻巖詞〔Z〕，文淵閣四庫全書本，上海：上海古籍出
版社，1987 年。

21. 〔元〕張翥，蛻巖詞二卷〔Z〕，清汪氏摘藻堂抄本，十行二十一字
黑口左右雙邊，北京：國家圖書館藏。

22. 〔元〕張翥，蛻巖詞二卷〔Z〕，清初抄本，十二行二十四字無格，
北京：北京大學圖書館藏。

23. 〔元〕劉岳申，申齋集〔Z〕，文淵閣四庫全書本，上海：上海古籍
出版社，1987 年。

24. 〔元〕馬臻，霞外詩集〔Z〕，文淵閣四庫全書本，上海：上海古籍
出版社，1987 年。

25. 〔元〕釋大訢，蒲室集〔Z〕，文淵閣四庫全書本，上海：上海古籍
出版社，1987 年。

26. 〔元〕黃玠，弁山小隱吟錄〔Z〕，文淵閣四庫全書本，上海：上海古籍出版社，1987年。

27. 〔元〕丁復，檜亭集〔Z〕，文淵閣四庫全書本，上海：上海古籍出版社，1987年。

28. 〔元〕王沂，伊濱集〔Z〕，文淵閣四庫全書本，上海：上海古籍出版社，1987年。

29. 〔元〕黃溍，金華黃先生文集〔Z〕，四部叢刊本，上海：上海書店，1989年。

30. 〔元〕柳貫，待制集〔Z〕，文淵閣四庫全書本，上海：上海古籍出版社，1987年。

31. 〔元〕許有壬，至正集〔Z〕，文淵閣四庫全書本，上海：上海古籍出版社，1987年。

32. 〔元〕宋褧，燕石集〔Z〕，文淵閣四庫全書本，上海：上海古籍出版社，1987年。

33. 〔元〕薩都剌，雁門集〔Z〕，文淵閣四庫全書本，上海：上海古籍出版社，1987年。

34. 〔元〕陳旅，安雅堂集〔Z〕，文淵閣四庫全書本，上海：上海古籍出版社，1987年。

35. 〔元〕李存，鄱陽仲公李先生文集〔Z〕，北京圖書館古籍善本叢刊，北京：書目文獻出版社，不署出版年。

36. 〔元〕周伯琦，近光集〔Z〕，文淵閣四庫全書本，上海：上海古籍出版社，1987年。

37. 〔元〕迺賢，金臺集〔Z〕，文淵閣四庫全書本，上海：上海古籍出版社，1987年。

38. 〔元〕張仲深，子淵詩集〔Z〕，文淵閣四庫全書本，上海：上海古籍出版社，1987年。

39. 〔元〕陳鎰，午溪集〔Z〕，文淵閣四庫全書本，上海：上海古籍出版社，1987年。

40. 〔元〕貢師泰，玩齋集〔Z〕，文淵閣四庫全書本，上海：上海古籍出版社，1987年。

41. 〔元〕劉仁本，羽庭集〔Z〕，文淵閣四庫全書本，上海：上海古籍出版社，1987年。

42. 〔元〕成庭珪，居竹軒詩集〔Z〕，文淵閣四庫全書本，上海：上海古籍出版社，1987年。

43. 〔元〕張雨，句曲外史集〔Z〕，文淵閣四庫全書本，上海：上海古

籍出版社，1987 年。

44. 〔元〕張雨，句曲外史貞居先生文集〔Z〕，四部叢刊本，上海：上海書店，1989 年。

45. 〔元〕鄭元祐，僑吳集〔Z〕，文淵閣四庫全書本，上海：上海古籍出版社，1987 年。

46. 〔元〕陳樵，鹿皮子集〔Z〕，文淵閣四庫全書本，上海：上海古籍出版社，1987 年。

47. 〔元〕錢惟善，江月松風集〔Z〕，文淵閣四庫全書本，上海：上海古籍出版社，1987 年。

48. 〔元〕王逢，梧溪集〔Z〕，文淵閣四庫全書本，上海：上海古籍出版社，1987 年。

49. 〔元〕李祁，雲陽集〔Z〕，文淵閣四庫全書本，上海：上海古籍出版社，1987 年。

50. 〔元〕倪瓚，清閟閣集〔Z〕，文淵閣四庫全書本，上海：上海古籍出版社，1987 年。

51. 〔元〕張昱，可閒老人集〔Z〕，文淵閣四庫全書本，上海：上海古籍出版社，1987 年。

52. 〔元〕張昱，張光弼詩集〔Z〕，四部叢刊續編本，上海：上海書店，1985 年。

53. 〔元〕朱德潤，存復齋集〔Z〕，四部叢刊本，上海：上海書店，1989 年。

54. 〔明〕張以寧，翠屏集〔Z〕，文淵閣四庫全書本，上海：上海古籍出版社，1987 年。

55. 〔明〕凌雲翰，柘軒集〔Z〕，文淵閣四庫全書本，上海：上海古籍出版社，1987 年。

56. 〔明〕胡翰，胡仲子集〔Z〕，文淵閣四庫全書本，上海：上海古籍出版社，1987 年。

57. 〔明〕鄭眞，榮陽外史集〔Z〕，文淵閣四庫全書本，上海：上海古籍出版社，1987 年。

58. 〔明〕蘇伯衡，蘇平仲文集〔Z〕，文淵閣四庫全書本，上海：上海古籍出版社，1987 年。

59. 〔明〕宋濂，宋學士文集〔Z〕，四部叢刊本，上海：上海書店，1989 年。

60. 〔明〕危素，危學士全集〔Z〕，四庫全書存目叢書，濟南：齊魯書社，1997 年。

61. 〔明〕危素，危太僕集〔Z〕，元人文集珍本叢刊，台灣：新文豐出版公司，1985 年。

62. 〔明〕華幼武，栖碧先生黃楊集〔Z〕，續修四庫全書，上海：上海古籍出版社，1999 年。

63. 柳尊傑，柳貫詩文集〔Z〕，杭州：浙江古籍出版社，2004 年。

64. 陳增傑，李孝光集校注〔Z〕，上海:上海社會科學院出版社，2005 年。

65. 徐永明，楊光輝，陶宗儀集〔Z〕，杭州：浙江人民出版社，2005 年。

66. 顧瑛，楊鐮，玉山璞稿〔Z〕，北京：中華書局，2008 年。

67. 李軍，辛夢霞，戴表元集〔Z〕，長春：吉林文史出版社，2008 年。

68. 邱居里，邢新欣，吳師道集〔Z〕，長春：吉林文史出版社，2008 年。

69. 邱居里，李黎，陳基集〔Z〕，長春：吉林文史出版社，2009 年。

70. 魏崇武，劉建立，歐陽玄集〔Z〕，長春：吉林文史出版社，2009 年。

71. 李軍，施賢明，戴良集〔Z〕，長春：吉林文史出版社，2009 年。

（二）總　集

1. 〔元〕顧瑛，楊鐮，祁學明，張頤青，草堂雅集〔Z〕，北京：中華書局，2008 年。

2. 〔元〕顧瑛，楊鐮，葉愛欣，玉山名勝集〔Z〕，北京：中華書局，2008 年。

3. 〔明〕偶桓，乾坤清氣〔Z〕，文淵閣四庫全書本，上海：上海古籍出版社，1987 年。

4. 〔明〕孫原理，元音〔Z〕，文淵閣四庫全書本，上海：上海古籍出版社，1987 年。

5. 〔明〕錢霈，〔元〕釋壽寧，靜安八詠詩集一卷附事蹟一卷〔Z〕，四庫全書存目叢書，濟南：齊魯書社，1997 年。

6. 〔明〕葉翼，餘姚海隄集四卷〔Z〕，四庫全書存目叢書，濟南：齊魯書社，1997 年。

7. 〔明〕許中麗，光嶽英華十三卷〔Z〕，四庫全書存目叢書，濟南：齊魯書社，1997 年。

8. 〔明〕沈易，幼學日誦五倫詩選五卷〔Z〕，四庫全書存目叢書，濟南：齊魯書社，1997 年。

9. 〔明〕徐達左，金蘭集四卷補錄一卷〔Z〕，四庫全書存目叢書，濟南：齊魯書社，1997 年。

10. 〔明〕俞允文，崑山雜詠二十八卷〔Z〕，四庫全書存目叢書，濟南：

齊魯書社，1997 年。

11. 〔明〕釋道恂，師子林紀勝集二卷補遺一卷圖一卷校勘記一卷續集三卷首一卷〔Z〕，四庫全書存目叢書，濟南：齊魯書社，1997 年。

12. 〔明〕沈敕，荊溪外紀二十五卷〔Z〕，四庫全書存目叢書，濟南：齊魯書社，1997 年。

13. 〔明〕釋來復，澹游集〔Z〕，續修四庫全書，上海：上海古籍出版社，1999 年。

14. 〔清〕吳綺，宋金元詩詠〔Z〕，四庫全書存目叢書，濟南：齊魯書社，1997 年。

15. 〔清〕顧嗣立，元詩選〔Z〕，北京：中華書局，1987 年。

16. 〔清〕顧嗣立，席世臣，元詩選癸集〔Z〕，北京：中華書局，2002 年。

17. 唐圭璋，全金元詞〔Z〕，北京：中華書局，1979 年。

18. 李修生，全元文〔Z〕，南京：江蘇古籍出版社，2001 年。

19. 焦進文，楊富學，元代西夏遺民文獻《述善集》校注〔Z〕，蘭州：甘肅人民出版社，2001 年。

（三）詩文評

1. 唐圭璋，詞話叢編〔M〕，北京：中華書局，1986 年。

（四）子　部

1. 〔元〕陶宗儀，南村輟耕錄〔Z〕，北京：中華書局，1959 年。

2. 〔元〕葉子奇，草木子〔Z〕，北京：中華書局，1959 年。

3. 〔元〕楊瑀，余大鈞，山居新語〔Z〕，北京：中華書局，2006 年。

4. 〔明〕劉績，霏雪錄〔Z〕，弘治刻本，首都圖書館藏。

5. 〔明〕田汝成，西湖遊覽志西湖遊覽志餘〔Z〕，文淵閣四庫全書本，上海：上海古籍出版社，1987 年。

6. 〔明〕朱存理，珊瑚木難〔Z〕，文淵閣四庫全書本，上海：上海古籍出版社，1987 年。

7. 〔明〕趙琦美，趙氏鐵網珊瑚〔Z〕，文淵閣四庫全書本，上海：上海古籍出版社，1987 年。

8. 〔明〕汪砢玉，珊瑚網〔Z〕，文淵閣四庫全書本，上海：上海古籍出版社，1987 年。

9. 〔明〕郁逢慶，續書畫題跋記〔Z〕，文淵閣四庫全書本，上海：上

海古籍出版社，1987 年。

10. 〔明〕釋明河，補續高僧傳〔Z〕，續修四庫全書，上海：上海古籍出版社，1999 年。

11. 〔明〕郎瑛，七修類稿〔Z〕，上海：上海書店，2009 年。

12. 〔清〕卞永譽，式古堂書畫彙考〔Z〕，文淵閣四庫全書本，上海：上海古籍出版社，1987 年。

13. 〔清〕孫岳頒等，佩文齋書畫譜〔Z〕，文淵閣四庫全書本，上海：上海古籍出版社，1987 年。

14. 〔清〕王士禎，居易錄〔Z〕，文淵閣四庫全書本，上海：上海古籍出版社，1987 年。

15 黃惇，元代印風〔Z〕，重慶：重慶出版社，1999 年。

（五）史　籍

1. 〔元〕郭畀，雲山日記〔Z〕，續修四庫全書，上海：上海古籍出版社，1999 年。

2. 〔明〕宋濂，元史〔Z〕，北京：中華書局，1976 年。

3. 〔明〕陶宗儀，書史會要（據 1919 年武進陶氏逸園景刊明洪武本影印）〔Z〕，上海：上海書店，1984 年。

4. 〔明〕邵遠平，元史類編〔Z〕，台北：文海出版社有限公司印行掃葉山房刻本，1984 年。

5. 〔清〕魏源，元史新編〔Z〕，台北：文海出版社有限公司印行慎微堂刻本，1984 年。

6. 陳衍，李夢生，元詩紀事〔Z〕，上海：上海古籍出版社，1987 年。

7. 柯紹忞，新元史〔Z〕，上海：上海古籍出版社，1989 年。

8. 〔明〕權衡，庚申外史〔Z〕，四庫全書存目叢書，濟南：齊魯書社，1996 年。

9 二十五史刊行委員會，二十五史補編〔Z〕，北京：中華書局，1955 年。

（六）類　書

1. 〔明〕謝縉，永樂大典（殘卷影印本）〔Z〕，北京：中華書局，1986 年。

2 詩淵（據北京圖書館藏明稿本影印）〔Z〕，北京：書目文獻出版社，不署出版年。

（七）方　志

1. （咸淳）臨安志〔Z〕，文淵閣四庫全書本，上海：上海古籍出版社，1987 年。
2. （弘治）八閩通志〔Z〕，北京圖書館古籍珍本叢刊，北京：書目文獻出版社，不署出版年。
3. （萬曆）山西通志〔Z〕，稀見中國地方志匯刊，北京：中國書店，1992 年。
4. （康熙）平陽府志〔Z〕，稀見中國地方志匯刊，北京：中國書店，1992 年。
5. （同治）安仁縣志〔Z〕，中國地方志集成，南京：江蘇古籍出版社，1996 年。

二、工具書

（一）資料彙編類

1. 宗典，柯九思史料〔Z〕，上海：上海人民美術出版社，1985 年。
2. 吳榮光，歷代名人年譜〔Z〕，北京：北京圖書館出版社，2002 年。
3. 陳高華，元代畫家史料彙編〔Z〕，杭州：杭州出版社，2004 年。

（二）辭書、索引類

1. 陳垣，二十史朔閏表〔Z〕，北京：中華書局，1962 年。
2. 萬國鼎，萬斯年，陳夢家，中國歷史紀年表〔Z〕，北京：中華書局，1978 年。
3. 劉卓英，《詩淵》索引〔Z〕，北京：書目文獻出版社，1993 年。
4. 欒貴明，永樂大典索引〔Z〕，北京：作家出版社，1997 年。
5. 鄧紹基，楊鐮，中國文學家大辭典・遼金元卷〔Z〕，北京：中華書局，2006 年。

（三）書　目

1. 張金吾，愛日精廬藏書志〔Z〕，台北：文史哲出版社，1982 年。
2. 陸心源，皕宋樓藏書志〔Z〕，北京：中華書局，1990 年。
3. 馮惠民，明代書目題跋叢刊〔Z〕，北京：書目文獻出版社，1994 年。
4. 吳格，嘉業堂藏書志〔Z〕，上海：復旦大學出版社，1997 年。
5. 中國古籍善本書目〔Z〕，上海：上海古籍出版社，1998 年。

6. 丁丙，丁仁，八千卷樓書目〔Z〕，續修四庫全書，上海：上海古籍出版社，1999 年。

7. 晁瑮，晁氏寶文堂書目〔Z〕，徐𤊨，徐氏紅雨樓書目〔Z〕，上海：上海古籍出版社，2005 年。

8. 潘景鄭，著硯樓書跋〔Z〕，上海：上海古籍出版社，2006 年。

9. 繆荃孫，藝風藏書記〔Z〕，上海：上海古籍出版社，2007 年。

10. 嚴紹璗，日藏漢籍善本書錄〔Z〕，北京：中華書局，2007 年。

11. 莫友芝，宋元舊本書經眼錄〔Z〕，北京：中華書局，2008 年。

12. 傅增湘，藏園群書經眼錄〔Z〕，北京：中華書局，2008 年。

13. 王國維，傳書堂藏善本書志〔Z〕，王國維全集第十卷，杭州、廣州：浙江教育出版社、廣東教育出版社，2009 年。

三、研究專著

1. 陳高華，元大都〔M〕，北京：北京出版社，1982 年。

2. 陳高華，史衛民，元上都〔M〕，吉林教育出版社，1988 年。

3. 鄧紹基，元代文學史〔M〕，北京：人民文學出版社，1991 年。

4. 么書儀，元代文人心態〔M〕，北京：文化藝術出版社，1993 年。

5. 莫礪鋒，杜甫評傳〔M〕，南京：南京大學出版社，1993 年。

6. 張晶，遼金元詩歌史論〔M〕，長春：吉林教育出版社，1995 年。

7. 葉嘉瑩，杜甫秋興八首集說〔M〕，石家莊：河北教育出版社，1997 年。

8. 趙維江，金元詞論稿〔M〕，北京：中國社會科學出版社，2000 年。

9. 陶然，金元詞通論〔M〕，上海：上海古籍出版社，2001 年。

10. 楊鐮，元詩史〔M〕，北京：人民文學出版社，2003 年。

11. 方齡貴，元史叢考〔M〕，北京：民族出版社，2004 年。

12. 陳高華，陳高華文集〔M〕，上海：上海辭書出版社，2005 年。

13. 楊鐮，元代文學編年史〔M〕，太原：山西教育出版社，2005 年。

14. 徐永明，元代至明初婺州作家群體研究〔M〕，北京：中國社會科學出版社，2005 年。

15. 黨寶海，蒙元驛站交通研究〔M〕，北京：崑崙出版社，2006 年。

16. 陳高華，張帆，劉曉，元代文化史〔M〕，廣州：廣東教育出版社，2009 年。

17. 王韶華，元代題畫詩研究〔M〕，北京：中國傳媒大學出版社，2010

年。

四、論　文

（一）學位論文

1. 丁雪艷，張雨年譜〔D〕，桂林：廣西師範大學，2005 年。

2. 劉揚，論張翥以詞爲史〔D〕，太原：山西大學，2007 年。

3. 段海蓉，薩都剌文獻考辨〔D〕，北京：中國社會科學院，2007 年。

4. 紀曉華，張翥及其詞研究〔D〕，濟南：山東師範大學，2008 年。

5. 李妍，張翥年譜〔D〕，長沙：中南大學，2009 年。

（二）期刊論文

1. 桂栖鵬，入元高麗僧人考略〔J〕，蘭州：西北師大學報，2001 年，（2）。

2. 施常州，元代詩詞大家張翥生平事蹟瑣考〔J〕，南京：南京審計學院學報，2004 年，（1）。

3. 施常州，論張翥詩歌得史詩價值〔J〕，烏魯木齊：新疆師範大學學報，2004 年，（1）。

4. 施常州，元代詩詞大家張翥生平考證〔J〕，南充：西華師範大學學報，2004 年，（6）。

5. 楊鐮，元代文學的終結：最後的大都文壇〔J〕，北京：文學遺產，2004 年，（6）。

6. 劉揚，論張翥得以史爲詩〔J〕，太原：科學之友，2006 年，（11）。

7. 白健，殷守剛，張翥與晉寧考〔J〕，思茅：思茅師範高等專科學校學報，2008 年，（1）。